魔女

樋口有介

JN143098

大学を卒業したものの、定職もなく時々知人のガーデニングプランナーの手伝いをする日々、そんな広也の日常が激変したのは元恋人の衝撃的な死が原因だった。二年前の学生時代になんとなく付き合い始め、数カ月で別れた千秋が、生きたまま何者かに焼かれるなんて。テレビ局に勤める姉に頼まれ、軽い気持ちで事件を調べ始めた広也だったが、聞いていた出身地とは異なる情報、自分の知る彼女の姿とはかけはなれた証言、魔術を使っていたという話まで出てきて困惑は深まるばかり。青年の探偵行を瑞々しく描いた青春ミステリの名作が、大幅改稿で登場。

魔　女

樋口有介

創元推理文庫

A WITCH

by

Yusuke Higuchi

2001

魔女

プロローグ

ヒマワリが咲いているから季節は夏だろう。

砂浜に身を横たえている千秋《ちあき》の周囲を、太陽ほどもあるヒマワリが無数にとり囲む。視線のはるか先には本物の太陽が燃えて遠慮もなく皮膚を焙《あぶ》ってくる。その熱に実感はなく、千秋は夢うつつに日灼けあとの肌を心配する。

こんなに灼いてしまって、いいのかな。来月はもう二十四歳だから肌も若くない。徹夜明けは目の下に隈ができるし枝毛も多くなった。こんな歳になって日灼けなんかと、千秋はまた太陽を嫌悪する。中学生のころから陽射しには気をつけて皮膚を白く保ってきた。それなのに今は黒いビキニで砂浜に横たわり、防御もせず光に身を晒《さら》している。

いったい私、ここで何をしているのだろう。太陽の下には海が青く広がって、すぐ近くにはカモメも飛んでいる。周囲のヒマワリは風も受けず、まるで視力のある生き物のようにじわりと千秋の裸身に迫ってくる。

私、日灼けなんかしたくないのに、太陽なんか嫌いなのに、いったいこんなところで、こんな黒い水着で、何をしているのだろう。早く家へ帰らなければ、早く日陰に逃げ込まなければ、と思ったときにはヒマワリが間近に迫り、ピラニアのように太ももへ噛みついてくる。ただのヒマワリが、なぜこれほど痛いのか。夢のなかの太陽が、なぜこれほど熱いのか。

朦朧《もうろう》とした意識に、現実が突如、正体を暴露する。横たわっている場所は海辺や砂浜ではなく、アパートのベッドなのだ。服装も黒いビキニではなくて普段着のワンピース。太ももに噛みついているヒマワリはワンピースの裾を燃やしている炎で、遠くに見えていた太陽は火のついたカーテンなのだ。すでにベッド自体が炎を吹きあげ、床のカーペットも不快な焦臭を発している。四角いワンルームアパートの空間を猛り狂った炎が円形に乱舞し、炎は千秋の髪の毛まで圧倒的なスピードでなめあげる。

これは夢だ、見るはずのない悪夢なのだ。必死に現実を打ち消そうとする千秋の肺で、熱と新建材の煙が爆発する。夢なのに、なぜこれほど息が苦しいのか。夢なのに、なぜワンピースや髪の毛が燃えているのか。夢なのに、なぜ壁が燃え、なぜ黒い煙と炎がベッドを襲うのか。そしてなぜ、自分の躰が動かないのか。

夢でも幻覚でも、なんでもいい。とにかく躰を動かさなくては、とにかくこの部屋から逃げ出さなくては。

千秋は必死に寝返りをうち、意志力でベッドからころげ落ちる。同時にカーペットが炎を吹きあげ、全身が炎に包まれる。髪が燃え、肉が焼け、口と鼻腔に炎や煙が自由に出入りする。それでもまだ辛うじて意識はあり、これは夢なのだと思いながら、千秋は燃える手足をドアへもがかせる。すでに皮膚は火の熱を感知せず、煙に嗅覚を刺激せず、ただ手足の筋肉が、十センチ二十センチと、わずかずつ千秋の躰をドアへひきずっていく。

なぜこんな悪い夢を見るのだろう、誰が私にこんな悪夢を見させるのだろう。私がいったい、どんな悪いことをしたのだろう。なぜ私が、こんな罰をうけるのだろう。

最後の意識がとぎれ、炎が手足の骨にまで食い込んできたとき、千秋の躰はドアからまだ一メートルも手前だった。

1

北に向かった窓から新宿《しんじゅく》の高層ビルが見渡せる。樹海のような夜に無数の照明が氾濫し、光はうねったり凝縮したりしながら東京の夜を圧迫する。手前の不夜城は渋谷《しぶや》の繁華街で、その向こうが新宿の新都心。首都高速はオレンジ色の河となって樹海をつらぬき、光は白く青く赤く、途方もない密度で夜景を装飾する。SF映画に似た夜景の無機質さが不安なのか、自分の存在が不安なのか、ぼくは思考に蓋《ふた》をする。

ベッドに美波《みなみ》の寝息を確認し、裸でバスルームへ歩く。日向での作業が腕と首筋に日灼けを残しているが、季節は九月。東京には真夏のような暑さがつづいていて、そういえば一週間も雨が降っていないなと、シャワーを浴びながら考える。

今日の現場は川崎《かわさき》市の新築住宅だった。早川《はやかわ》美波はフリーのガーデニングプランナーで、北欧風ガーデニングではすでにオーソリティーだという。設計図をひき、絵コンテや模型でイメージを完成させ、土、石、花木等の現場作業は一日で終わらせる。庭全面のガーデニングからマンションのベランダまで理屈は同じこと、その現場作業の日だけぼくはアルバイトに雇われる。

　このまま雨が降らないと今日の庭も水の管理が大変だなと、アルバイトながら美波の仕事を心配する。美波はぼくの姉貴と高校が同級で、ガーデニングプランナーとして独立してからは雇い主、セックスをする関係になってからは一年がたつ。

　日灼けの首筋と腕を水で冷やし、腰にバスタオルを巻きながらベッドルームへ戻る。美波が目覚めていなければこのまま服を着て、部屋を出ればいい。昨日も徹夜だったというし、今日も植木屋や庭師、臨時の作業員を相手に声を嗄《か》らしていた。色白で痩せ型の美波にそんな体力があることを、一緒に仕事をする日、いつもぼくは感嘆する。

「広也《こうや》くん、お水をお願い」

　ベッドの頭板に背中をあずけながら、美波がシーツを胸の上にかきあげる。髪が短くて屋外作業も多いのに、肩も腕も蠟細工のような白さを保っている。

「起こしてしまったな」

「眠っていたわけではないの。疲れて、ぼーっとしていただけ」

　さっきは寝息が聞こえていたから眠っていたはずなのに、そんなつまらないことでも美波は意地を張る。五歳年上であることの見栄なのか、ただの性格なのかは知らないけれど、ぼくはいつも苦笑する。

「疲れたら寝ればいいさ」

キッチンへ歩いて、冷蔵庫からミネラルウォーターと缶ビールを抜いてくる。

「ありがとう」

ベッドの端に腰をのせたぼくの鼻腔を、美波の体臭が日向芝のようにくすぐる。美波は徹夜明けで一日中現場作業に活躍し、部屋へ戻ってからはデリバリーのピザとビールを腹に入れただけ。今夜はゆっくり寝かせてやりたい。

ベランダの方向からエアコンの冷気がときどき、ぼくは床から汗くさいTシャツを拾いあげる。それを頭からかぶり、バスタオルをむしってトランクスをはく。アルバイトの日は着替えを用意するべきだと思いながら、当日になるとつい忘れてしまう。

「広也くん、やっぱり帰るの?」

「泊まったら島田《しまだ》さんに悪いさ」

「今夜は来ないわよ」

「そういう問題じゃないよ」

「向こうは気にしないけどね」

「それでもさ、礼儀だってあるから」

島田という広告会社の営業マンは美波ともう五年のつきあいだという。結婚するとかしないとか、以前はよく聞かされたがここ二、三カ月、美波は島田の名前を口にしていない。

「さっきの話、広也くん、考えた?」

白く咽《のど》をさらして美波がペットボトルをあおる。

「なんだっけ」

「薄情なやつねえ、有限会社の話よ」

「ああ、そうか」

「私は本気。広也くんもこの仕事に向いているし、私たちも気が合うでしょう」

「すぐ決めろと言われても、な」

夕方ピザを食べながら話していたのは、美波の個人事務所を有限会社にすることで、ぼくに役員になれという。大学を卒業して半年、ぼくは定職もなく就職活動もしていない。美波に言わせるとガーデニングのセンスがあるそうで、どうせなら雑用のアルバイトではなく、共同経営にして仕事の範囲を広げようという。それもいいかな、とは思うものの、自分にガーデニングのセンスがあるとは思えず、一生の仕事にする熱意もない。美波と島田だって別れてはいないはずで、だから「このままでいいけどな」というのが現状での、ぼくの正直な感想だった。

美波がペットボトルを床におき、シーツがずれて左の乳房がのぞく。美波の躰は肉も乳房もうすく、きれいな色の乳輪に小さい乳首がのっている。ぼくは素敵なプロポーションだと思うけれど、美波は胸の貧弱さが不満だという。

「まだ十時なのね、どこかへ飲みに出ようか」

「このまま休みなよ」

「だって広也くんが帰ってしまったら、つまらない」

「呼べば島田さんが来るさ」

「それ、皮肉？」

「社長に皮肉は言わない」

「それが皮肉なのよ。あなたは呑気な顔をしていて、心が冷たいの」

「寝不足の子供みたいだな」

「生意気なことを……そのビール、私にちょうだい」

尻をずらしてきて、美波が缶ビールをとりあげ、ぼくの飲み残しを咽へ流す。美波の肩がぼくの胸に触れ、美波の白い背中がぼくに目眩《めまい》をおこさせる。

「とにかく会社のことは考えてね。広也くんも就職浪人では世間体が悪いでしょう」

「姉貴も同じことを言う」

「あなたは水穂《みずほ》の弟だもの、仕方ないわ」

「美波さんの弟ではないさ」

「あら、私だって、弟とセックスはしないわよ」

吹き出すように笑い、美波がぼくの背中に腕をまわす。美波のぽってりした唇は少し乾いていて、粘膜のざらつきがぼくの日灼けに染みわたる。ベッドに倒れればもう一度セックスをすることになるのだろうが、姉貴の名前や中学時代の記憶が性欲をしぼませる。中学一年のとき、水穂の同級生として美波に出会い、それから十年の時間がすぎて、今は裸の美波がとなりにいる。

「ねえ、広也くん」

「うん?」

「帰るなら仕方ないけど、私がシャワーを出るまで待っていて」

「どうして」

「シャワーから出たあと、あなたの顔が見えないと淋しいから」

ぼくの返事は聞かず、美波がシーツをはぎとってバスルームへ歩く。尻にも太腿《ふともも》にも脂肪はなく、ダイエットはしていないと言うから、もともと脂肪のつきにくい体質なのだろう。

美波がバスルームへ消えたあと、仕方なくぼくは床にころがってピザの残りを頰張る。居間兼用のベッドルームは十畳の洋室、となりの仕事部屋が八畳のフローリング。仕事部屋は壁全体が書架になっていて、ガーデニングの専門書と資料と、それに美波が自分で撮影したヨーロッパの庭園写真が一万枚以上も納まっている。南側の窓は目黒《めぐろ》通りに面し、部屋は高層マンションの八階にある。通常なら途方もない家賃らしいが、マンションの所有者は美波の実家だという。

美波がガーデニングに興味をもったのはイギリスへ留学した大学時代だった。以来ギリシャの裏町からスカンジナビア半島の北端まで、ヨーロッパ中を歩きまわった。仕事部屋は庭の設計図やスケッチばかり、ブランド品にもグルメにも興味を示さず、髪なんかも自分で切ってしまう。人生をガーデニングと一体化させている美波の生き方に羨ましさは感じても、ぼくの生活観にはなじまない。

美波の仕事部屋を眺め、シャワーの音を耳に入れながら、床に寝返りをうつ。乾いた木の床が火照った背中を冷やし、「今夜は帰る」と決めているはずの意地がとろとろとゆるんでいく。家へ帰ってもすることはないし、明日の予定もない。それでも泊まらないのはささやかな抵抗で、どこかに島田への嫉妬がある。

ぼくが躰を起こしたとき、美波が鼻唄をうたいながら部屋へ戻ってくる。胸には植物柄のバスタオルを巻き、頭には紺色のフェイスタオルを被せている。

「広也くん、本当に帰るの」

「お袋が心配するから」

「中学生みたいね」

「朝になって追い出されても辛いしさ」

「私がいつあなたを追い出した?」

「朝になれば追い出されるさ」

「そうやって拗《す》ねるところ、本当に中学生みたい」

あれから十年もたって、背ものびて髭も濃くなって、ぼくだって大人になっている。ただ美波は姉貴の同級生ではあるし、ぼくの気分にも甘えはある。

美波がドレッサーの前に座り、髪にドライヤーをかけ始める。そのドライヤーが美波の髪からシャンプーの匂いを飛ばしてきて、ぼくの未練がふくらみ、未練と意地が頭のなかで三秒ほど葛藤する。

「それじゃ、おやすみ」

ドライヤーを切って、美波がふり返る。

「広也くん、十月は躰をあけておいてね」

「いつでもあいてるさ」

「そうだろうけど、来月は仕事がつまっているの。あなたを当てにしているから」

ぼくがうなずき、美波がドライヤーのスイッチを入れ、ぼくの足が二人の距離をひき離す。恋人同士の別れにしては空気が乾いていて、友達では重すぎる。このままの関係でいいと思いながら、このままの関係がつづくことに自信はない。先のことなんか考えても仕方ないよなと、スニーカーに足を入れながらぼくは自答する。

*

三十分も歩けば家へ帰れるが、都立大学《とりつだいがく》の駅から東横線《とうよこ》に乗り、大井町線《おおいまち》と池上線《いけがみ》を乗りついで洗足池《せんぞくいけ》の駅に出る。時間は十一時をすぎて中原街道《なかはら》もクルマの渋滞が解消し、タクシーや長距離トラックがエンジン音を飛ばしていく。ぼくの家は池畔《ちはん》を四半周ほど北へ巡った南千束《みなみせんぞく》にあって、昼間なら散歩の年寄りで賑わうが今は貸しボート屋も店を閉めている。

駅前の歩道橋を池側へ渡り、街灯の下を家へ向かう。お袋は寝ているはずだし、姉の水穂も帰っていないだろう。親父は環境生物学の専門家で、もう半年もニジェールへ行っている。西アフリカの砂漠化阻止が研究テーマだというが、フィールドワークの適性が過ぎて日本には住みにくい体質らしい。ぼくが子供のころから家にいたことはなく、一年に一度か二度、珍しいお土産《みやげ》をもって遊びにくる「陽気で日灼けして話の面白いオジサン」という程度の印象しかない。

歩道から池畔への道へおりようとしたとき、品川《しながわ》方向から走ってきたタクシーが急ブレーキをかける。中原街道で急停車を命ぜられる運転手も迷惑、こんな夜中に道の向こうから大声で名前を呼ばれるぼくも、非常に迷惑だ。

「広也、待ちなさいよ、ちょうどよかった、あんたに用があったの。ほら、どうしたのよ、ぼんやりしてないで早く戻りなさいよ」

もう夜の十一時、昼間だって恥ずかしいのに、ぼくはうんざりと赤面する。家まで歩いても一、二分、遠回りになるがクルマでも数分。用があるなら家へ帰ってから話せばいいものを、相変わらず水穂の性格は忙しい。

渡ったばかりの歩道橋を駅側へ戻り、タクシーへ向かう。水穂はもうクルマを降りて、ショルダーバッグを肩に颯爽《さっそう》と歩いてくる。タクシーで送る、という意図はなく、用事とやらは歩きながら済ませるつもりらしい。膝丈のタイトスカートに黒いパンプス、ジャケットはセリーヌでバッグはエルメス、靴と時計もなんとかかと言っていたが、興味はない。時間があればエステにかよい、青山《あおやま》の美容院では女優やタレント《タメ》と対等なのだという。他人は美人だというが、水穂の容姿をもっとも称賛しているのは水穂本人だ。

「あんた、相変わらずむさ苦しいわねえ。知らなければ近所のホームレスかと思うわよ」

一メートルほど手前で足をとめ、水穂が眉をひそめながら鼻先を上向ける。汗は匂うがTシャツにジーンズにスニーカーで、それでむさ苦しいと言われても困ってしまう。ガーデニングのアルバイトに、誰がアルマーニのスーツなんか着ていくか。

「姉さん、今夜は早いな」

「なに寝ごとを言ってるの。昼間からずっと広也を探してたんじゃない。あんた、どうしてケータイを持たないのよ」

「姉さんに探されたら面倒だもの」

「一人前の口きくんじゃないの。その恰好だと、どうせ道路工事のバイトでしょう」

「似たようなもんだけどさ」

「トンネル工事？」

「ガーデニング」

「あら、また美波のところ」

「早川さんに言わせると、おれ、ガーデニングの才能があるらしい」

「冗談じゃないわ。あんたの才能は昼寝と無駄飯でしょう。まともな才能があればとっくに就職してるわよ」

「姉さんはいつも正しい」

「だからね、どこへバイトに行ってもいいけど、行き先はお袋に伝えておいてよ。昼間から私、本気であんたを探してたんだから」

「だけど……」

「立ち話もできないわ。本当に大事な話なの。今夜はおごるから、ちょっとつき合いなさい」

水穂が歩きだし、家への方向ではなく、池上線のガードへ向かう。金にシビアな姉貴が弟に「おごる」とか言いだしたのは、一年半ぶりのことだ。まさかぼくと酒を飲むために昼間から探していたはずもないから、緊急の用件ではあるのだろう。ぼくはいやな予感を感じながら、それでも仕方なく水穂についていく。

このあたりは町名が上池台《かみいけだい》となり、横須賀《よこすか》線の近くまでまばらな商店街がつづいている。今は花屋も雑貨屋もシャッターをおろし、道にコンビニの照明だけが流れ出す。

商店街から路地へ曲がり、その先の『ピエロ』という居酒屋へ入る。店にはぼくも二、三度は来た覚えがある。マスターの自慢は鹿児島の地鶏をつかった自家製の焼き鳥で、名前の『ピエロ』も本来はピエトロの予定だったものが、看板屋の間違いでピエロになったらしい。このマスターは大学でフランス文学を専攻し、大学院まで修了したという。

狭いカウンターには男の客が二人いて、焼き鳥で薩摩《さつま》焼酎を飲んでいる。その二人が水穂の化粧と色香に恐縮し、奥の席をすすめてくれる。どこへ行っても人目をひく水穂の容姿はぼくにとって恥ずかしくもあり、自慢でもある。

「やあ水穂さん、こっちの彼氏、弟さんだっけ」

「大学を出て就職浪人なの、だらしないったらありゃしない」

「姉さんが偉いと弟さんも大変だね」

「朝から晩まで家でごろごろ、洗足池のアヒルより始末が悪いわ。母親が甘やかしすぎなのよ」

「就職浪人なんて人生最高の贅沢だぜ。俺も若いころはヨーロッパを放浪したけど、今じゃ焼き鳥屋のおやじだ」

「マスターには『焼き鳥は文学だ』という哲学があるじゃない」

「あんなのは負け惜しみさ。サルトルやカミュじゃ食えないから、鶏と町内会の世話を焼いて暮らしてるわけだよ」

マスターが焼酎のボトルとアイスペールをさし出し、水穂が二つのグラスにウーロン茶割りをつくる。エアコンがきいて焼き鳥の煙は苦にならないものの、水穂とマスターの軽口や薩摩焼酎の匂いが煩《わずら》わしい。

「だけどあんた……」

グラスに口をつけ、サイドの髪を左手でかきあげながら、水穂がぼくの顔をのぞく。

「美波のバイト、ちゃんとお給料をもらっている？　いくら私の友達でもただ働きはダメよ」

「それほど暇じゃないさ」

「暇だから心配してるんじゃない。あんたは父親に似て人がよすぎるの。美波ってお嬢様育ちだからお金に無頓着だしね」

「姉さんが思うほどじゃない」

「頼りないわねえ。あんたがしっかりしてくれないと、心配で私、結婚もできないわ」

「例の人、離婚が決まったの?」

「誰のことよ」

「サッカー選手の」

「田辺清幸《たなべきよゆき》?」

「うん」

「あんなやつ、とっくに別れたわ」

「知らなかった」

「そんなことはどうでもいいの。結婚というのはたとえ話よ。私はキャリアをかさねて、そのうち関東テレビを支配してやるの」

「すごい野望だな」

「広也は知らないだろうけど、私がテレビに顔を出すだけでファンレターが何千通も来るんだから」


水穂がまた髪をかきあげ、舌の先で上唇をなめながら、鼻の先をふんと笑わせる。ファンレターがどれほど来るかは別にして、たしかに水穂はテレビに顔を出す。この前見かけたのは去年の台風のとき。房総《ぼうそう》半島に大型台風が上陸し、その模様を現地からライブレポートした。レインコートを着て傘をさし、荒れ狂う暴風雨を背景に絶叫する水穂の勇姿は、かなり壮絶で、迫真の緊迫感も伝わってきた。ふーん、姉さんも大変だな、と思ったその瞬間、テレビの画面から水穂の姿がすぽっと消え失せた。あとで聞いたところによると、水穂は傘と一緒に突風に吹き飛ばされ、十メートルも離れたワゴン車の屋根に叩きつけられたという。手首の捻挫《ねんざ》に膝と腰の打撲、その怪我自体がニュースになって水穂の名前はワイドショーでもとりあげられた。しかしそれはもう一年も前の話で、以降は派手な活躍も聞いていない。報道部勤務は相変わらずらしいから、たまにはニュース番組にも出るのだろうが、ぼくは知らない。

「ここだけの話だけどね、いま局内で、私をキャスターに推す動きがあるのよ」

「ああ、そう」

「編成局長と営業部長が私の味方なの。取締役にも二人ほど粉をかけてあるわ」

「姉さん、報道部だろう」

「だからなによ」

「ニュースのキャスターって、アナウンサーがやるんじゃないのか」

「あんたも素人《しろうと》ねえ。今は可愛い顔で原稿を読むだけの時代じゃないの。キャスターには美貌と知性とキャリアが求められるの。報道部で現場を知っている私は、すべての条件を満たしてるわけよ」

「すべての条件、な」

「顔のことは今さら言わないけど、知性、教養、行動力に視聴者の心をつかむカリスマ性、何をとっても遠藤京子《えんどうきょうこ》より上だと思うわ」

「遠藤京子って」

「あんた、遠藤京子を知らないの」

「うん」

「十一時のニュースはどこのチャンネルを見るのよ」

「どこも見ない」

「夜のニュースを見ないの？　それでよく私の弟をやってられるわね」

呆れたような怒ったような顔で、水穂がルージュの濃い唇をねじ曲げる。知性と教養はともかく、行動力は子供のころから証明されている。池がせまくて鯉が可哀そう、という名目で、子供のころの水穂はよく洗足池から鯉を盗んできた。その鯉であらいや鯉こくをつくり、アフリカ帰りの親父をもてなしたのだ。他人の歓心を買うこと、男を手玉にとることには天賦《てんぷ》の才能があって、関東テレビの編成局長や営業部長が「私の味方」と言い切るからには、どこかでその才能を行使したのだろう。

「遠藤京子というのはね」

唇をねじ曲げたまま、グラスをあおって、水穂が肩をそびやかす。

「今はうちの局でメインキャスターをやってるけど、もともとはNHKからの都落ちなのよ。あんな猫なで声で、歳だってもう三十六なんだから。目尻も口のまわりも皺だらけ、メイクを落とした顔なんか売れ残りの干し柿みたい、それがね……」

「おれ、遠藤京子を知らないもの」

「いいから聞きなさいよ。とにかく遠藤京子なんて、寝技がうまいだけの大年増なのよ。都知事の青田《あおた》伸一郎《しんいちろう》と関係があるからのさばってるの。局内ではもう誰も相手にしないわ」

「それなら、放っておいても姉さんの勝ちだ」

「そこがまた人事の難しいところなのよ。世論とか大衆の動向とかスポンサーとの兼ね合いとか、素人の広也に言っても分からないわ」

ぼくには最初から分からない問題で、興味のない話題なのに、勝手な解説をつづけているのは水穂のほうなのだ。

ぼくはがぶりとウーロン茶割りを飲み、額に張りついた前髪をかきあげて、カウンターに肘をつく。

「なあ姉さん、姉さんがキャスターになったらおれも嬉しいけど、テレビ局のことなんか分からないよ」

「あんたに分かれと言ってないわ」

「だから……」

「だからね、私にとってもチャンスだし、これは関東テレビの将来にとっても重大な問題なの」

「おれに遠藤京子を殺せとか」

「あんたにそんな度胸があれば政治家になれるわ」

「要するに、なんだよ」

「まったく、それをさっきから言ってるんじゃないの」

ぼくの顔に色っぽく流し目を送り、なにかを思い出したように、水穂がほっと息をつく。目つきの色っぽさは酔いや化粧のせいではなく、生まれつきの、そういう才能なのだ。

「マスター、おまかせで何本か焼いてちょうだい」

「水穂さんは塩だっけね」

「うす味で頼むわ」

「弟さんも同じでいいのかな」

「この子は味なんか分からないの。就職もしてないくせに大食いだから、好きなだけ焼いてあげて」

「姉さん、おれ、今夜は疲れてるんだ」

「いいじゃない、どうせ明日は昼まで寝てるんでしょう」

「明日は庭の草むしりをする」

「そんなことはどうでもいいの。問題はね」

膝にエルメスのバーキンとやらをひき寄せて、水穂が一枚のコピー紙をとり出す。水穂のプワゾンがねっとりとぼくの鼻腔にからまり、咳き込みそうになる。

「あんた、このこと、知っていた?」

「なにを」

「この新聞の記事……いいから、読んでみなさいよ」

渡された紙は新聞の記事を拡大コピーしたもので、それは行数にして二十行ほどの、見出しも小さいベタ記事だった。新宿区の落合《おちあい》にあるアパートの一室から出火し、若い女性が焼死したという。記事には解説も顔写真もなく、指摘されなければ読み落としてしまうようなもの。ただ被害者の名前が安彦《あびこ》千秋で年齢が二十三、アパート名が欅《けやき》ハイツという部分が、一瞬ぼくの息を詰まらせる。記事の最後は「現在警察と消防で出火の原因を調査中」と結ばれている。

「どうなの、あんた、知っていた？」

「まったく……」

「私ね、いま警視庁担当の遊軍なのよ。一週間前にこの焼死事件があったことは知っていた。でも火事なんていつでもあるし、気にもしなかった。それが二日ぐらい前から警察の動きが不審《おか》しくなって、記事を読み直してみたら被害者が安彦千秋でしょう。アビコなんてよくある名前だけど、ふつうは千葉県の我孫子《あびこ》と書くじゃない。この字の安彦は珍しいから、それで思い出したの。この子、たしか、広也の彼女だった子よねえ」

名前が安彦千秋で、アパート名が落合の欅ハイツなら、あの千秋に間違いはない。大学三年の秋から冬へかけて、ぼくは千秋とつき合った。映画を見にいき、大学の公開講座に参加し、千秋のアパートへ泊まって千秋もぼくの家へ遊びにきた。居合わせた水穂に千秋がテレビ局の仕事について尋ねたこともあるから、水穂も千秋の名前を覚えていたのだろう。そこまでは理解できても、焼死だの警察の動きだの、これは、どういうことなのか。

「姉さん、この記事、なんだか分からないな。千秋は本当に死んだのか」

「テレビのニュースでも短くとりあげたわ。でも火事なんて年間に三万件も発生する。関係者以外は誰も気にしないし、ワイドショーも扱わなかった。ただここへきて、どうやらその火事、放火の疑いが出てきたの。火事が放火なら殺人事件でしょう、警察もまだ捜査本部は立ち上げていないけど、内偵は開始したらしいわ」

「つまり……」

「新聞もほかのテレビ局も動いていないの。これは関東テレビの、私だけのスクープなのよ。ここで一発大スクープを飛ばして遠藤京子を出し抜いてやる。そうなったら社長にも専務にも文句は言わせない。私は花形記者から美人ニュースキャスターへ転身、見事ファンの期待に応えられるわけよ」

「それは、いいけどさ」

「警察もね、最初は失火か自殺を考えていたらしいの。でも被害者の身辺を調査して自殺の可能性はなくなった。彼女、ソーシャルワーカーを目指して張り切っていたという」

「ソーシャルワーカー？」

「老人介護の支援とか病人の精神ケアとか、そんなような仕事らしいわ」

一昨年のクリスマス前には別れてしまったから、千秋の就職先は知らない。あのころは教職を目指していたような気もするが、ソーシャルワーカーの仕事が老人や病人のケアというなら似たようなものなのか。

二年近く忘れていた安彦千秋の白い顔が焙《あぶ》り出しの絵のように、ぼんやりとぼくの記憶に輪郭をつくる。

「姉さん、事件のこと、どれぐらい分かってるの」

「概略だけよ。警察もまだ手をつけたばっかり」

「放火というのは確実なのか」

「捜査一課に手なずけている若い刑事がいるの。そいつから聞き出した情報だから間違いないわ」

一放火だと、やっぱり、殺人なのかな」

「当然じゃない。通常の失火だと火元が特に燃えるものなの。台所からの出火ならガス台のまわり、寝タバコの不始末なら布団《ふとん》のまわり、冬ならコタツとかストーブの近く。でも事件は一週間前だから暖房器具は使っていない。警察と消防が詳しく調べたらベッドや床や壁や、いろんなところから同時に出火していたという。灯油でもまいて火をつけたんだろうって」

「それも千秋本人が、ではなく?」

「もともと女の子に焼身自殺は似合わないのよ。首を吊る、高いところから飛びおりるとか、普通はそんなところ」

「ふーん、そう」

「広也、あんたたち、別れてからどれぐらいだっけ」

「二年近くかな」

「それ以来、会っていないの?」

「電話もしなかった」

「連絡しても向こうに断られたとか」

「姉さんが思うほど、おれ、未練がましくない」

「あんたは無気力なだけでしょう」

「姉さんが思うほど……」

「そんなことはどうでもいいの、今の問題は放火殺人なんだから」

カウンターに焼き鳥が並び始め、水穂がしゃきっと、レバーを歯でしごく。目尻は皮肉っぽく笑い、鼻の先も上を向く。「私の鼻は穴の形まで美しい」というのが、つねづね聞かされる自慢なのだ。

レバーを一本食べ終えてから、つづけて軟骨に手をのばし、白い歯でしごいて水穂が言う。

「ねえ広也、つき合っていたころ、千秋さんは睡眠薬を飲んでいた?」

「どうだかな」

「セックスはしたでしょう」

「姉さんに関係ない」

「彼女ね、焼死したときトリアゾラム系の睡眠薬を飲んでいたの。ハルシオンのようなものらしいけど、それを通常の五倍も。慣れない子がそれだけの睡眠薬を飲めば意識があっても躰は動かないわ」

「千秋が睡眠薬、か」

「だから聞いたのよ」

「あのころは飲んでいなかったと思う」

「警察が彼女の勤めていた病院を調べても、睡眠薬の処方は受けていない」

「千秋が病院に？」

「ソーシャルワーカー志望だもの」

「そうか、病院か」

「司法解剖で肺から大量の煤《すす》が検出されたの。つまり彼女は睡眠薬で意識は朦朧《もうろう》としていたけど、出火したときには生きていた。犯人は犯行の痕跡を隠すために放火したのではなく、生かしたまま、わざと彼女を焼き殺したの。この事件をスクープすれば世間は大パニックだわ」

「睡眠薬が関係しているのなら、犯人は病院の関係者だろう」

「あんたも世間知らずねえ。睡眠薬ぐらいどこでも手に入るわ。私だって病院から処方させているもの」

「姉さんが？」

「繊細な人間には必要な薬なのよ」

「ああ、そう」

「だからね、要するにこういうことよ。安彦千秋は誰かに睡眠薬を飲まされて、意識が朦朧となったところを部屋に放火された。犯人は強盗とか暴行魔ではなく、彼女がよく知っていて、ある程度親しくて、それで彼女を憎んでいた人間……たとえば、要するに、広也みたいな人間よ」

ちょうど咽を通っていた焼酎が一瞬逆流し、ぼくの鼻と目にも困惑が逆流する。いくらキャスターを目指す報道部記者でも、弟を殺人犯にしてまでスクープを飛ばしたいのか。

「姉さん、おれ、千秋を憎んではいなかった」

「ふられたくせに」

「ふつうに別れたんだ」

「信じられないわね」

「信じてくれなくてもいいよ」

「そりゃあんたは私の弟だから、顔と頭はいいわよ。でも性格が女々しいじゃない。それで彼女にふられたんでしょう」

「ストーリーが通俗すぎる」

「気取るんじゃないわ。あんたは小学校のときから好きな子にふられていた。性格がグズで態度が煮え切らないからよ。彼女とのときだってそうに決まってるわ」

ぼくと千秋がなぜ別れたのか、言ったところで、水穂には分からない。ぼく自身にも明確な理由は分からないし、千秋の死に衝撃は感じても、どこか遠い、実感のない出来事なのだ。

ウーロン茶割りをつくり直し、焼き鳥を一本片づけて、ぼくは気分をしずめる。

「姉さん、スクープは残念だけど、おれ、犯人じゃないよ」

「そんなことは知ってるわ」

「知ってるならいいじゃないか」

「彼女を憎んでた人間に心当たりは?」

「ない」

「男とのトラブルは？」

「姉さんとはちがうさ」

「あら、私がいつ男とトラブったのよ」

一サッカー選手に東大出の医者に、グラフィックデザイナーに青年実業家に、その気になればあと五人は思い出せる」

「みんなただのつまみ食いよ。今の本命は俳優の香坂司郎《こうさかしろう》なんだから」

「本当かよ」

「そのうち広也にも紹介してあげる。でも今の問題は安彦千秋を殺したいほど憎んでいた人間のこと」

「まるで、思い当たらない」

「ストーカーに狙われていたとか」

「おれたち、二年前には別れているんだよ」

「二年前に別れてもつき合ったことがあるし、セックスもしている。この事件に関してあんたの立場は絶対的に有利なの。あんたの立場が有利なら私にも有利なわけよ」

「話が見えない」

「最初から言ってるじゃない。あんた、私に、関東テレビのキャスターになって欲しくないの」

「なっては欲しいけどさ」

「だったら協力するのが当然でしょう」

「要するに、なんだよ」

「にぶいやつねえ、私も無料《ただ》でとは言わないわ。バイト料を出すからしっかり仕事をしろと言ってるの」

膝にのせたバッグから、今度はヴィトンの財布をとり出し、水穂が五枚の一万円札を抜いて見せる。

「はい、これ、とりあえずの取材費」

「えーと、なに」

「取材費よ。広也だって人に話を聞くのに軍資金は必要でしょう」

「おれが誰に、なんの話を聞くの」

「彼女の友達とか家族とか、事件の関係者よ。犯人までつきとめろとは言わない。でも重大な情報をさぐり出したら金一封もはずんであげるわ」

「姉さん、本気かよ」

「冗談でバイト料は払わないわ」

「だけど……」

「広也には被害者の元恋人という、有利な立場があるの。二年前にはふられたけど、あんたは彼女に未練たっぷり。だからどうしても犯人を許せない。そういう名目があれば家族でも友達でも話が聞ける」

「おれ、未練なんか、たっぷりじゃない」

「広也の気持ちは関係ないの。状況に不自然さがなければそれでいいの。事件の関係者には警察やマスコミを嫌う人間もいる。特に親や兄弟はマスコミとの接触をいやがる。でも元恋人の未練男にならどこかできっと気をゆるす」

「ふられたんでもないし……」

「あんたも頑固ねえ、この際事実なんかどうでもいいのよ。要するにあんたは、この事件に関して誰よりも有利な立場にあるの。広也はその立場を利用して、姉である山口《やまぐち》水穂をテレビのトップキャスターに推す義務がある。私がもっと有名になれば、あんたも心から嬉しいでしょう」


水穂がキャスターになって有名になろうと、サッカー選手と不倫をしようと、ぼくの知ったことではない。千秋の死に関しても気の毒だと思う以上の感情はない。今日まで顔を思い出すこともなく、消息も聞かなかった。千秋が殺されるほどのトラブルに巻き込まれたとすれば、ぼくと別れて以降の、一年九カ月間でのことだろう。

水穂が五枚の一万円札をひらつかせて、ぼくの尻ポケットに押し込む。それからウーロン茶割りを飲みほし、首筋の髪をうるさそうに払う。もうぼくを自分の助手と決めているらしく、目には尊大な威嚇《いかく》がただよっている。ふだんは小遣いも貸さない水穂が五万円も出すあたり、事件に対する気合は相当なもの。それだけキャスターの座に賭けているのだろうが、報道部の記者からニュースキャスターへの転身など、本当に可能なものなのか。

「そうと決まったら、広也」

二つのグラスにウーロン茶割りをつくり直して、水穂が勝手に乾杯をする。

「明日からさっそく働いてちょうだい。関係者のリストは朝までにつくっておく。まず彼女の実家あたりから聞き込んでみて」

「そうはいっても、突然すぎる」

「どうせあんたは暇なのよ、就職活動をするわけでもなし」

「でも、山形は、遠い」

「山形って」

「千秋の実家は山形だ、それは聞いたことがある」

「なにを言ってるの、彼女の実家は千葉県の行徳《ぎょうとく》じゃない。父親は死んでいるらしいけど、実家には母親と妹が暮らしているわ」

「千秋の実家が、行徳……」

焼き鳥を前歯でしごき、口の奥へ押し込みながら、ぼくは記憶をたぐってみる。二年も前のことであいまいだが、千秋は自分の出身を「山形県の米沢《よねざわ》市」と言わなかったか。安彦という姓についても織田《お だ》信長《のぶなが》の重臣の家系だとか、たしか、そんなことを言っていた。実家が千葉県の行徳なら東京へも通勤圏で、学生時代から落合にアパートを借りる必要はない。それともぼくと別れて以降、実家のほうが米沢から転居してきたのか。

「千秋の実家が行徳って、姉さん、間違いないのか」

「私が一課の刑事から聞き出したことよ。まさか広也、つき合っている子の出身地を知らなかったわけ」

「記憶ちがいかな。なにしろ二年も前だから」

「とにかく家族も友達も、みんな東京の近くにいるはず。あんたが聞き出すことは被害者の交遊関係、彼女が悩んでいたことや困っていたこと、男とのトラブルとか職場での人間関係、風俗や水商売に縁はなかったか……聞き出せることならなんでもいいわ。仕入れた情報はすべて私に報告すること。あんたは素人なんだから、自分で考える必要はないの。元恋人という立場で情報を集めればいいの。こんなかんたんなバイトで五万円も出すんだから、少しは感謝しなさいよね」

それほどかんたんな仕事なら水穂が自分でやればいい。そうは思ったが、尻ポケットに納まった五万円には魅力がある。今のぼくは水穂の指摘どおり、暇といえば暇なのだ。千秋がぼくと別れて以降の時間をどう過ごしたのか、なぜ放火殺人の被害者になってしまったのか、そのあたりの事情にも興味はある。それに水穂が本気でキャスターを目指しているのなら、援護の義理もある。気が強くて喧嘩も強くて、子供のころは近所の悪ガキからいつもぼくを庇《かば》ってくれたのだ。

焼き鳥がつづけてカウンターに並び、ぼくはマスターに停止の合図を送る。安彦千秋が殺されて、自分が明日から探偵のまね事を始める緊張が、実感もなくのしかかる。千秋の色素のうすいまっすぐな髪、弓形の眉、日灼けあとのない皮膚に小さくて色素のうすい乳首、セックスのときだけ匂う口臭や産毛の目立つ長い腕、そんなものが日めくりカレンダーのように、さらさらと記憶をいきすぎる。

「さあ、そうと決まったら広也、今夜は好きなだけ飲んでいいわ。あんたも明日から忙しくなるわけだから」

水穂がぼくの肩をたたき、プワゾンの匂いを飛ばして白い歯を見せる。弟にでも色仕掛けが通じると、たぶんその目は、本心から信じている。

あの千秋が、とぼくは口のなかで独りごとを言い、焼酎で舌と唇をしびれさせる。心までしびれるはずもないが、酔いが千秋の記憶を鮮明にし、電話をすれば今にも声が聞こえてきそうな錯覚が焼酎の味を苦くする。

今夜は悪酔いするだろうなと、肩に触れる水穂の髪を払いながら、ぼくはため息をつく。

2

カーテンの色に陽射しの強さが感じられる。

網戸の内側で空気は動いているはずなのに、部屋には義理ほどの風もない。洗足池の方向からカラスが間抜けな声で鳴き、かすかにボートの櫂音も聞こえてくる。ふだんならそれらの喧騒で始動する躰も、今日は二日酔いがベッドにひきとめる。カーテンの色はもう十時か十一時、日当たりのいい二階の部屋は気温も三十度をこえている。水穂と酒を飲むだけで悪酔いする体質なのに、昨夜は千秋の記憶がぼくの酒量を多くした。二日酔いぐらい飽きるほど経験していても、今朝の気分はひどすぎる。

シーツに冷や汗を吸わせたまま黄泉《よみ》の国へ向かうか、階下へおりてトイレに行くか。どちらも魅力的なイメージではないけれど、とりあえずぼくはベッドから這《は》い出して階下へおりる。このまま黄泉の国へ踏み込んだらトイレの場所が分からないし、地獄の苦しみに加えて小便まで我慢したら、地獄暮らしも楽ではないだろう。

トイレで膀胱を空《から》にしても吐き気は治まらず、脳の中心部ではネズミ花火がはじけつづけ、二階からおりただけでも奇跡だったのに、トイレから居間まで歩いたのはそれ以上の奇跡だった。

「あーら広也くん、よく起きられたわね」

となりの部屋からお袋が顔を出し、居間と台所の中間で柱に寄りかかる。派手な袖無しのワンピースに黄色いバンダナ、大きくひらいた胸元にはアフリカ土産《みやげ》のネックレスがぶらさがり、レゲエっぽいアフロヘアに濃い化粧が暑苦しい。人種も年齢も不詳で、自分の母親ながら、あまり町では会いたくない。

「水穂なんかと飲むからいけないのよ。あなた、あの子と飲んだあといつも二、三日は寝込むじゃないの」

「姉弟《きょうだい》の義理だよ」

「水穂は水とお酒の区別がつかない体質なの。いい加減にしないと躰をこわすわよ」

「姉さん、出掛けたの」

「八時前には飛び出していったわ」

「本当に同じ親から生まれたのかな」

「不思議なのよねえ。自分では二人とも私が産んだ気がするけど、もしかしたら病院でとり替えられたのかも知れないわ」

アフロヘアをふってお袋が台所へ入っていき、カウンターの向こうでのんびりと背伸びをする。

「広也くん、コーヒー？」

「お茶」

「私は出掛けるけど、広也くん、今日はお休みでしょう」

おれなんかいつだって休みさ、と言いかけ、ぼくは言葉を呑む。無職であることのひけめは自覚しているが、これ以上の自己嫌悪は二日酔いに悪い。

カウンターの向こうで煎茶の湯気をたてながら、お袋が鼻唄をうたうように首をふる。

「お正午《ひる》をすぎたら洗濯物をとり込んでちょうだいね」

「母さん、例のあれ、売れてるみたいだな」

「そうなのよ。世の中には物好きな人が多くて、私も驚いているの」

お袋が盆で湯呑と梅干しの小鉢を運んできて、テーブルにおき、ふんわりとソファに腰をおろす。風貌はアフリカのマジナイ師のようだが趣味で作っていた猫クッションがなぜかブームになり、最近のお袋は講習会やデモンストレーションで毎日のように外出する。二、三日前からは新宿のデパートで展示即売会とやらをやっているから、今日の外出もその関係だろう。

「広也くん、昨夜はどこで飲んだの」

「駅の向こうの焼き鳥屋」

「昼間から水穂が探していたのよ」

「電車を降りたときに見つかった」

「危ない相談ではないでしょうね」

「おれ、常識家だもの」

「水穂がね、広也くんが起きたら渡すようにって」

お袋がワンピースの前ポケットから四つ折りにした白い紙をとり出して、盆のわきにすべらせる。その紙にはぼくが会うべき人間の名前が書いてあることぐらい、読まなくても分かる。

ぼくは口のなかだけで返事をし、しかしリストを見る気にはならず、湯呑をとって濃い煎茶をすする。あけ放したガラス戸から真夏と変わらない陽射しがのぞき、ごていねいにアブラ蟬の声まで聞こえてくる。本来なら蟬もヒグラシに交代する季節なのに、今年は夏がしぶとく頑張っている。柿の木と無花果《いちじく》のあいだに渡した物干しには洗濯物が白く舞い、南側にひらけた空をカラスが飛んでいく。

「さてと、私、そろそろ出掛けるわ」

お袋が腰をあげ、目を京劇役者のように見開いて会釈《えしゃく》をする。目尻には五十五歳の皺があり、二の腕の皮膚も若さとは無縁な色にくすんでいる。それでも最近、嘘か本当か、渋谷で若い男にナンパされたという。

「広也くん、二日酔いでもお味噌汁はちゃんと飲むのよ」

言いおいてお袋が居間を出ていき、しばらくとなりの部屋へ入ったあと、ビニールバッグを肩に玄関へ歩いていく。ドアを閉める前に洗濯物について念を押してきたが、言われなくても洗濯物ぐらい、ぼくはいつだってとり込んでいる。姉の水穂はもともと家事にノータッチ、その上お袋まで芸術家になってしまったのだから、スーパーへの買い出しもとなりの家へ回覧板をまわすのも、最近はすべての家事がぼくの分担になっている。

梅干しをひとつ食べ、茶を飲みほしてから、ごろりとソファからころげ出る。梅干しぐらいで二日酔いが治まるはずもなく、薬箱に頭痛薬と消化剤を探す。台所で二種類の薬を胃におさめ、マグカップに味噌汁の汁だけを入れて居間へ戻る。パジャマの下には汗が冷たく噴き出し、頭のなかでは相変わらずネズミ花火がはじけている。吐き気がして躰中の関節がだるくて、それでも庭に咲いたムクゲの淡い花を眺めると、ふと幸せな気分になったりする。

ぼくはマグカップを床において、パジャマをむしりとり、それから葡萄《ぶどう》棚のつくるまだらな葉陰に身を投げる。エアコンをつけないのは山口家の家訓で、「アフリカで働いているお父様のご苦労を考えましょう」というのが、一貫して譲らないお袋の主張なのだ。

寝不足のせいか、頭痛薬の効果か、蟬の声がぼくの意識を遠くし、庭を徘徊するノラ猫や墨色のジャコウアゲハの影が二日酔いの苦しさを倦怠《けんたい》に変えていく。安彦千秋が落合のアパートで焼死したこと、それが殺人であるらしいこと、水穂がその殺人事件にぼくを巻き込んだこと。そういった一連の経緯がうとましく、四散する意識のなかで、ぼくは長く欠伸《あくび》をする。

まどろんでいたのは一時間。躰に倦怠感は残っていても、気分は爽快。ぼくはいさぎよく洗濯物を始末し、シャワーを浴びて着替えをして、一時前には家を出た。夏休みの終わった洗足池にはボートがまばらに浮かび、岸辺寄りの浅瀬をカイツブリが群れていく。日陰のベンチでは年寄りが団欒《だんらん》し、対岸の中学校から昼休みの喚声が聞こえてくる。緩慢で気だるい長閑《のどか》さのなか、安彦千秋の死はまだ実感のない絵空事だった。

ＪＲと私鉄を乗りつぎ、西武《せいぶ》新宿線の下落合駅についたのは、二時を少しすぎた時間だった。アパートが欅ハイツで被害者が安彦千秋なら、事実関係に間違いはないだろう。それでも新聞の片隅に二十行ほどの記事を見せられて、人間一人の死を実感しろと言われても無理がある。

閑散としたせまい改札を上落中通りに出て、下水処理場の向かいをわき道へ入る。付近はみな古い建売住宅か安直なプレハブハウスで高層ビルはなく、低い家並が路地沿いにかたまっている。ブロック塀を越えて鉢植えのオリヅル蘭がたれ下がり、二階家の物干しには申し合わせたように洗濯物がひるがえる。こんな路地でも営業用のクルマが疾走し、買い物カートを押した年寄りが頼りなく塀にへばりつく。風はなく、日は高く、どこかの電信柱でアブラ蟬が鳴き騒ぐ。

　クルマの通る路地からまたわき道へ入り、民家の塀を二軒ぶんほど通りすぎる。ブロック塀で区切られた敷地に「欅ハイツ」があらわれる。一階と二階がそれぞれ五部屋ずつ、木造モルタルに白いペンキ塗り、二階へはブロック塀の切れめから外階段がつづいている。どこにでもある小ぎれいなアパートだが、二階のひと部屋は窓が青いビニールシートで被われている。シートで被われた部屋は西端から二つめで二〇四号室だから、千秋の部屋に間違いない。両隣の窓だって消火のとき破損したろうに、もうガラスがはまっている。ブロック塀で階下の様子はうかがえず、白い外壁に煤《すす》や炎の痕跡はなく、知らなければ青いビニールシートも改装工事ぐらいにしか思えない。事件から一週間以上も過ぎていて、付近に警官の姿は見当たらない。

　ぼくはアパートをななめに見あげる場所に立って、しばらく千秋の部屋を眺める。間取りは正方形のワンルーム、台所にユニットバスに、居室の部分は八畳ほどのフローリング。部屋の西隅にはロータイプのベッドがおかれ、ほかには小物机やオーディオセットが配置されただけの簡素な内装だった。カーテンの色、壁に貼ったモノクロームのポスター、化粧鏡やスチールのマガジンラック、そんなものが断片的には思い出せても、千秋がいつからこのアパートに暮らしていたのか、つき合っていたころも聞いていなかった。

　部屋への記憶に輪郭をあたえながら、千秋と知り合った日のことを思い出す。場所は渋谷の居酒屋でぼくの仲間は三人、千秋は友達との二人連れ。席がとなりになり、気がついたときには五人で喋っていた。

そのときの印象を、正直に言って、ぼくは覚えていない。顔立ちは整っていたが意識するほどの美人ではなく、喋るのは友達のほうで、千秋はうなずくか微笑《ほほえ》むか、ほとんどは黙ってサワーを飲んでいた。無口な優等生タイプにぼくの食指が動かなかったのだ。

千秋は二時間で帰っていき、ぼくの友達と千秋の友達はカラオケボックスへくり出した。ぼくはカラオケの気分ではなく、一人で渋谷駅へ向かった。ＪＲで五反田《ごたんだ》へ出るか、東横線で自由《じゆう》が丘《おか》まで行くか、迷っていたときにセンター街から千秋があらわれた。歩いてくる千秋は居酒屋での印象より、少し妖艶《ようえん》だった。脚は意外なほど長く、ストレートヘアを風になびかせて目には意味不明な笑いを浮かべていた。

まっすぐ歩いてきて、千秋がぼくの前で足をとめた。

「やあ」とぼくが声をかけた。

「風が気持ちいいわね」と千秋が言った。

「みんなはカラオケに行った」

「あなたは？」

「苦手でさ」

「私も」

「君、酒が強いな」

「酔わない体質なの」

「それなら飲んでもつまらない」

「でもお酒は好き」

「それなら……」

ぼくが千秋の目をのぞき、千秋が唇で笑い、それだけでぼくらはスペイン坂のショットバーへひき返した。

バーのカウンターについても千秋の口数はふえなかった。ほとんど会話はなく、あってもその内容に意味はなく、飲んでいる理由もお互いに詮索はしなかった。気づいたときには千秋と同じ量の酒が、ぼくだけを酔わせていた。ぼくは千秋のアパートへ運ばれ、鼾《いびき》をかいて眠ったという。

翌朝、ベッドのなかで、千秋は言った。

「あなたが無害そうな人に見えたから」

そのときの記憶に重苦しい冷や汗を感じながら、ぼくは青いビニールシートに眉をひそめ、それから二階へ向かう階段に足をかける。アパートのどの部屋にも人の気配はなく、ステップの鉄板が足音を大げさにまき散らす。北隣は古い二階建ての民家で、まだ花のひらかない金モクセイが高く敷地からはみ出している。そういえば二年前、初めて千秋の部屋へ担ぎ込まれた夜も空気に金モクセイが匂っていた。「無害そうな人に見えたから」という千秋の声が、時間を越えてぼくの耳朶《じだ》をかすめ去る。

二階の外廊下に障害物はなく、日陰の部分にベージュ色のドアが並んでいるだけ。ドアのすぐ横にキッチンの窓があり、窓にはアルミ格子、壁には換気扇の排気口と、単身者向けアパートには定番の外装だ。ひとつだけ秩序を乱しているのはドアと窓を青いビニールシートで被われた二〇四号室で、シートの端はガムテープでとめられ、まん中には「関係者以外は立ち入り禁止」と書かれた大判の紙が貼ってある。両隣のドアに被害はみられないから、千秋の部屋だけ一瞬に燃えたらしい。出火が午前二時前後なら北隣の二階家は寝入っているし、両隣の住人も同じことだろう。誰が火事を発見したにせよ、その時点でもう千秋は死んでいる。

シートの塞《ふさ》ぎ目からかすかに煤の臭気がもれ、その臭気がぼくに千秋の死を実感させる。電話をかけても千秋が受話器をとることはなく、渋谷あたりで偶然に出会うこともない。結婚したとか子供が生まれたとか、友達の噂に聞くこともない。青いビニールシートは千秋の存在をただの記憶にし、匂うはずもない金モクセイがほんの一瞬、ぼくを辛くする。

ぼくは深く息を吸って呼吸をととのえ、緊張に押されて踵《きびす》を返す。足音を殺して階段を途中までおりたとき、爪先が宙に浮く。階段の真下に女の子が立っていたのだ。

女の子はさっきぼくが向けていたのと同じ角度に、じっと視線を上向けている。歳は十五、六。カーキ色のカーゴパンツにピンク色の長袖シャツ、赤いキャップを目深にかぶって紺色のデイパックを背負っている。ぼくに気づく様子もなく、腕を胸の前に組んで怒ったようにアパートを睨んでいる。下唇を噛んだ尖った顎、白い頬と華奢《きやしや》な首。ポニーテールに結った髪を帽子のうしろに撥ねあげ、足を頑固そうに踏ん張らせる。

ぼくが一歩階段をおりて、同時に女の子が顔をあげる。女の子の目はきっぱりとした一重で瞳の色が濃く、帽子の下から強情そうな光を放ってくる。素直な輪郭に鼻も口も小作りなのに、視線には断固とした敵意が感じられる。ぼくはいわれのない敵意に恐縮し、ちょっと憮然《ぶぜん》としながら足をおろしていく。静かに階段をおりて来ただけなのに、なぜぼくが睨まれるのだ。

女の子が突然顔をそむけ、アパート前の道を走り出す。女の子はわき道からクルマの通る路地へ駆け出し、どちらへ曲がったのか、気づいたときにはもう姿を消していた。ぼくがその路地口まで追ったときには、駅のほうから郵便配達のバイクが走ってくるだけだった。

あの女の子がなにを怒っていたのか、ぼくの顔を見てなぜ逃げ出したのか。水穂の指令は千秋の元恋人の立場で関係者から話を聞くことで、それ以上でも以下でもない。そうは思っても女の子の怒った目やバランスの危うい表情が、二日酔いの残るぼくの頭に意味不明な混乱を残してくる。近くに下水処理場の森があるせいか、二匹の黄アゲハがブロック塀の上を飛んでいく。

欠伸をかみ殺し、路地わきの電柱に肩を寄せて、ぼくは腰のメッセンジャーバッグから水穂の白い社用便箋をとり出してみる。便箋には三人の氏名と住所や覚書などのメモがあり、千秋の実家があるという行徳の住所も書かれている。これまで関心を持ったこともなく、縁もなかったが、地図を見れば行徳という町は不思議な場所にある。区分上は千葉県市川《いちかわ》市でも西隣は東京の江戸川《えどがわ》区、高田馬場《たかだのばば》と行徳までは地下鉄の東西《とうざい》線がつないでいる。高田馬場まではこの下落合の駅から、西武新宿線でたったのひと駅なのだ。千秋は出身を山形県の米沢市と言ったはずで、記憶ちがいでないことには自信がある。「安彦氏って忍者の末裔《まつえい》なの」と、珍しく千秋は、白い歯を見せて笑ったものだった。

織田信長の家臣で忍者の末裔で、出身は米沢市で実家は千葉県の行徳。学生時代から落合のアパートに一人暮らしでソーシャルワーカーを目指して半年後には自室で焼き殺された。そういう安彦千秋とは、誰だったのか。二年前に短期間の交際があったとはいえ、千秋について、ぼくは何も知らなかったのだ。

行徳か、と口のなかで独りごとを言って、リストの文字を目でなぞってみる。最初に「牧瀬《まきせ》杏子《ようこ》」という名前に目がとまり、水穂のメモでは「職場での友人」となっている。千秋が勤めていた「敬愛《けいあい》会病院」や中野《なかの》区中央という所在地も書いてある。無理をすれば歩いてでも行ける距離だし、この半年間、千秋がどんな職場で働いていたのか、どんな仕事をしていたのかも気にはなる。

リストをメッセンジャーバッグにしまい、携帯地図をとり出しながら、ぼくは唇をすぼめて息を吐く。牧瀬杏子、尾崎喬夫《おざきたかお》、大沢佳美《おおさわよしみ》、それに行徳の千秋の実家もいずれは訪ねていく。水穂に無理強いされたバイトではあっても、仕事は仕事、それなら近いところから始めればいい。地図のなかで「敬愛会病院」の場所をたしかめ、上落中通りの方向へぶらりと歩きだす。二時をすぎたのに陽射しは陰る気配もなく、アブラ蟬は相変わらず無遠慮に鳴きさわぐ。

＊

交通量の多い山手通りを避けたせいか、落合から中野区の中央まで、一時間も歩かされた。

途中で地下鉄大江戸《おおえど》線に乗ればいいことに気づいたが、中央線の高架を過ぎたころには意地になっていた。汗ばんだ皮膚の内側で細胞が活性化され、おかげで二日酔いは退散してくれた。道路工事やガーデニングのアルバイトでつちかった体力が、こんなところで役に立つ。

大久保《おおくぼ》通りを越えた南側に見つけた敬愛会病院はコンクリート塀に囲まれた広い敷地に二棟の四階建て病棟を渡り廊下でつないだ、真新しい建物だった。門からのアプローチにはレンガ積みの花壇がつづき、赤と黄色のカンナが眩しい色に咲きほこる。クルマ寄せの植え込みは背の高いシュロの木、東側の駐車場には五、六十台のクルマが並んで、敷地の西側には樅《もみ》や槇《まき》が植えてある。建物の周囲にも百日草やカンナなどの草花が並び、ガーデニングプランナー風に言うなら、清潔感とヒーリングをお洒落に配置した庭作り、といったところか。正面玄関の診療案内には〈外科、内科、整形外科、精神・神経科、老人医療、各種リハビリテーション〉などと総花的な科目が並んでいる。駐車場の広さや建物の構造からして、相当規模の総合病院らしい。

ガラスの自動ドアからロビーに入ると、待合室には公園風に木のベンチが並び、カポックや芭蕉などの観葉植物が病院臭を和らげていた。受付も一見ホテルのカウンターを思わせる内装で、看護師の制服もうすいブルー。待合室のテレビでは雪山のイメージビデオを流している。

ぼくは面倒なためらいを放棄し、受付で牧瀬杏子に面会を申し入れてみる。美波がつくってくれた名刺を渡して安彦千秋の友人と名のり、私用であることもつけ加える。幸い牧瀬杏子は二十分ほどで休憩時間になるらしく、ロビーで待つことにする。

入り口に近いベンチに腰をおろし、松葉杖にギプスの患者やクルマ椅子の年寄りを観察して暇をつぶしているうちに時間がすぎ、髪をショートカットにした小柄な女があらわれる。ベージュ色のチノパンツにブレザー仕立ての白衣、キャンバス地のデッキシューズをはいて、小作りな丸顔に二重の目が清々《すがすが》しい。ファンデーションも口紅の色もうすく、歳はぼくと同じぐらいか。指先にはぼくが受付で渡したグレーの名刺が挟まれている。

「私が牧瀬ですけど」

声につられて、腰をあげ、ぼくは自己紹介をする。

「安彦さんのお友達というと、例のことで?」

「話をうかがえますか」

牧瀬杏子が軽く腕を組んで二、三秒ぼくの顔を見つめ、それから肩の力を抜いて受付に視線を走らせる。

「外にもベンチがありますから、そちらで話しましょうか」

返事を待たず、杏子が玄関へ歩き、ぼくはその小柄な背中に従う。愛想笑いが功を奏したのか杏子のほうにも話したいことがあったのか、いずれにしても第一関門は突破した。ぼくは玄関わきの自動販売機で自分にウーロン茶、杏子にはアイスミルクティーをサービスする。

杏子がぼくを連れていったのは二棟をつなぐ渡り廊下前のベンチだった。カンナの咲く花壇が眺められ、芝生を散歩する入院患者たちの姿も見渡せる。

「知り合いにテレビ局の人間がいて、牧瀬さんが千秋と親しかったと聞いたので」

ベンチの向こう側に座った杏子が目を細めてぼくの顔を見返し、唇を結んで軽くうなずく。美人ではないが表情に癖がなく、二重の目にも素直な善良さが感じられる。

アイスティーのタブをひき、なにかの文字でも書くように、杏子が缶の底を小さく揺らす。

「山口さんは安彦さんと、どういう関係のお友達なのかしら」

「以前に交際がありました」

「以前？」

「学生時代に」

「元カレということ？」

「そんなような」

「その元カレが、なぜ」

「未練です」

「今でも安彦さんが好き、とか？」

「はい」

「正直ね」

「そのせいで嫌われた。千秋は複雑な性格だったから」

「女性は男性より誰でも複雑よ」

「そうですか」

「それで？」

「会わなくなってからも気にはしていたけど、そうしたら今度の事件が起きてしまった。焼死と聞いただけでもショックなのに、最近、ヘンな噂が耳に入る」

半分は事実、半分は嘘っぱち、しかし元カレの未練男をよそおわなければ話は聞けない。千秋の死だって殺人である可能性を告げなくては話の糸口もない。

「ヘンな噂って、もしかして……」

「牧瀬さんにも心当たりが?」

「いえ、でも、警察の人がよく病院へ来るし、私もいろいろ聞かれたから」

「千秋は殺されたという噂です」

ふっくらと丸い杏子の頬に片側だけ浅い翳《かげ》りが浮かんで、顎の先端がくぼみ、弓形の眉が水平にひきしまる。呼吸の音もいくらか大きくなって、紅茶の缶がしつこいほどゆれ動く。

「殺されたって、それ、事実なの」

「証拠もあるそうです」

「どんな」

「千秋は大量の睡眠薬を飲まされていた。つき合っていたとき、彼女は睡眠薬なんか飲まなかった。最近飲むようになったとしても通常量の五倍は多すぎる」

「導眠剤のことは警察からも聞かれたらしいけど、うちの病院では出していなかった。安彦さんが導眠剤を使っている話も聞いたことはないわ」

「自殺の可能性はないし、火事も放火だった」

「そこまで分かっているの」

「なにしろ姉貴が、いえ、とにかく千秋は少し冷淡な印象だったけど、人に恨まれる性格でもなかった。だから、どうしてこんな事件が起きたのか、自分なりに理解したい」

「今でも好きだから?」

「いけないかな」

「それは、もちろん」

紅茶の缶に口をつけながら、杏子が下からぼくの顔をのぞく。

「導眠剤の種類は分かるかしら」

「トリアゾラム系の薬と聞いたけど」

「それなら一般的すぎて、入手経路は分からないわね」

「牧瀬さんは薬剤師ですか」

「ソーシャルワーカー」

「千秋もソーシャルワーカー志望だった」

「安彦さんは通信教育を受けながら精神科の補助職員をしていたの。私は短大の福祉科を出てこの病院に勤めたから、仕事では先輩だったけど」

杏子が肩をすくめて顎の先を芝生に向け、ぼくの質問を待つつもりか、そのまま姿勢を固定させる。歳が同じと分かってぼくの気分に余裕が生まれ、千秋にふられた未練男を演じることにも罪の意識を感じなくなる。

「ぼく、正直に言うと」

正門を出入りするクルマの流れを眺めながら、ぼくはウーロン茶で唇を湿らせる。

「千秋がこの病院に勤めたことも、ソーシャルワーカーを目指していたことも知らなかった。それにソーシャルワーカーという仕事自体が、よく分からない」

「病人や老人やその家族の相談相手よ」

「看護師さんとはちがうわけ」

「精神的なケアとか闘病生活全体への支援とか、看護師よりも仕事の範囲は広いと思う。安彦さんは精神保健福祉士を目指していたの」

「老人の介護関係は分かるけど、精神科のほうは」

「精神障害者の社会復帰プログラム。精神に障害をもった人がこの病院で治療をして、ある程度よくなってもすぐ普通の生活へは戻れない。その社会復帰の段階で患者さんや家族を支援するの」

「カウンセラーみたいなものかな」

「カウンセラーと看護師と人生の相談相手と、全部を兼ねたような仕事ね。精神保健福祉士の試験はけっこう難しいんだけど、安彦さんなら二、三年で受かったと思う。私は社会福祉士を目指していて、二人で頑張ろうねってよく話し合っていたの」

杏子の短い前髪がゆれてシューズの先端が反りあがり、穏やかだった二重の目に怒りの色が流れ去る。ベンチの近くをシジミ蝶が飛び、芝生には雀の集団がにわか雨のように舞いおりる。

「病院のなかでも、本当は、ただの火事ではないという噂はあったの。でも誰も本当のことは知らないし、その話題は避けようとする。患者さんたちが動揺するのを心配しているの」

「千秋が誰かに恨まれていたとか、トラブルを起こしたとか、知らないかな」

「他人と争う人ではなかったわ」

「他人に無関心だったから?」

「他人に無関心な人はソーシャルワーカーにならないでしょう」

「それもそうだ」

「仕事に熱心で、医師や看護師の意見をよく聞く人だった。イギリスや北欧の福祉事情にも驚くほど精通していたわ」

「それほど情熱的な性格とも思えなかったけどな」

「情熱を表面に出さない性格だったのよ。優等生タイプだったから外見は冷たく見えることがあったかも知れない」

「水商売なんか、どうかな」

「え?」

「アルバイトで風俗をやっていたとか」

「本気で言ってるの」

「念のためさ」

「安彦さんに限ってはありえないわ。看護師のなかにはそういうバイトをする人もいるけど、雰囲気で分かるし昼間の仕事にも影響が出るもの」

「トラブルはまるでなし、か」

「私生活のすべてを知っていたわけではないけれど」

「病院のなかでは？」

「もてたか、という意味？」

「そう」

「デートに誘って断られた男性職員はいたらしい。でも私だってデートぐらい断ることはあるわ」

「私生活のことは、本当に、知らない？」

「あなたのことも知らなかった」

「二年前の私生活ではなく、最近の私生活」

「それは……」

「尾崎喬夫という名前なんかは？」

「化粧品メーカーの人よね」

「知っていたか」

「会ったことはないの。でもなにかの話のとき名前を聞いた気はする。あなたのほうこそ、どうしてその人の名前を知っているの」

「テレビ局の人間は無節操でさ。スクープのためなら兄弟でも警察へ売り渡す」

水穂から渡されたメモには尾崎喬夫の項に「ファイン化粧品本社営業部勤務」と書かれている。会社や自宅の連絡先も書いてあるが、年齢その他、千秋との関係は省略されている。関係は書いてなくても水穂がわざわざリストに残すぐらいだから、見当はつく。この尾崎喬夫が死の直前まで千秋の恋人だったのだろう。

「知り合いのテレビ局の人から、いろいろ聞いてるみたいね」

「君や尾崎さんのことだけさ」

「でも彼とはもう別れていたはず。具体的には聞いていないけど、なんとなくそんな感じだった」

「二人が別れたのはいつごろ?」

「一カ月ぐらい前かな。私と安彦さんとで飲みにいって、そんなことを聞いた気がする」

「別れた理由は?」

「相手には家庭があったもの。でも安彦さんは私生活のことをぐずぐず引きずる人ではなかったわ」

たしかにそのとおり、千秋は過去や私生活の話題は不思議なほど好まない性格だった。大学での友人関係にも無口で家族の話すらしなかった。今から考えれば極端すぎた気もするが、子供のころから姉貴とお袋の多弁にうんざりしていたぼくには、そういう千秋の性格が好ましかった。

ウーロン茶で咽《のど》をうるおし、集っては飛び立つ雀の群れに目をやりながら、ぼくは杳子の反応に耳を澄ます。

「なにも原因がなくては、千秋も、殺されないよな」

杏子が紅茶の缶をベンチにおいて指の水滴を白衣の裾にこすり、首をかしげるように、肩をすくめる。

「病院って、けっこう人目を気にするのよね」

「そうだろうな」

「うちの病院はキリスト教系の慈善団体に支援されているの。医療は患者本位が建前で雰囲気もオープンにしている。でも病院であることには変わりないの。医療ミスや職員のトラブルには敏感だし、悪い噂が広まることもいやがる。見かけよりはずっと保守的なのよ」

「要するに……」

「安彦さんの事件について私が山口さんと話をすることだって、みんなよくは思わないわ」

「ごめん」

「だから、私の口から言えないことも、あるわけなの」

杏子の視線が塀際の樅の木やアプローチの花壇を一巡したが、それは風景で目を休ませるためではなく、庭を行き来する患者たちへの意識らしい。

「本当は、話してはいけないことなんだろうけど」

「君に迷惑はかけない」

「安彦さんの元カレならいいわよね」

「と、思うけどな。それに病院へはもう来ないようにする」

「彼女は患者さんの一人に困らされていたの」

「どういうこと」

「精神科の関係者ならみんな知っている。警察も知っているはずよ」

「つまり」

「躁病の患者さんが彼女を好きになってしまったの」

「当然、男だよな」

「元高校の体育教師で、病院側は強制入院させるほどではないと判断していたらしいけれど」

「どこかに問題が?」

「患者さんが医師やソーシャルワーカーに好意をもつことはよくあるし、好意を治療に利用するケースもある。でもその患者さんの場合は躁病で、自分の好意に抑制がきかないの。一カ月ほど前にもどこで調べたのか、彼女のアパートまで押しかけたという」

「それはストーカーだろう」

「ストーカーも一種の精神障害ではあるけれど、どちらかといえばパーソナリティ障害の部類ね。躁病の場合は精神科の分野で、ストーカーのような陰湿さはないの。本当に心から安彦さんを好きで、その自分の感情が抑えられないだけ」

「そこへ今度の事件か」

「外部へもれては困るでしょう。もし犯人がその患者さんだったら病院側の過失になる。マスコミに知れてもスキャンダル、院長の責任も問われてしまう」

さっき飛んでいったシジミ蝶が戻ってきて、ベンチをかすめ、またせわしない羽ばたきでカンナの植え込みへ消えていく。かたむいた陽射しが芝生に木立の影をひき、風がなまぬるく吹きすぎる。千秋を殺した犯人がもしその躁病患者なら、たしかに敬愛会病院はマスコミから叩かれる。

「だけど……」

苛立ちを我慢し、ウーロン茶を飲みほして深呼吸をする。

「そこまで分かっていて、警察はなぜその男を捕まえないのかな」

「私には分からない」

「君はその男が犯人だと？」

「病院での噂よ」

「警察が調べている最中か」

「そうでしょうね」

「患者の名前は？」

「そこまでは言えない」

「犯人と決まったわけではないし、か」

「そういう事実があって、ほかに安彦さんのトラブルは思い当たらないって、私はそう言っただけ」

淡々とした表情で杏子が紅茶に口をつけ、鼻の頭の汗を指先でこする。病院での噂をぼくに打ち明けるだけでも裏切り行為で、ソーシャルワーカーとしてはもちろん、患者の名前までは言えないだろう。

「でも私、あなたに話して、いくらか気が晴れたわ」

「君が病院のなかで困らなければいいけれど」

「隠してもいつかは知れることだもの。それに私、社会福祉士の試験に受かったらフリーのソーシャルワーカーになるつもり。病院へ来られないお年寄りや社会から疎外された病人や、そういう本当に支援を必要とする人たちのために働きたいの。医療や福祉って、制度ではなくて愛だと思うの」

ぼくの目にカンナの赤い花が染み、二日酔いが戻ってきたわけでもないのに、少し目眩《めまい》がする。同年の女の子がソーシャルワーカーになって社会に参加し、人生にちゃんと目標をもっている。「福祉は愛だ」と断言されると多少は赤面するが、間違った意見ではないだろう。

杏子が足を揃えて腰をあげ、眩しそうな目でぼくと玄関を見くらべる。

「私、仕事に戻らなくては」

ぼくもベンチを立って、杏子に会釈する。千秋の話題を共有したせいか、杏子の表情も初めよりは打ち解けている。

「今の話、内緒よ」

「話す相手もいないさ」

「安彦さんのこと、なにか分かったら教えてね。今度は私のほうから電話をする」

杳子が玄関へ歩きだし、ぼくも肩を並べて、百日草とカンナのあいだを歩く。

「ウーロン茶の缶、私が捨てておくわ」

「ありがとう」

「聞くのを忘れていたけど、あなた、まだ大学生？」

「フリーター」

「就職浪人とか」

「そんなところ」

「いいわね、自宅の人って」

「肩身は狭いさ」

「でも東京のアパート代って腹が立つわ」

「アパート、どこ」

「西荻窪《にしおぎくぼ》」

「西荻窪なら吉祥寺《きちじょうじ》が近いな」

「近くても遊んでいる暇はないし、お金もないわ」

「出身は？」

「浜松《はままつ》」

「そういえば……」

大した問題ではなく、事件とは無関係と思いながら、昨日から気になっていたことを聞いてみる。

「千秋は自分の出身地のことを、君に、どう言っていた?」

「ああ、そのこと」

杏子の足がとまり、ふっくらした頰がかすかにひきしまる。

「不思議なのよねえ、安彦さんからは山形と聞いた気がするけど、事件のあとで調べてみたら、就職のときの書類は千葉県の行徳になっていたらしい。私の勘違いなのかな」

「祖先は忍者だとか」

「え?」

「こっちの話。そうか、千秋はやっぱり、行徳の出身か」

「それが?」

「分からない。千秋の好物が山形のサクランボだったとか、そんなことかも知れないな」

杏子の視線が不可解なパズルでも解くようにぼくの顔をのぞき、それから眉間に皺が寄って、唇がかすかに笑う。千秋殺しの犯人が病院の躁病患者だったら事件はそれで解決。そのことに文句はないが、気分のどこかが釈然としないのは、千秋が同僚の杏子にまで出身を山形県と説明していたことだろう。

杏子が口をひらきかけたとき、駐車場から中年女と腰の曲がった年寄りがやって来る。年寄りは杏子の担当患者らしく、杏子が快活にぼくから離れていく。

ぼくは杏子に手をふって門へ歩き、メッセンジャーバッグを担ぎ直して、ほっと息をつく。花壇の日は陰ったがそれでもカンナの色は暑苦しく、駐車場にも頻繁《ひんぱん》にクルマが出入りする。たった一週間前まで、千秋がこの病院に勤めていた事実が、まだぼくには信じられなかった。

＊

日は陰ったが空はまだ明るい。駅前の大通りを右へ行くと野鳥の楽園に向かい、左へ行くと旧江戸川の船着場につきあたる。改札前の餃子屋に五、六人が列をつくっている以外はたいした人出もなく、案内板で旧市街地の方向を確認する。

信号を渡り、花屋でトルコ桔梗《ぎきょう》を買って、日の陰った大通りを伊勢宿《いせじゅく》という町をめざす。最後に千秋の部屋へ泊まった日、テーブルには薄紫色のトルコ桔梗が飾られていた。「アップルパイと紫色の花が好き」と言った千秋の言葉が、脈絡もなくよみがえる。

旧江戸川沿いには押切《おしきり》だの関ケ島《せきがしま》だの、レトロな町名がならんでいる。市川・浦安《うらやす》バイパスを過ぎると町並も古くなり、昔の成田《なりた》道らしいバス通りも細く曲がりくねって、所々にうらぶれた布団《ふとん》屋や食堂が見えてくる。せまい町割りは行徳が港町であったことの名残りらしく、空気に懐かしさと親しみがある。

予想もしなかった古い町並に呆れたり感動したりしながら、十五分ほど歩く。伊勢宿に入ると時代を百年もずらしたような、不思議な路地になる。竹垣からは青木の植え込みがのび、板塀側は黒漆喰がはげて破れ目に庭内がのぞかれる。その板塀の先には古いガラス格子の玄関があって、〈安彦〉と書かれた木の表札が掛かっている。

ぼくはしばらく、千秋のイメージに合わない二階家の前に立ちつくす。家は傾いてこそいないものの板壁や玄関軒に埃と亀裂が目立ち、格子のガラスには地模様のような埃がつもっている。表札の安彦という楷書文字もかろうじて読める程度だが、敷地の広さはぼくの家の倍以上もある。そのガラス格子の内側には明かりがあって、水穂のメモではこの家に千秋の母親と妹が暮らしている。

格子戸横の新しいインタホンを押すと、何秒かたって、嗄《しわが》れた老女のような声が返ってくる。どうやら「勝手に入れ」という意味らしく、ぼくは無錠のガラス格子をあけて暗い玄関に足を入れる。昔は三和土《たたき》だったらしい沓脱《くつぬぎ》は十畳ほどのコンクリートで上がり框《かまち》からは広い板敷き、その奥廊下の手前には二階への階段がつづいている。梁《はり》も柱も古くて太くて時代劇の商家か旅籠《はたご》を思わせるが、沓脱には古い茶箱や段ボール箱が積まれている。

廊下の奥に足音がして、座敷童子《ざしきわらし》のようなおばさんが、ひょいとあらわれる。背丈は百四十センチ台でモンペのようなズボンにアップリケのついた割烹着をきて、前髪をおかっぱ風に切りそろえている。小さい顔には縦横に皺が走り、そのくせ肌の艶《つや》はよくて年齢が分からない。千秋の母親なら五十歳前後だろうが、それよりもだいぶ年季が入っている。

「こんにちは。以前千秋さんと交際のあった山口といいます」

挨拶したぼくの顔を驚いたような目で見据え、おばさんはなにやら勝手にうなずく。小さい体軀に動作も敏捷だが、歳はやはり七十を過ぎている。

「事件のことを昨日まで知らなくて、おくやみが遅れました」

「んだが……」

「線香をあげさせてください」

「兄《あん》ちゃ、名前はなんて言ったげがな」

「山口です」

「千秋の友達だながあ」

「はい」

「新聞記者じゃねえべなあ」

「学生時代の友人です」

「んだら良《いが》った。最近は記者とか来《く》っがら、念押したんだっけ。千秋も生きてっときは家さ寄らなかったくせに、まんず親不孝な娘だべし」

おばさんの皺だらけの顔がジグソーパズルを崩したようにゆがみ、目でもかすむのか、何度か瞬きがくり返される。言葉にも東北訛りがあって、風体からも千秋の母親ではないだろう。

「とにがぐ上がってけろ。親不孝な娘だったけんども、仏さまは仏さま。兄ちゃの気が済むまで線香をあげてけろな」

手招きを受けて沓脱に靴を脱ぎ、おばさんのあとについて廊下を奥へ入る。

通された部屋は床の間のついた和室で欄間の上に黄ばんだ色の額が掛かり、床の間には大型テレビが納まっている。脚の太い角ちゃぶ台には菓子鉢と蓋《ふた》つきの湯呑、ファンの回っていない扇風機に読みかけの新聞。色あせた畳や壁の色までふくめて部屋全体が湿っぽい。床の間の横には古くて大きい仏壇があり、花瓶の向こうに千秋の写真が立ててある。写真は高校時代のものか、制服姿の千秋が無表情にぼくを見つめてくる。ロウソクの炎がぼくの呼吸でゆれ、その瞬間だけ千秋の顔に、はにかんだような翳《かげ》りが浮く。

ぼくは仏壇にトルコ桔梗の花束をおき、慣れない正座をして線香にロウソクの火を移す。ぼくの目に千秋の白い顔が浮かび、記憶を千秋の体臭が通りすぎる。

「有難《おしょうし》なっし。千秋は友達がいねかったがら、兄ちゃは久しぶりのお客さんだない」

おばさんが客用の湯呑を用意し、菓子鉢から落雁《らくがん》のような砂糖菓子を出してくれる。そのおばさんの目には涙がにじんでいる。

線香の煙が息苦しく、ぼくは合掌して千秋の写真に黙礼し、くずした膝をおばさんのほうへ向ける。

「おばさんは千秋さんの……」

「言ってねがったがい。おら横山《よこやま》タネ子つうて、千秋の母ちゃん方の婆《ば》っちゃだべ」

「はあ」

「この騒ぎで真木子《まきこ》が入院しちまっだがら、留守番代わりに残ってんなだあ」

「そうですか」

「真木子はこれまでも腎臓が悪《わり》ぐで、寝たり起ぎたりでよう。千秋がこがな事になって当分は入院だべなあ」

腎臓が悪くて入院したという真木子が千秋の母親、目の前の横山タネ子が真木子の母親で千秋の祖母。そしてどうやら横山タネ子はこの家の人間ではなく、真木子の実家から来ているらしい。

「横山さんは、もしかして、米沢から?」

「兄ちゃ、千秋がら聞いたんがい」

「千秋さんは出身を山形県の米沢市だと」

「んだが。そりゃ三つまで米沢さ暮らしとったけんど、あとは行徳だがら、ふつうだら行徳と言うんでねえがい」

「行徳に実家があることは言いませんでした」

「なんでだべなあ。まんず変わった子供《おぼこ》で、めんどくせえとごもあったっさなあ、千秋もなあ……」

横山タネ子が目をしばたたいて湯吞をすすり、小さく首をふって顔の皺をより深くする。もう庭に面した網戸は薄暗く、明かりを求めて小さい蛾が飛んでくる。

ぼくは膝をちゃぶ台の前へすすめて、客用の湯吞に手をのばす。

「千秋さんは昔のことを、あまり言わなかったけれど」

「どごで間違ったがなあ。真木子の連れ子だったけんども、清造《せいぞう》さんもいい人でよう。千秋が苦労をしたとも思えねけんどなあ」

「事情を聞かせてもらえますか」

「んだなあ、生ぎてる人間が仏さまのこと喋れば、供養になるっても言うがらねえ。兄ちゃが千秋さ線香あげでくだったのも、ご縁かもしんねしな」

皺に囲まれたタネ子の口が入れ歯を調節するように動き、半白のおかっぱ髪が眉の上でふるえる。

「千秋は自分の親が再婚だってこと、兄ちゃさ言ってだが」

「いえ」

「言ってねがったがあ。恥でもねえべに、めんどくせえ娘だなやい」

「ご家族のことも話しませんでした」

「ほんによう、千秋の実の父ちゃんはまだ米沢で生ぎとってなあ。こいつが酒乱で道楽者で、仕様もねえ男なんだず。千秋だってあだな奴のごど、顔も覚えでねえべし。まんずそがなことで、真木子は千秋さ連れて実家へ逃げてきたんだ。ほんじぇえ横山の家も兄弟が五人いっぺし、兄嫁もいっぺがら、真木子も具合さ悪《わり》ぐでなあ。そんとき親戚衆《しゅ》で再婚話をもってきた人がいで、その相手が安彦の清造さんだったんだごで。安彦の家も昔は縁つづぎでよう、清造さんの三代前が米沢から東京さ出で、裸一貫、財産をつくった人なんだあ。それが清造さんつう人は学者肌つうか、芸術家肌つうか、商売さ向がねえ人でよう。家業の運送屋も自分の代で閉めちまっだような人だったけんども、人柄がいいべし、近所さ地面や家作はもってっぺし。まんず真木子もいいんでねえがいって、千秋んこと連れてこの家さ入ったんだごで。おら、ずうっと米沢だがら詳しいことは知らねけんど、真木子も千秋も苦労はねがったべし。ほだけんどもなあ、千秋にしでみだら清造さんは実の親じゃねえべし。そのへんでちょぴっと、難儀もあったべがなあ」

座敷童子のようなタネ子の躰が浅くちゃぶ台にかかり、もともと話好きなのか、茶と落雁を交互に口へ入れて、もごもごと言葉をつづける。

「千秋さんは、それでは、三歳のとき米沢から行徳へ？」

「さっきも言ったべし。見合いしたら二人どもまんざらでもねえべし、清造さんさは両親も兄弟もねえ、四十も近くになっては、まんず割れ鍋にとじ蓋だったさない」

「義理のお父さんと千秋さんの仲がうまくいかなかったとか」

「聞いでねなあ。清造さんさ物静がで穏やがな人でえ、子供《おぼご》さ手などあげねがったべし。みかんが生まれでからは四人で米沢さも遊びに来たっさなあ」

「みかん？」

「聞いでねえが」

「はい」

「妹の名前だず。千秋にしでみだら種ちがいの妹になっこでなあ」

「みかんというのが名前ですか」

「やっぱし可笑《おもしえ》えが？」

「いえ、はい」

「平仮名でみかんて書ぐなだ」

「そうですか」

「可笑《おもしえ》えべえ、おらもヘンだど思ったけんども、役所さ届けちまったってがらよう、今の時代はそがな名前も流行《はやり》だど言わっちえ。生まれたんが冬でよ、清造さんがちょうど蜜柑の絵さ描いてるときだったとが、まんず仕方ねがったんだ」

学者肌か芸術家肌で、物静かで穏やかで子供にやさしくて、そんな人間が本気で娘にみかんなどという名前をつけるものなのか。それとも最近はリンゴやバナナという名前もあるから、みかんぐらいは可愛いものなのか。

「他人《ひと》様さ言うなもなんだけんども……」

また落雁をつまみ、茶と一緒にくちゃくちゃと飲みくだして、タネ子がつづける。

「このみかんつう娘がよう、大《お》っきな声じゃ言《ゆ》わんねけんども、千秋よりも変わった子供《おぼこ》でよう。横山の血筋なんだが安彦の血筋なんだが、真木子も二人の娘っこには困っていたっけず。あんじゃ腎臓《わり》も悪くなっぺなあ」

そのとき玄関のガラス格子があく音がし、ぼくとタネ子は一瞬、顔を見合わせる。待つまでもなく茶の間の戸口に赤いキャップがあらわれ、ぼくは思わず、口のなかで声を出す。女の子もぼくの顔を覚えていたらしく、戸口に立ったまま、むっつりとこちらを睨んでくる。

「あんれえ、みかん、この兄ちゃよう、千秋の友達で山口さんどが……」

タネ子が言い終わらないうちにみかんがぷいと顔をそむけ、足音もなく廊下へ消えてしまう。

「あがなもんだず。十六さなってまともに挨拶もできねえなだ。おらにもろぐな口きがねえし、あれで清造さんが生きったうちは、ちょぴっと可愛げのある子供《おぼご》だったのによう」

「彼女が千秋さんの……」

「困ったもんだない。学校さも行がねで、毎日ぶらぶらしったど思ったら、今度は部屋さ入ったきり出てこねえ。やっぱし、なんだべなあ、一度医者にみてもらったがいいべがなあ」

「さあ」

「おらみでえな田舎の年寄りに若い衆《しゅ》のことは分がんねえ。ダイオキシンどが環境ホルモンどが、ああいう薬がワルサしたんだべげど、この安彦の家が如何《なじょ》なごどになんなだが、おら、考えるだげで血圧があがってきっぺし」

水穂の命令で探偵のまね事を始め、落合のアパート前で奇妙な女の子に出会い、そしてそれが、千秋の妹だった。みかんという名前はたしかに風変わりだが、まさかそのせいで千秋が殺されたわけでもないだろう。

「千秋さんの、子供のころのこと……」

意識を事件へ戻し、ぼくは二階の気配とタネ子の言葉の、両方に耳を澄ます。

「どんな子供だったか聞かせてもらえますか」

「如何《なじょ》なって、そだな、あの通りだったごで」

「子供のころから冷静な感じの?」

「おとなしい子供《おぼご》だったさなあ。出戻りの母ちゃんと実家で暮らしったがら、肩身はせまかったんでねえがい。辛抱《しんぼ》強いっていうんだべが、目さ涙ためでも声さ出して泣がねえみでえな、強情《きかね》え子供《おぼご》だったさなあ。おらも気の毒だとは思ったけんども、まんず孫は蜘蛛《くも》の子みでえにいっぺし。千秋さばっかし手えかけていらんにがら、ほだけんど、なんだが、可愛げのねえ子供《おぼご》だったさなあ」

「お母さんが再婚して行徳へ来てからもですか」

「そがなどごまで知らねなあ。んだって、千葉と山形だべした、盆暮れんどぎはたまーに顔も見たけんど、真木子も清造さんも千秋んことは言ってこねがったなあ。おら、こっちでよう、塩梅《あんばいい》良ぐ暮らしったど思ってだず」

「義理のお父さんが亡くなられたのはいつごろのことですか」

「あれはよう、うんとなあ、千秋が高校二年のときだったがら、もう六年も前になるんでねえべが」

「病気とか、事故とか」

「海で溺れたんだあ」

「海……」

「この近ぐの防波堤でよう。清造さんつう人は定職のねえ人だったけんども、地代や家作の収入があって暮らしには困んねがったべし。んだがらって博打や女遊びさ金を使うわけじゃねえ。絵え描いだり本読んだり、外国の遺跡さ旅行しだり、まんず商売さ向かねえ人だったず。そがなごどで毎日ぶらぶらしてだっさなあ、夏になっとよぐ夜釣りさ行ってたみでえで、六年前も……あいづは彼岸よりもこっちだったがら、ちょうど六年前の今ごろでねえべが。やっぱし釣りさ出掛げで、朝になっても帰ってこねがったんだと。そしたら警察がら連絡がきてよ、真木子が防波堤さわらわら行ったときは、死んじまってたんだど。釣りさには弁当どが酒どが持っていったつうがら、酔っ払って海さ落ちたんだべなあ。まだ五十をなんぼも出でねえず、人の一生あんて呆気ねえもんだない」

六年前の事故を思い出したのか、千秋の死に思いが及んだのか、タネ子の目尻に涙が浮かんで鼻水が一筋、つーっと唇を伝わっていく。二階から物音はなく、網戸にぶつかる羽虫がささやかな雑音を提供する。

湯呑が空《から》になったが、代わりを要求する気分でもなく、ぼくは尻を右から左へ移動させる。

「千秋さんが落合にアパートを借りたのも、お義父《とう》さんの事故が原因でしょうか」

「そがなごど、どうだべなあ。兄ちゃとこさも警察が行ったんだがい」

「はい?」

「千秋が誰かに殺されたっつう、あの話だべ」

「あ、はい」

「まだ新聞さは出ねけんど、そういう事みでえだな。千秋は人がら恨まれていねがったがとか、ストーガーがどうとか、警察が聞いていったべし。そがなごど聞かれだらよ、なんぼ年寄りでも見当つくべしたなあ」

「誰かに恨まれていたんですか」

「どうだがなあ。おら米沢だべし、真木子は病気がちで、千秋はずうっとアパート暮らしだがらよ、誰と如何《なじょ》につき合っていたんだが、家族のもんだって分がんねえっさな」

「あのアパートへは大学のときに？」

「んだど思うけんどなあ。こがな古い家で、便も悪《わり》いしなあ。千秋も東京で自由に暮らしたかったんでねえがい。まんずそいつが徒《あだ》になったごで」

どこか家の奥のほうで木のぶつかるような音がし、皺深いタネ子の目が天井をふり仰ぐ。目にはまだ涙がたまっていて、背中と肩が前よりも丸く小さくなる。

「殺されたなんてなあ、そりゃ観音様みてえに立派な娘だったとは言わねえけんども、誰がよう、そがなことをよう」

「最近は理由もなく人を殺す人間が、いくらでもいます」

「嫌《やん》だ時代だなっす。若い衆も年寄りも、みんな頭が狂ってんでねえが。どごで何あったんだが知らねけんど、千秋に悪《わり》いとこがあんだら口で言えばいいべした。殺しだり火つけだり、千秋だってよう、言われで理屈が分かんねほど、バガな娘でねがったべず」

「ぼくもそう思います」

「有難《おしょうし》なっす。千秋は友達さ縁が薄いがら、兄ちゃみでえに言ってくれる人は初めてだあ」

「困ったことがありましたらご連絡を」

いつの間にか網戸の外は闇になっていて、隣家の明かりが縁側の軒下にまでとどいている。

ぼくは名刺をちゃぶ台に置いて片膝を立て、深呼吸をしながら仏壇をふり返る。線香は消えているがロウソクの炎はまだ千秋の写真に影をゆらめかし、気のせいか、ちょっとだけ、千秋が笑う。

「おらみでえな田舎もんさは、何がなんだが……」

腰をあげたぼくにタネ子も腰を浮かし、座敷童子のように後ろへまわって、ぺこりと頭をさげる。ぼくは居間を出て廊下を歩き、玄関の沓脱に足をおろす。沓脱にはピンク色のビニールサンダルが片方は横向きに、片方は逆向きに脱いである。

「ほんによう、みかんがもうちょぴっと正常《まとも》な子供《おぼご》だら、一緒に鮨でもとんなだけんどなあ」

「彼女にも気を落とさないようにと」

「気持ちはありがだぐ頂戴すっけどよう、みかんみでえな子供《おぼご》に、人様の気持ちあんて伝わるもんだがねえ」

なにか言おうと思ったが、言葉が見つからず、タネ子におじぎをして外に出る。せまい路地に街灯はなく、民家からのこぼれ灯が板塀に黒い輪郭を与えている。

少しバス通り方向へ歩いてから足をとめ、塀越しに安彦の家をふり返る。二階の窓にカーテンがゆれ、そのカーテンのむこうに一瞬、人影が動く。

ぼくはジーンズのポケットに両手の親指をひっかけ、意識的に肩をすくめて行徳駅方向へ歩きだす。空気のなかに水の匂いが感じられるのは、近くに江戸川があるせいだろう。

3

まさかなあ、金縛りなんて嘘だよなあと、眠ったまま頭のなかで自問する。

ぼくの二十三年間は怪奇現象や超常現象に無縁、金縛りも経験はなく、そんな現象は夢にも信じない。それでも今朝は腹のあたりが息苦しく、訳の分からない物理的な力が躰を圧迫する。焼き殺された千秋の霊が部屋へさまよってきたのか、ぼくに死の謎を解いてくれと懇願しているのか。

目蓋《まぶた》の裏に千秋の写真が映し出され、仏壇の向こうから苦悶に顔をゆがめた千秋が、不意にあらわれる。咽《のど》がつまり、上体を起こして目をあける。あろうことか、現実に、ベッドの端に女が座っているのだ。ぼくの背中を悪寒《おかん》がつき抜け、それまで冷たかった寝汗が一気に熱くなる。

「あ……」

「なにを寝ぼけてるの、もう八時をすぎたわよ」

「姉さん、嚇《おど》かさないでくれ」

「だらしない男ねえ。うわごとを言ってよだれをたらして、彼女にふられるのも無理ないわ」

うわごとを言おうとよだれをたらそうと、そんなことは、大きなお世話だ。寝ているあいだの人生まで水穂に意見をされたら、たまったものではない。だいたい他人の寝ている部屋に無断で入ってくること自体、姉弟《きょうだい》でもルール違反ではないか。

「姉さん、昨夜も帰り、遅かったの」

「二時をすぎていたわ」

「すごいな」

「あんたは寝てるし、こっちは一睡もできない。広也、この責任はどうしてくれるの」

「姉さんが美人なのはもちろん、おれの責任だ。だけど寝言やよだれはおれの責任じゃない」

二時すぎに帰ってきたというなら、水穂が寝たのは三時ちかく。それでいて朝の八時には立派に化粧を終えている。自分の姉ながら美人だな、とは思うけれど、見事すぎる化粧が鼻につく。

「姉さん、香水を変えたのか」

「いつもと同じよ」

「そうかな、なんとなく……」

言いかけたとき、水穂の目に、大粒の涙が浮かぶ。

「えーと、なに」

「みんな広也のせいよ。あんたがまごまごしてるから、こんなことになるのよ」

混乱しているのはぼくの頭か、水穂の神経か。水穂の目からは音もなく涙が流れ、ファンデーションに銀色の筋をつけていく。

突如、ぐわっと叫んで、水穂がぼくに新聞を叩きつける。

「読んでごらんなさいよ。広也、この責任をどうとってくれるのよ」

「だけど」

「いいから読みなさい。まったく、仏滅と暗剣殺《あんけんさつ》が一緒に来たみたい。もうすぐ生理も始まるし、これで私の人生もおしまいだわ」

動物園でパンダが死んだとか、矢を突き刺されたままの猫が子供を産んだとか、そんなことで涙を見せる水穂ではない。昔家で飼っていた猫が交通事故で死んだときも、水穂は舌打ちをしただけで死骸を洗足池の縁に埋めてきた。

状況が理解できず、とりあえずぼくは新聞をめくる。社会面のトップに目がとまり、胸騒ぎとともに、急いで記事を追いかける。それは千秋の事件が「殺人と断定された」という内容で、出火の不審点から千秋の勤務状況まで詳細な記述になっている。大見出しの横には窓をシートで被ったアパートの写真があり、千秋の顔写真も添えられている。事件を殺人と断定した警視庁は所轄署に特別捜査本部を設置したという。

社会面のトップに扱われて、たしかに衝撃的な内容ではある。しかし事件が殺人であることはすでに牧瀬杏子も横山タネ子も気づいている。新聞にのったからって、水穂が人生を終わらせるほどのことはないだろう。

「分かるでしょう、広也。私いつか、あの女を呪い殺してやるわ」

いつの間にか水穂は涙を打ち切り、不穏に光る目でじっとぼくの顔を見つめてくる。水穂の目の色が変わったときは、弟でも誰でも、もう逆らえない。

「姉さん、あの女って、だれ」

「遠藤京子よ、決まってるじゃない」

「ああ、そうか」

「あの女が報道局長に手をまわしたの。この事件は私だけのスクープだったのよ。私にスクープされたら自分の立場が危ないから、遠藤京子が新聞にリークしたの。局長の動きが不審《おか》しいと思ってたら、あいつも遠藤京子にたぶらかされていたのよ」

「新聞社にも記者はいるさ」

「なにを言ってるの。これは私が一課の刑事を手なずけて、特別に仕入れたネタなのよ。そのへんのボンクラ記者たちに分かってたまるものですか」

「きびしい世界だな」

「人ごとみたいに言わないでよ。こんなことにならないように、あんたに軍資金を渡したんじゃない」

「そうは言うけど」

この事件に関わってたったの一日、テレビ局の内情にまで責任はもちきれない。殺人という噂だって、もう広まっているようだし、水穂ひとりが頑張っても仕方ない。そうは思ったが、ここは水穂の逆鱗《げきりん》を警戒して、ぼくは無難に黙り込む。水穂が遠藤京子という人気キャスターを呪い殺すというなら、ぜひともその技を見せてもらいたい。

水穂がベッドの端から腰をあげ、鼻の穴を上向けて、腕を組む。

「広也、いったいこの始末、どうしてくれるわけ」

「やっぱりおれの責任かな」

「私から五万円もただ取りして、逃げきれると思ってるの」

「姉さんがそう言うなら、おれは下りる」

「無責任な男」

「協力はしたいさ。それに新聞では先を越されたけど、姉さんの立場は相変わらず有利だろう」

「どういうことよ」

「新聞には容疑者のことが書いてない」

「容疑者?」

「警察もマークしているという」

「広也、それ、本当の話?」

「姉さんとは運命共同体さ」

「あんた……」

殺気だっていた水穂の目に単純な媚が浮かび、高い鼻がうごめいて、ファンデーションで固めた白い頬がにやっと笑う。

「なにを聞き込んだか知らないけど、広也、言ってごらんなさいな」

「金一封も期待したいな」

「内容次第よ」

「警察がマークしているのは敬愛会病院の躁病患者で、千秋につきまとっていたらしい」

「あらあら」

「その男は千秋のアパートにまで押しかけたという」

「男って、病気になってまでバカねえ」

「躁病というのは自分の感情に抑制がきかない病気らしくて、ストーカーとはちがうらしいけど専門的なことは分からない」

「男の名前は？」

「そこまでは聞けなかった。でも元高校の体育教師であの病院の患者なら、姉さんのほうで調べられる」

水穂が腕を組んだまま朗らかにスリッパを鳴らし、壁紙でも剝がしそうな視線が、じっと天井にそそがれる。

「まあね、金一封とまではいかないけど、広也にしては上出来だわ」

腕組みをとき、タイトスカートの足をターンさせて、水穂が大きくうなずく。

「これで私にも芽が出てきた。最初から遠藤京子なんかに負けるはずなかったのよ。もともと人気も美貌も私のほうが上、いざとなれば寝技だって負けないわ」

「姉さん、まさか」

「なによ」

「仕事に寝技を使ってるのか」

「あんたも寝ぼけた子ねえ、私が暇つぶしでエステに通っていると思うの」

「えーと、まあ」

「私の躰は服を着るためじゃなくて、服を脱ぐためにあるの」

「すごい躰だな」

「今のはたとえ話よ。私だって必要もないときに安売りはしないわ」

「売るときは高く売ってくれ」

「ねえ、広也」

ドアに向かってスリッパを進め、ノブに手をかけながら水穂が口元を笑わせる。

「あんたも見かけによらず、女たらしじゃないの」

「なんのことさ」

「今の情報源、牧瀬杏子でしょう」

「寝技は使っていない」

「どうせマグレだろうけど、一応は期待しているわ」

「もうひとつ……」

「金一封は贅沢よ」

「そうじゃなくて、調べてもらいたいことがある」

「アイドルの電話番号とか？」

「千秋の義父《おやじ》さんが六年前に死んでいる。行徳の海へ夜釣りにいって溺れたらしい」

ドアを半開きにしたまま、水穂が壁によりかかる。

「父親が死んでることは知っているけど、それがどうしたのよ」

「千秋は母親の連れ子で清造という人は義理の父親になる」

「だから？」

「夜釣りなんかで年間にどれぐらいの人が死ぬのかな」

「そんな統計は出てないわ」

「交通事故より少ないだろう」

「せいぜい十人か二十人でしょうね」

「確率的にはゼロに近いよな」

「なにが言いたいのよ」

「なにが言いたいのか自分でも分からない。だけど夜釣りで溺れ死ぬ人は珍しいはずだし、アパートで焼き殺される人間も珍しい。たぶん、偶然だろうけどさ」

水穂が鼻の先を尖らせて顎をつき出し、よせばいいのに、盛りあがった胸をぼくに見せつける。

「だけど広也、事件のことなら容疑者はいるでしょう」

「それとは別な話さ」

「どこが別なのよ」

「なんとなく気になるだけ。姉さんが調べられないなら自分で調べる」

「具体的にはなにが知りたいわけ」

「清造という人が死んだ状況。目撃者はいなかったのか、不自然なことはなかったのか」

「探偵気取りじゃない」

「姉さんへの愛だよ」

「どうでもいいけど、一応は調べてみるわ。あんたは被害者の元カレだし、未練男としての勘もあるでしょうしね」

反論しようと思った瞬間、水穂はもうドアをすり抜け、廊下の向こう側へ姿を消してしまう。泣いたり喚《わめ》いたり人を呪い殺したりと忙しい性格だが、それでいて報道記者としては有能だというから世の中は分からない。仕事に寝技を使う話だって否定はしたものの、実際のところはどうなのか。

ぼくは新聞を床に放ってまたベッドへひっくり返り、天井へ向けてうっと腕を突きあげる。カーテンの外は今日も無慈悲な金ピカ天気、八時を過ぎたばかりだというのに部屋には熱気の前兆が忍んでいる。一般論としては起き出していい時間でも、ぼくの気分に一般論はなじまない。子供のころから早起きが苦手な体質で中学、高校時代の遅刻率は六十パーセント。大学でも一時限目の科目は履修せず、ほとんどは午後の授業でクリアした。こんな生活態度で就職など可能なのか、やはりガーデニングの手伝いで細々と暮らしていくか。それとも本気で、私立探偵でも始めるか。

階下の物音で水穂が玄関を出ていく気配が伝わり、ぼくは欠伸《あくび》と一緒にタオルケットをひきあげる。出掛けるにしても正午《ひる》でじゅうぶん、千秋の事件も新聞にとりあげられて、もう自由には動けない。敬愛会病院にも千秋の実家にも、どうせテレビや週刊誌が押しかける。米沢から来ている純朴な横山タネ子や、神経質そうな安彦みかんはマスコミの攻勢にどうやって耐えるのか。まだ会っていない尾崎喬夫や大沢佳美のほうは、どんな状況か。あっさり元体育教師が犯人と決まればいいが、事件が長引けば千秋の妹も苦労する。そうでなくてもみかんなんていう名前をつけられて、彼女はもう、しっかり気の毒なのだ。

犯人も犯人だけど、千秋も罪なことをしてくれるよなと、タオルケットで顔の汗をふきながら、ぼくはまたひとつ欠伸をする。

＊

東武東上《とうぶとうじよう》線の大山《おおやま》駅から駅前の道を南へくだると、五分で川越《かわごえ》街道につきあたる。駅前の道にはコンビニやパスタハウス、雑居ビルには歯医者やレンタルビデオ屋が入って便利で退屈な風景をつくっている。川越街道へ出ても町並は変わらず、片側二車線道路の両側は雑居ビルと高層マンションがつづいている。

尾崎喬夫の住所は川越街道沿いの「大山レジデンス」にあって、昨夜も行徳の帰りにこのマンションを訪ねている。夜の十時ごろまで二度足を運んだがインタホンに応答はなく、電話も「留守」にセットされたまま。会社へ電話をしても「尾崎は欠勤」と告げられ、今日も仕方なく大山へ出掛けてきた。千秋が死の直前までどんな男とつき合っていたのか、煩《わずら》わしいとは思いながら、興味もある。

アプローチに自転車や三輪車のちらばった玄関からフロアへ入り、昨夜も確認した六〇五号室の郵便受けを確認する。〈尾崎〉の郵便受けには昨夜と同様にチラシも新聞もなく、ぼくはその意味を考えながらエレベータで六階へあがる。模造レンガで装飾したマンションは古くも新しくもなく、エレベータもフロアも無難に清潔だった。

人けのない内廊下を六〇五号室前へ歩き、焦げ茶色のドアをしばらく眺める。それから思い切ってインタホンを押し、ドアに身を寄せて内側の気配に耳を澄ます。応答はなく部屋からの物音もなく、しかし「尾崎喬夫には家庭があった」と牧瀬杳子も言ったし、このマンションも家族向けの物件だろう。尾崎本人が留守でも女房や子供はいるはずで、郵便受けも空《から》になっている。共働きで夫婦とも外出しているのか、それともなにかの理由で家族が部屋を空けているのか。

出直すしかないか、とは思ったものの、勘がぼくの足をおしとどめ、黙り込んでいるインタホンにもう一度指をかける。やはり応答はなかったがインタホンに自分の名前と千秋との関係を告げて、反応を待つ。

二分ほどドアを睨むうちに、部屋のなかで物音がし、次の瞬間、無造作にドアがひらかれる。

顔を出したのはパジャマ姿の背の高い男で、頬に不精髯《ぶしょうひげ》を浮かべ、真ん中分けの髪も右側へ寝癖がついている。目は笑っているような、殺気を隠しているような、ぼくの常識では分からない。鼻筋の通った端整な顔だちで歳は三十をいくつか過ぎたあたりか。

「ふーん、千秋の友達だって?」

ドアを自分の肩でおさえたまま尾崎がぼくの顔を見おろし、片頬をひきつらせて、酒臭い息を吐く。

「千秋の友達が俺になんの用だね」

「お話を聞かせてください」

「今は忙しい」

「お手間はとらせません」

「君に話すことなんかないよ」

「尾崎さんが千秋を殺したのかどうか、それだけ聞ければけっこうです」

酒濁りのした尾崎の目がにやりと笑い、不精髯の頬がゆがんで、粒のそろった白い歯が愛想よくこぼれ出る。

「君、失礼な男だな」

「自分でもそう思います」

「山口くんと言ったか」

「はい」

「千秋とはどの程度の友達だった？」

「尾崎さんと同じ程度に。二年前のことですけど」

「いわゆる元カレか」

「そうですね」

「そんな昔のカレが今ごろになって殴り込みか」

「千秋が死ねば立場は同じです」

「変わった意見だ。実を言うと俺も暇を持て余していてな。お構いはできないが、まあ上がってくれ」

ふと尾崎が肩をひき、パジャマの背中を見せて奥へ歩く。ぼくはドアの内へ身をすべらせ、靴を脱いで尾崎のあとに従う。玄関廊下は畳二枚ぶんほどでつきあたりの部屋がダイニングキッチン、そのキッチンにはタバコの煙と酒の匂いが充満し、厚くひかれた窓のカーテンをエアコンの風が微妙に振動させている。奥にも二部屋ほどありそうな間取りだが、尾崎以外に人の気配はない。

「そっちの椅子にかけてくれ。コーヒーでも、と言いたいんだが、生憎《あいにく》どこにあるか分からなくてね。この部屋で俺に分かるのはこいつだけさ」

尾崎がダイニングテーブルをまわり込んで壁際の椅子に腰を落とし、ウィスキーのビンをとりあげながら、顎でぼくに向かいの椅子をすすめる。テーブルには持ち帰り弁当の空パックや吸殻のあふれた灰皿がちらばり、グラスや湯呑やどんぶり鉢や、なんの理由でか、子供用の靴下までちらばっている。

「君、新聞記者にも見えないが」

尾崎がグラスにウィスキーをつぎ、半分ほど、ぐびりとあおる。

「俺のことは誰に聞いて来た」

「知り合いにマスコミの人間がいます」

「テレビか、週刊誌か？」

「テレビです」

「要するに、そこまで知られてるってことだよな。俺もそろそろ雲隠れと洒落こむか」

「隠れる理由があるんですか」

「元カレだのマスコミだのに押しかけられちゃ、ゆっくり酒が飲めないだろう。俺の楽しみはもう酒ぐらいだ。家庭も仕事も失ったが、俺にも酒を飲む権利はある」

尾崎がまた、ぐびりとグラスをあおり、眉間に深いたて皺をきざませる。息が匂うほど酔っているのにその顔色は青白く、目も鉛色に光っている。酒乱の傾向があるのかも知れないが、口調に乱れはない。

ぼくはすさんだテーブルと汚れた流し台を見くらべ、登場しかけた千秋の面影を意識して押し戻す。尾崎の懺悔《ざんげ》を聞くまでもなく、この部屋の臭気で家庭や仕事の状況は理解できる。

「尾崎さんはファイン化粧品の……」

「本社営業部の課長補佐だったよ。三十三歳で課長補佐ならエリートだと思わないか」

「それも一流企業の、ですね」

「来年には課長に昇進して四十までには部長におさまる予定だった。なにしろ女房は創業者の曾孫《ひまご》だ。あの一族が今でも株の大半を握っている。将来は社長にまでと目論んでいたが、この始末ですべてご破算だ。化粧品業界ではもう生きる場所もなかろうよ」

「お気の毒です」

「そう言ってくれたのは君が初めてだよ。女房も女房の実家も、俺を疫病神みたいに言いやがる。警察にあそこまで付きまとわれちゃ、万事休すだろうがな」

「でも、尾崎さんは、犯人ではない？」

「女房にとってはどちらでも同じさ。自業自得とはよく言ったもんだ」

「その自業自得の経緯を聞かせてもらえますか」

「千秋との関係、か」

「はい」

「君も変わった奴だなあ、男と女の関係なんて、みんな同じだろう」

「男と女の関係は相対的なものです」

「君は哲学をやるのか」

「学生同士の自由な恋愛と、相手に家庭がある関係とはちがいます」

「ひねくれた言い方をするなよ。要するに不倫だと言いたいんだろうが、俺は千秋に、本気で惚れていたんだ」

白い歯を見せて、声もなく笑い、尾崎がぼくの顔に視線を向けたまま空のグラスにウィスキーを注ぐ。床にはもう三本の空ビンがころがっていて、テーブルには新しいウィスキーも並んでいる。女房と子供の去ったこの部屋で、カーテンを閉めきり、尾崎はどれほどの期間酒を飲みつづけているのか。

「山口くん、君もよかったら、一緒に飲まないか」

「いえ、けっこうです」

「水臭い男だなあ。千秋にもてあそばれた者同士、仲良くやろうじゃないか」

「ぼくは、もてあそばれては、いません」

「そいつはご立派だ。だが未練があるから、今日だって殴り込みに来たんじゃないのか」

「人間としての一般的な興味です」

「そうか、そんなに興味深いか。女に惚れただけで人生を棒にふった男なんか、めったに見物できないからな」

尾崎の脂の浮いた額にいやな痙攣《けいれん》が走り、殺気が爆発してグラスの底がテーブルを打つ。饐《す》えた空気に亀裂が入って灰皿からタバコがこぼれ、尾崎の椅子がざらざらと振動する。スーツでも着ていれば洒落たエリートサラリーマンだろうに、今は鉛色の目が、不吉につり上がっている。

「俺は、俺は、もう終わりだ。千秋のおかげで、ホームレスに成りさがる」

「三十三歳ならやり直せます」

「きれいごとを言うな。やり直したくても、俺には、もう気力がない」

「千秋のせいではないでしょう。殺されたのは千秋のほうだ」

「俺が殺したとでも言うのか。警察も女房も、みんな疑いやがって、誰も俺を信じない。親兄弟まで、田舎へは帰ってくるなと言う。俺にはもう、行く場所もない」

尾崎の鉛色の目から鉛色の涙がこぼれ、鼻水とよだれがパジャマの胸に落ちる。尾崎の破綻は狂気のせいか、酒のせいか、たぶんその両方だろう。

「殺せるものなら、殺してやりたかった」

グラスをとり直して、涙も拭かずに、尾崎がウィスキーをあおる。

「まさかこの俺が、あそこまで女に惚れるとは」

「具体的にはどういうことですか」

「理屈もくそもあるか、ただ惚れただけだ。君なら俺の気持ちが分かるだろう」

「分かっていれば伺いません」

「気取るんじゃないよ、君は千秋のセックスを忘れたのか」

「はあ?」

「あんな女がこの世にいるとは、思ってもみなかった。あいつは、天性の娼婦だった」

「あのう、でも」

「俺だって風俗遊びはした。そのへんのＯＬもつまみ食いした。だけど千秋ほど淫乱な女に、会ったことはない。ふだんは澄ました顔をしていて、福祉だとか介護だとか言ってるくせに、ベッドではまるで性格が変わる。二時間でも三時間でも、くわえ込んだらもう放さない。激しくて淫靡《いんび》で繊細で、プロだってあんなテクニックは使わないぜ。こっちはすっかり精気を抜かれて逆らえなくなる。このままじゃヤバイ、ただの浮気では済まなくなる……俺だっていやな予感はした、だから何度も千秋と別れようとした。別れるつもりでいて、でも一週間も会わないと、もうあの躰が恋しくなる。仕事も手につかなくなって、体調も悪くなって、女房にも疑われる。俺と千秋が別れるにはどちらかが死ぬしかなかった。だが、まさか、こんな形で終わるとは、思ってもいなかった」

尾崎がグラスをおいてテーブルからタバコをとりあげ、背を丸めながらライターに火をつける。目にもう涙はなく、ただ澱《よど》んで、うつろな色にひらかれている。

ぼくはタバコの煙に顔をそむけ、首筋ににじんだ汗を手の甲で確認する。尾崎の言葉は聞こえていても、意味が理解できない。千秋が淫乱だったり、天性の娼婦だったり、それは尾崎の妄想か、ぼくに対する嫌がらせか。

千秋のセックスをぼくは愛着もなく思い出す。千秋は声も出さず、腰もふらなかった。終わったあともぼくたちは純情な高校生同士のように、ただ躰を重ねて眠るだけだった。千秋は安らかな寝息をたて、ぼくもそれ以上の欲望を感じなかった。相手が変わればセックスも変わる、千秋はぼくに本物の愛情を感じていなかった。そう言ってしまえばそれまでだろうが、人間の性癖が一年や二年で、そこまで変わるものなのか。

尾崎の言った千秋のセックスは、やはり妄想だろう。その妄想で自分を正当化し、これからの人生を妄想にすがって生きていく。そんなことは尾崎の勝手でも、不必要に千秋を汚されると腹が立つ。

「尾崎さん」

顔にかかるタバコの煙を手で払い、椅子に座りなおして、ぼくは身をのり出す。

「千秋と最後に会ったのはいつのことですか」

「彼女が死ぬ幾日か前だ」

「事件の夜は会っていない？」

「と、当然じゃないか」

「一カ月前には別れている、と聞きました」

「誰に」

「情報源があります」

「それならそうだろうよ。千秋とつき合っていたあいだ、俺は何度も別れようとした。俺が別れたいと言うと、千秋は鼻で笑う。いつでも別れてあげる、早く奥さんのところへ帰ったらと、それがあいつの口癖だった。俺が別れられないことを、あいつは知っていた。俺は罠にかかったネズミだった」

「ネズミが罠から逃れるには罠を破壊するしかなかった、そういうことですか」

「俺は、俺は、千秋に惚れていた」

「二人が別れるにはどちらかが死ぬしかないと、さっきはそう言った」

「あれは、ものの、たとえだ」

「事実としてもあり得ます」

「君はなにが言いたい？」

「千秋を殺した犯人が尾崎さんであっても、不思議はないということです」

「たわ言を……」

「そのうちに警察が証明します」

「証明はされているさ。だから事情聴取をされても逮捕はされていない」

「尾崎さんは睡眠薬を飲みますね」

「なんの話だ」

「それだけストレスがたまれば睡眠薬なしで眠れないでしょう」

「だからどうした」

「やはり常用している？」

「君に関係ないだろう。こんな時代、まともな人間は誰だって睡眠薬を使う。今どき睡眠薬なしで眠れるのは猫か犬ぐらいだ」

　尾崎がタバコをくわえたまま夢遊病者のようにグラスをとり、反動でグラスにタバコが落ちて、じゅっと火が消える。しかし尾崎は燃止《もえさし》をつまみ出しただけで、そのグラスをまた口へ運ぶ。この憔悴《しょうすい》ぶりが演技なのか本物なのか、ぼくに見分ける能力はないが、わざわざ見せつけてくるようなパフォーマンスにはいやな気配がある。

タバコの煙とウィスキーの臭気が息苦しく、ぼくは腰をあげて尾崎に頭をさげる。三十三歳で家も仕事もなく、金も家庭もない人間はいくらでもいる。それと同じ理屈で女のためにエリート人生を手放す人間は、いくらでもいる。

「なんだ、もう帰るのか」

「一般的な興味は満たしました」

「薄情な奴だな。君と千秋の思い出にひたりながら、二人で飲み明かしたかったのに」

「お忙しいところを、お邪魔しました」

尾崎が顔をそむけて舌打ちをし、もうぼくは尾崎を見ずに玄関へ向かう。弁当の空パックは廊下にまでちらばり、床にも沓脱《くつぬぎ》にも埃がつもっている。

尾崎は最後まで顔をあげず、ぼくも声をかけず、黙ったまま靴をはいて、ドアを出る。誰のせいでもない人生も誰かのせいにしなくては、たしかに辛すぎる。そんなことは知っているが、尾崎の汚れ加減は死んだ千秋に対して、失礼すぎる。

会わないほうがいい相手だったなと、廊下をエレベータへ歩きながら、ぼくは首筋の汗を手の甲でぬぐいつづける。

*

活気のない商店街に田舎臭い住宅街がつづき、その道を抜けると建売住宅の点在する畑地に出る。東武東上線で大山から二十分、それだけでもう景色はうらぶれる。増殖しかけて萎縮《いしゅく》してしまったような、孤立した住宅地。汚れたビニールハウスが並んだかと思うと露地物のナス畑が広がったり、そこにまた堆肥《たいひ》の山がつまれていたりする。二時をすぎたばかりでまだ日は高く、炎暑のなかに雀の群れがやかましい。西洋タンポポの目立つ草地は住宅の予定地か、値上がりを待つだけの休耕畑か。畑道に小学生のランドセルが赤く映え、たまに自転車や宅配便のトラックが行きすぎる。

ぼくは朝霞《あさか》の駅から根岸台《ねぎしだい》という住宅地を目指して、もう十五分も歩いている。あたりは畑と住宅の混在するなだらかな丘陵で、和光《わこう》市側の高台には神社らしい杜《もり》や広葉樹の雑木林もかすんでいる。

根岸台を六丁目七丁目と通りすぎ、八丁目に入る。畑に囲まれた住宅群のなかに木造モルタルの二階家もあれば、鉄骨のプレハブもある。せまい敷地にそれぞれの住宅が息苦しく肩を寄せて路地には三輪車や子供用自転車が放置され、いたる所で犬が鳴く。

短いブロック塀の先に鉄の門扉があって、表札に〈大沢〉を見つける。門扉の内には大株のヤツデ、家屋は新建材の二階建てで壁の色も無難なベージュ色。庭木にはドウダンツツジがつつましく配置されている。

インタホンに応答があって、門扉を押し、言われるまま玄関のドアをあける。廊下には中背で短髪の女が立っている。スカートはグレーの膝丈、半袖ブラウスの首に金のネックレスが光っている。

ぼくが五秒ほど首をかしげ、女もぼくの顔を見つめる。それから二人同時に、ほっとうなずき合う。

「やっぱり君か。もしかしたらとは思ったけど、名前がちがう気がした」

「結婚したのよ、今年の六月。あたしも電話で山口って聞いたとき、もしかしたらとは思ったけど、本当にあのときの山口くんだったの」

佳美はぼくと千秋が知り合った居酒屋にいた、千秋の友達だった。「千秋とは大学時代の親友」と水穂のメモにあったが、あのころの佳美は種田《たねだ》とか谷田《たにだ》とかいう名字のはずだった。

佳美が猫でも呼ぶように手招きし、ぼくをカーペット敷きの半洋室に通す。広さは六畳ほどで押し入れらしいスペースはカーテンでおおわれ、ソファにはキルティングのカバーが掛けてある。壁のポスターはスペインあたりの風景写真か。エアコンはなく、庭に向いた窓から風と雀の声がまぎれ込む。

台所から紅茶のセットを運んできて、佳美が向かいのソファに座り、カップをテーブルにすべらせながら丸い目を人なつこく見開く。顔も仕種もすべてが平凡、化粧にも工夫や特徴はなく、街ですれちがっても次の瞬間には忘れてしまうタイプだろう。

「だけど久しぶりねえ。まさかまた山口くんに会うなんて、思ってもいなかったわ」

「結婚か。考えたら大学を出てすぐ結婚する人も、いるんだよな」

「今年の二月にお見合いしてね、優しそうな人だったから決めちゃったの。どこでもよければ就職もできたけど、みんなパッとしないしね。どうせいつかは結婚するんだから、早いほうがいいと思ったの」

「幸せそうでよかった」

「うちの旦那ね、朝霞の市役所に勤めてるのよ。出世は無理でも安定はしているの。もう両親は死んでるし家のローンも終わってる。二人の姉さんも結婚していて面倒は一切なし。そりゃ歳が三十六で見てくれも冴えないけど、そのぶん浮気の心配もないわけ。顔なんか良くても悪くても、すぐ馴れちゃうしね。一緒に暮らすなら真面目な人が一番だわ」

ぼくに意見はなく、出された紅茶をただ口へ運ぶ。佳美の旧姓が種田だったか谷田だったかの確認にも意味はなく、ああ、少し甘ずっぱいこの香りはアップルティーだなと、そんなことを考える。

「電話では詳しく言わなかったけど……」

佳美の解説が終了し、息をつくのを待って、ぼくはカップを下におく。

「例の事件は知ってるよな」

「もちろんよ。友達とも電話で話した、千秋って火事を起こすようなマヌケじゃなかったのに、人生って、大変だよねとか。そうしたらあれ、放火だって？　今日はもう朝から奇想天外、さっきまでずっとテレビを見てたわ」

「君のところへ取材は来ないのか」

「取材って、テレビとか新聞とか？」

「マスコミが来ていると思ったけど」

「冗談じゃないわ。あたしは大学が千秋と一緒だっただけで、放火とか殺人だとか、まるで関係ないもの。ほかの子とも話したけど、みんな青天のレキヘキだってびっくりしてるんだから」

佳美がどう思おうと、マスコミは遠からずこの家にも押しかける。その大沢佳美を事前にリストアップしていたところなんか、さすが水穂も自分で「関東テレビのエース」と言うだけのことはある。


「おれ、正直に言うと、千秋とつき合った時期があるんだ」

「そりゃそうよね」

「知ってたのか」

「知らなかったけど、関係なければ気にしないでしょう」

「それもそうだ」

「山口くん、仕事は?」

「フリー」

「就職浪人?」

「まあ、そうかな」

「大学の専攻は?」

「日本史」

「そりゃダメよ。今どき史学科なんか出ても使いものにならないわ」

「まるで使いものにならない」

「だからってヘンな会社に勤めたら世間でゴミあつかいだものね。最初にどういう会社に勤めるか、人生それで決まっちゃうわけよ」

「で……」

「だけどさあ、千秋とはなにがどうして、どうなったのよ。もしかしてあのとき、二人が先に帰ったのは相談ができてたわけ?」

「あのときは偶然さ。駅の近くでいき合って、飲みなおして、それから、なんとなくそうなった」

「そうだったの。そりゃ二人ならお似合いだったけど、それで、最近までつき合ってたとか?」

「つき合ったのは二、三カ月」

「あら、そう。そりゃそうよね、長くつき合ってればあたしでも気がついたものね。千秋って男関係のことは完全黙秘だったけど、今度のこともどうせどこかの男が恨んでやったことなのよね」

佳美が上目づかいに紅茶を口へ運び、ぼくの顔を眺めたまま皮肉っぽく唇を笑わせる。佳美の口調には死に対する真摯《しんし》さはなく、千秋への友情も見られない。そういえば千秋とつき合っていたころ、その口からも佳美の名前は聞かなかった。

庭からの風に目をやり、ぼくは意味もなく、隣家の屋根に雀の数をかぞえる。

「君、千秋とは親友だったはずだけどな」

「あら、千秋がそんなふうに？」

「彼女は君のことを親友だと言っていた」

「へーえ、そうなの」

「ちがうのか」

「答えようがないわよ。そりゃ学生時代は千秋と出歩くことが多かった。だから他人にはそう見えたかも知れない。でもあたしなんか、実際は千秋のお付きみたいなもんだったわ。言ってる意味、分かる？」

「なんとなく」

「美人が男の子にもてるのは当たり前、あたしだってそんなことに、文句は言わないけどね」

「それほど、千秋、美人だったかな」

「スタイルはよかったでしょう」

「まあ、そうだけど」

「それにああいうお嬢様タイプってオジサンには堪《たま》らないのよ。大学のときも教授のオヤジたち、ずいぶん熱をあげてたわ」

「ふーん、そう」

「だからね、そういう千秋と四年もつき合えば、こっちもくたびれるでしょう」

「千秋が君を見くだしたとか」

「言葉では言わない。千秋って頭のいい子だったから、口や表情には出さないの。それどころかあたしのお誕生日なんか、食事をおごってくれたり」

「それなら君の思い過ごしだろう」

「男の子には分からないのよ。女って二人いると、奥様と下女に分かれるものなの。千秋のほうが奥様になればあたしは下女になるより仕方ない。意地悪なんかされなくても、気分は落ち込んでしまうの」

「そんなもんかな」

「あたしだってさあ、死人に無茶ウツようなことは言いたくない。でも本心は千秋とつき合いたくなかったの。卒業以来会わなくなって、ほっとしていた。だから火事で死んだことは知ってたけど、お葬式にも行かなかったわ。山形なんてわざわざ行くには遠すぎるしね」

「山形では、な」

「千秋の実家って山形県の米沢市でしょう、ちがった？　お葬式みたいなもの、普通は実家でやるもんじゃない」

佳美が結婚指輪を光らせて、ひらりと手をふり、その手で二つのカップに紅茶をつぎ分ける。襟元にのぞく胸は意外に豊満だが、興味はない。千秋に対しても、佳美が言うほど美人だと思わなかったのは、子供のころから水穂の顔を見てきたせいだろう。

「そうか、千秋の実家は、山形か」

「つき合ってたくせに、山口くん、知らなかったの」

「自分のことは話さないやつだった」

「あらーっ、カレシにも？」

「だから君に聞きに来たんだ」

「千秋もずいぶんな秘密主義よねえ。いくら美人で女王様だからって、ものには限度があるわ。そういえば千秋、あたしにも昔のことは話さなかったけど」

窓の外を汚れた色の黄アゲハが飛んで、塀の外をバイクが通っていく。どこかで犬が鳴き、呑気な陽射しが狭い庭に淡々と降りそそぐ。

紅茶に口をつけ、呼吸をととのえて、ぼくは眠くなりそうな景色から目をそらす。

「君、千秋を殺したいほど憎んでいた人間に、心当たりはないか」

「あら、なに言ってるの。今の時代、ストーカーだの殺人オタクだの、腐るほどいるじゃない」

「具体的には？」

「千秋にふられたとかお金を貢がされたとか？」

「まあ、そうかな」

「ふられた男の子はたくさんいるでしょう。山口くんだってふられたんじゃない？」

「おれのことはいいんだ」

「よくないわよ。あたしのことを親友だとか言うんなら、あたしにだって山口くんとの関係を言えばいいでしょう。そういうことを秘密にする千秋って、失礼だと思わない？」

「他人に話すのが面倒なこともある」

「千秋がなにを考えてたかは知らない。だけど、男の子のことなんか、一度も聞いてないわよ。それに千秋ってお金にシビアだったから、貸し借りのトラブルはなかったと思う。バイトもスナックまではやったけど、クラブやキャバクラはやらなかった。実家っていうのがお金持ちらしくてね、お小遣いに不自由はしてなかったはずよ」

「憎んでいたのは、けっきょく、君一人か」

「え?」

「千秋が死んで、君、嬉しそうだものな」

もともと丸い佳美の目が、ガラス玉のように丸くなり、黒目の部分がせわしなく動いて息の匂いも強くなる。黄アゲハがまた窓の前を飛び、テーブルの上をクロヤマアリが一匹、苛々《いらいら》と行きすぎる。

「山口くん、あんた、なにを言ってるの」

「君は正直だから気持ちが顔や声に出てしまう」

「あたしが千秋を憎んでたって?」

「千秋が死んで、ほっとするぐらいにな」

「冗談じゃないわよ。その言い方、あたしが千秋を殺したみたいじゃない」

「その可能性もあったか」

「正気で言ってるの? そりゃ千秋にはうんざりしてたけど、もう卒業して終わったのよ。あたしは平凡でも安定した生活を手に入れた。この家だって売れば二千万円はする。旦那にも保険をかけてあるし、将来に不安もない。千秋が死んでも生きても、あたしには関係ないことよ」

「君の安定した生活やバラ色の将来を、千秋がおびやかしたか」

「なんの話よ」

「なんの話か、おれにも分からないけどさ。君は千秋に秘密を握られていた。秘密なんてみんな、他人には知られたくないことだものな」

佳美の膝頭が居心地悪そうに蠢《うごめ》き、結婚指輪がプラチナ色にぼくの神経を刺激する。「君の秘密」などというのはハッタリだったが、案外に的外れでもないらしい。その佳美の秘密がどんなものか、風俗か援助交際か、そんなことは必要なら水穂が調べればいい。

「誰がどんな秘密をもとうと、他人に迷惑がかからなければそれでいい。ただ現実に千秋が殺されて、おれはその理由を知りたい。興味があるのは君の秘密ではなくて、千秋の秘密だ」

「山口くん」

佳美がソファに座りなおして、膝をそろえ、近所の物音に耳を澄ますように目を細める。

「あたしが千秋の事件に関係ないこと、分かってくれる?」

「君は正直な人だものな」

「そりゃあね、あたしだって学生時代は、ちょっと遊んだわ。少しだけハメを外したこともある。でもそんなこと、誰だってするじゃない? 結婚したり就職したりすれば、もう自由に遊べない。学生時代にしかできないことを、あたしだってやってみたかった」

「千秋のことだけど」

「だからね、千秋のことなんか、あたしには分からないのよ。大学時代はほかの子よりも仲はよかった。でも千秋って、本心は他人に見せない子だった。授業も真面目に受けたし、友達とも普通につき合った。だから一般的には美人で優等生で、性格にも問題はないように見えた。だけど、なにか、あたし、千秋のことが怖かった」

息をついて、佳美が紅茶をすすり、顎の下を指でなぞる。

「説明はしにくいのよ。さっきも言ったけど、意地悪もされなかったし、迷惑をかけられたこともない。だけど、なんていうか、千秋、心の底が冷たいっていうか、そんな感じの子だった」

「具体的に、なにか?」

「そうじゃないの。だから説明しにくいのよ。たとえば、そうねえ、たとえば目の不自由な人がとなりでころんだら、普通は手を貸すでしょう。でも千秋は、それを黙って見ている。年寄りがコンビニでまごまごしてると、鼻で笑う。それでいて福祉や老人問題では感心するほど正しいことを言うの。そういうちぐはぐなところが、あたしには理解できなかった」

アップルティーの酸味がぼくの舌を、ざらりと刺激し、脈絡もなく尾崎喬夫の言葉が思い出される。尾崎の言った千秋のセックスを妄想と片づけたのなら、佳美の言う千秋の冷酷さも思い過ごしだと無視すればいい。そうは思いながら、不愉快な実感がぼくの背中を寒くする。

塀の外に子供の声が聞こえて、我に返ってカップをテーブルへおく。意外なことに、ぼくは疲れている。

紅茶を足そうとする佳美を手で制し、深呼吸をひとつして腰をあげる。子供の声が高くなり、泣き声に変わって、ゴム底靴の音がばたばたと遠ざかる。

もう聞くことはなく、佳美に礼を言ってぼくは玄関へ向かう。

「テレビや週刊誌が取材に来るだろうけど、今度のこと、深入りしないほうがいいな」

「最初からそのつもりだわよ」

玄関口まで送ってきて、佳美がひらりと手をふる。

「大学時代の友達というだけで、あたし、本当に千秋なんかと関係ないんだもの」

「誰もが君の言葉を信じるとは限らない」

「心配ないって。千秋さえ……ええと、そんなことより、渋谷で一緒に飲んだ細田《ほそだ》くん、どうしてる?」

「田舎へ帰ってデパートに就職した」

「そうなの。あれからあたしたち、二度デートしたのよね」

「知らなかった」

「デートだけでそれ以上はなかったけど。そうなの、細田くん、田舎へ帰ったの」

「たった二年で、みんな色々だ」

「あたしなんか専業主婦だもんね、来年にはもう子供が生まれるの」

「よかったな」

「だけどさあ、千秋のこと、なにか分かったら教えてよね。主婦なんて暇な商売だし、大学のときの友達だって、みんな興味ツツなんだから」

「紅茶をごちそうさま」

挨拶をして、ぼくはドアをあけ、外へ出てドアを閉める。たった二年で専業主婦になる女もいれば、放火殺人の被害者になる女もいる。大学を卒業して田舎のデパートに就職する男もいれば、先の見えない人生に時間を空費するバカもいる。

人間なんて、色々だけど、だけど千秋は、誰に、なぜ殺されたのか。優等生でありながら年寄りに冷酷だったせいか、セックスが激しすぎて男に恨まれたのか、それともやはり、躁病患者の発作的な犯行なのか。世間には「道で目が合った」というだけで人を殺す人間もいるから、今度の事件も、真相はそんなところなのか。

ぼくの頭上を黄色いアゲハ蝶が舞い、畑道から小学生が集団で帰ってくる。陽射しには翳《かげ》りもなく、ぼくはうんざりと夏色の空をふり仰ぐ。小型飛行機が高い破裂音で飛んで行くのは、近くに自衛隊の基地があるせいか。

アサカ、か。朝の霞《かすみ》なんて名前だけはきれいな町なのに、畑も家も空気もみんな安っぽい。今別れてきたばかりの佳美の顔を、もうぼくは忘れていた。

＊

昨日は気づかなかったが、空にカモメが飛んでいる。かたむいた陽射しがカモメの羽裏をオレンジ色に染め、絹雲のしま模様が秋の気配を思わせる。東京湾も江戸川も近いから町の上をカモメが飛んでも不思議はない。バス通りにはクルマも少なく、古色然とした町並が空気に安堵感を与えてくる。午後の四時で、気温は真夏なみでも、日はずいぶん短くなっている。

行徳の古い町屋を見物しながら裏道を抜けて、伊勢宿へ入る。予想していたテレビ局のカメラやレポーターの姿はなく、路地には猫もいない。事件は新聞でも公表され、テレビのワイドショーも騒ぎ始めたのに、この静けさはどうしたことだろう。

不審に思いながらもほっとした気分で塀沿いを歩く。格子戸へ向かいかけたぼくの足をとめたのは塀の破れ目で、隙間からのぞく庭内にピンク色のカットソーがうずくまっている。下は昨日と同じカーゴパンツで髪はポニーテール、その華奢《きゃしゃ》な背中がいじけた形に拗《す》ねて見える。みかんの背景にはヒマワリが咲いていていて、ヒマワリの黄色とみかんのカットソーが鮮やかに調和する。広い庭にはぽつんと石灯籠《いしどうろう》がおかれ、五葉松やイチイの庭木も殺風景にたそがれる。手入れをすればそれなりの庭園だろうに、今はヒマワリだけが華々しい。

みかんが顔をあげ、塀の破れ目に視線を向ける。一重の目は今日も怒っていて、その目を怒らせたまま、ぷいと顔をそむける。悲しくもないのに泣き顔の女の子もいれば、意味もなく笑ってばかりいる女子もいる。みかんの頭にどんな感情があるのか、ぼくが詮索をしても仕方ない。

インタホンに指をかけようとして、格子戸の横にせまいすき間を見つける。矩形《くけい》に色を変えた板目はくぐり戸らしく、庭へは路地からも入れる構造になっている。

一応インタホンを押し、返事のないまま、くぐり戸をあける。みかんは相変わらず庭の南端に屈んでいて、気配は感じたろうに、顔をあげてこない。ぼくは黙って十秒ほどみかんの背中を眺め、それからくぐり戸を入ってみかんのうしろへ歩く。ヒマワリの花が七夕飾りのようにみかんを包み、夕日が庭を飴色に染めあげる。石灯籠の前で黒猫がこちらを見物しているが、ほかに人の気配はない。

みかんは口をひらかず、ぼくは相手が変わり者であることを思い出して、仕方なく声をかける。

「やあ」

「………」

「お祖母《ばあ》さん、留守か」

ほんの一瞬ポニーテールがゆれ、それでもみかんは沈黙をつづけて、ぼくは呆れながら横へまわる。そこには小さい池があり、みかんはプラスチックのコップを構えて池を睨んでいる。足元には白い洗面器、袖を肘の上までたくしあげ、表情はなかなか厳《いか》めしい。池には浄水装置も排水口も見当たらず、アオコが浮いて暗緑色に澱んでいる。ボウフラでも飼育するには恰好な池で、いてもドジョウかドブ貝ぐらいだろう。

五分ほどみかんと並んで池を睨み、そしてやっと納得する。池の表面に綿埃《わたぼこり》のような影が浮かんでくると、みかんはその影をコップですくい、慎重な手つきで洗面器へ移しているのだ。池の底には金魚藻が沈んでいて、意外にもメダカが泳いでいる。ときどき浮かんでくる白い綿埃のようなものは、孵化《ふか》したばかりの仔メダカだった。

「そうか、メダカの仔か。放っておくと親に食べられるものな」

みかんがコップを持った手をとめ、鼻から息を吐く。そしてなんのつもりか、尖った顎をコックンとうなずかせる。みかんの予想外な反応に、ぼくは感動する。

「なーんだ、聞こえてるのか」

「当然だよ」

「お祖母さんは?」

「買い物」

「君ひとりか」

「だから、なに」

どうも、やはり変わった子で、口調にもとりつく島がない。それでも一応は喋ったから昨日よりは前進だろう。ぼくも子供のころメダカを飼ったことがあるから、その経験がたぶん役に立つ。

「姉さんのこと、大変だったな」

「昨夜も来たでしょう、今日はなに？」

「あれから家へ帰って思い出した」

「なにを」

「仏壇に千秋のお骨《こつ》がなかった。もしかしたら……」

みかんが面倒くさそうに腰をあげ、洗面器を抱えながらぷいと縁側へ歩く。背は高いが腰にも肩にも脂肪はなく、うしろ姿だけなら繊細な印象で、怒るべきか慰めるべきかとぼくを困らせる。十六歳といえば高校の一年か二年、顔は生意気でも分類的には子供なのだ。

「餌は卵の黄身を爪の先ぐらいやればいい。餌をやりすぎると水が汚れる。メダカにとっては家とトイレが一緒だから、清潔にしなくちゃな」

「………」

「水は汲みおきにして一日おきにとり替える」

「知ってるよ」

「そうか、よかった」

「チアキのお骨はお墓に入ってる。初七日の日に納骨したの」

「早いな」

「わたしのせいじゃない、このへんでは昔から決まってるの」

縁側へ歩き、洗面器をはさんで、ぼくも廊下の端に腰をおろす。納骨なんて一年がすぎてから、と思っていたが、葬送の習慣も土地柄や宗旨《しゅうし》でちがうのだろう。横山タネ子の「千秋の実父は山形で生きている」という言葉に、納骨のトラブルを心配したが、そこまでは杞憂だったらしい。

ふり返ると、仏壇にはロウソクが灯《とも》っていて、写真の千秋が冷静な目で縁側を見つめている。千秋の目はいつも冷静で、笑ったときも表情を変えなかった。そんな千秋と、目も鼻も顔の輪郭も、みかんの顔はまるで似ていない。無理に共通点を探せば色の白さぐらいだが、可笑《おか》しいのは額に五十円玉ほどの青痣《あおあざ》があること。どこかで転んだか、ドアにでもぶつかったか、その痣がなんとなくみかんの人生を物語る。

「あんた、お骨の……」

わざとらしくそっぽを向き、腹話術を使っているような声で、みかんがかすかに唇を動かす。

「そんなことのためにわざわざ来たの」

「悪いか」

「どうでもいい」

「千秋には義理があるんだ」

「ふられたくせに」

「君の知ったことじゃないさ」

「チアキなんか性格が悪くて無神経で、男なんかゴミみたいに思ってたんだから」

死んだ姉に対して、妹のくせに、ずいぶんな台詞《せりふ》を吐く。これでは横山タネ子が「変わり者」と嘆くのも無理はない。

石灯籠の前にいた黒猫がのっそりと歩いて池をのぞき、ちょっと首をかしげただけで、またのっそりとヒマワリの向こうへ消えていく。

「なあ、今朝の新聞、読んだか」

「読まない」

「テレビも騒ぎ始めた、またしばらく面倒だよな」

「関係ない」

「マスコミが煩《うるさ》いだろう」

「警察に言って追い払ってやった、遺族には人権がある」

「そういうもんかな」

「チアキなんか、あれだけ性格が悪ければ、いつかは誰かに殺された」

みかんの唇はほとんど動かず、表情も見えにくいが、細い指は苛立って爪先のサンダルも神経質にゆれ動く。

「君、姉さんに恨みでもあったのか」

「ない」

「ただ千秋の性格が悪かったから？」

「そう」

「千秋の墓は？」

「縁生寺《えんしょうじ》」

「縁生寺って」

「すぐそこ」

「そこの道をちょっと行って、それからもう少し行って、左へ曲がったところ」

みかんの腕組みがほどけてポニーテールがゆれ、鼻梁《びりょう》のうすい鼻から、ふんと息がこぼれる。手が届けばゲンコツをくれてやるところだが、状況を考慮して自重する。

「散歩に行くから、ついでに教えてあげる」

「見かけより親切だな」

「ただのついでだよ」

「おれのほうもついでだ」

「あんたなんか……」

「なんだよ」

「今でもチアキを好きなくせに」

みかんが下唇をかんで目尻をつりあげ、華奢な肩を怒ったように尖らせる。さっきの黒猫が戻ってきて、池の前から縁側を見あげてくる。

「戸締りをするわ」

「うん」

「外で待っていて」

「分かった」
「でも今度からは、勝手に庭へ入らないで」
口のなかで、はいはいと返事をし、ぼくは腰をあげて背伸びをする。黒猫が一瞬警戒の姿勢を示したが、池の前からは動かない。日はかたむいても西の空は明るく、風がヒマワリの葉をやわらかくもてあそぶ。ヒマワリにメダカにご近所の猫に、これで千秋の死がなければ風景も平和だろうにと、頭のなかで独りごとを言う。

格子戸の前に、みかんは五分でやって来た。お気に入りらしい赤いキャップをかぶり、手に二本のヒマワリを持ってふてくされたように歩いていく。ついたのは本行徳の一角で小さい寺が団地状に敷地を接しているから、江戸の寺々が競って支店を出した名残りだろう。葬儀から納骨までの期間が短いのは、その時代からの風習か。

縁生寺は門柱に寺名が刻まれているだけの、庫裏《くり》のない無住寺だった。境内には賽銭箱《さいせん》の飾りのような本殿と、プレハブの物置が鎮座しているだけ。山門を入るとすぐ墓地が広がり、古い墓石にまじって白御影《みかげ》や黒御影の新しい墓石が肩を寄せている。どの墓域も畳一枚ほどに小さく、腐って折れた卒塔婆《そとば》もあり、ドライフラワーになった花もあり、一見墓の裏長屋を思わせる。江戸川方向の空にはカモメが舞い、高速道路からクルマの排気音が響いてくる。

「安彦家」の墓は本殿の東裏にあったが、区割りは両隣の三倍ほども広く、大谷《おおや》石の墓石には苔色の屋根がのせてある。裏側は隣地のブロック塀で枝高くムクゲの花がのぞき、その向こうの笹藪へちりちりと風が吹きわたる。花筒にはしおれかけた菊が二束、線香皿にはひとかたまりの灰、納骨は初七日の日だったというからまだ四、五日前のことだろう。

みかんが花筒へ二本のヒマワリを立て、髪に挿していた線香を一本、ひょいとぼくに突きつける。ぼくが受けとり、みかんがライターに火をつける。千秋に対して非難がましい台詞を吐いたくせに、みかんは花と線香を用意している。

ライターの火を線香に移し、みかんと場所を入れかえる。香皿に線香をそなえ、墓に手を合わせる。古い苔むした墓石に千秋の匂いはなく、墓誌に刻まれた〈若秋院積福大姉〉という戒《かい》名《みょう》も空々しい。墓石の上をテントウ虫が歩き、真新しい卒塔婆を風が微妙にゆすっていく。墓地にもう陽は射さず、カラスばかりがやかましい。

顔をあげると、みかんは縁石に腰をおろし、膝の上で怒ったように頬杖をついている。

「君はお参りをしないのか」

「しない」

「ふーん、そうか」

「あんた、チアキとはどういう関係?」

「お祖母さんに話した」

「寝たの」

「子供には関係ない」

「不潔だよ」

「考え方の問題さ」

「チアキなんかと寝たら、あんたもそのうち殺されるよ」

鼻の先で息をつき、パンツのサイドポケットからタバコをとり出して、みかんが火をつける。

「ふーん、タバコを吸うのか」

「不良だもの」

「不良というのはずいぶん偉いんだな」

「わたしの勝手だよ」

「学校へも行かないで、毎日なにをしてるんだ」

「暇つぶし」

「暇はつぶれるのか」

「人生なんて毎日が死ぬまでの暇つぶしだよ」

「君の人生観は君の勝手だけど、千秋のことを聞かせてくれ」

みかんが墓石に向かってタバコの煙を吹き、一重の頑固な視線を、じっとぼくの顔にすえる。

「チアキのことって、なに」

「殺されたんだから犯人がいる」

「当然だよ」

「君は千秋のことを悪く言うけど、理由があるのか」

「嫌いなだけ」

「嫌いな理由は？」

「さっき言った」

「千秋の性格、そんなに悪かったか」

「寝たくせに」

「寝たって分からないことはあるさ」

「それがチアキの性格だよ。表面は素直な優等生でも本当は意地悪で冷たいの。男はみんなチアキの見かけに騙されるの」

風がまわってきて、ぼくの顔にタバコの煙がかかり、その煙をぼくは息でみかんのほうへ吹き返す。みかんがタバコを足元に捨て、ぺたんとサンダルの底で踏みつぶす。

「チアキはね、高校三年のとき、男の子を殺したの」

「なんの話だ」

「そういう話だよ。三角関係とか四角関係とかたくさんつくって、それで、一人の男の子を自殺させたの。行徳ではみんな知ってる。だからチアキはこの町に住めなくなったの」

墓石からテントウ虫が飛び立ち、大回りに弧を描いて、ぶーんとムクゲの向こうへ飛んでいく。今まで気づかなかったが、隣地のどこかでヒグラシが鳴いている。

千秋は男関係のトラブルで行徳に住めなくなった。みかんの言葉を一割だけ信じれば、千秋のアパート暮らしにも納得はいく。古い町の煩雑《はんざつ》さに辟易《へきえき》し、東京での自由な生活を望んだ。たまにはナンパもされたかったろうし、男を部屋にも泊めてみたかった。しかしそれが悪いというなら、東京で暮らす女子大生はみんな犯罪者になってしまう。

「千秋が男を自殺させたという話……」

留めていた息を吐き、ヒグラシの鳴く方向へ目をやって、ぼくはため息をつく。

「具体的にはどういうことだ」

「具体的な、なに」

「男との関係さ」

「関係があったから相手の人は自殺したの」

「一方的に思い込んで、相手にされなくて、腹いせに自殺する奴もいる」

「チアキが悪かったの、みんなそう言ってる」

「みんなって」

「自殺した人の妹とか、その友達とか」

「みんながそうやって君をいじめたのか。千秋のせいでいじめられたから、君は千秋を憎んだのか」

「関係ない。チアキはもっとひどいことをした」

「どんな」

「チアキは……」

みかんが足の先で地面をこすり、背中を丸くして、小さく咽を鳴らす。

「チアキは親父を殺したの」

「うん?」

「チアキは親父のことが嫌いで、それで、殺したの」

「親父さんの死は事故だろう」

「みんなは事故だと言うけど、わたしは知ってる。親父はお酒を飲んで海に落ちたりしない。あのときはチアキが親父を突き落としたの」

「夜釣りは千秋も一緒だったのか」

「チアキは家にいた」

「それなら親父さんを突き落とせない」

「魔術を使ったの」

「魔術?」

「チアキは魔術を使って、あの日、親父を海に突き落としたの。チアキはそういうこと、平気でやる性格だった」

線香皿から灰がこぼれて地面に落ち、花筒のヒマワリがゆれ、向こうの笹藪がざわりと波をうつ。夕焼けは奇妙に朱《あか》く、足元をイシムカデがせわしなく這《は》いすぎる。

「ヒグラシが鳴いているな」

「…………」

「やっぱり、秋か」

「…………」

「それとも行徳が田舎のせいかな」

みかんが膝を抱えて立てた膝に顎をのせ、頑固そうに首を横にふる。たしかに風変わりなガキで、しかし妹にまで魔術とかいう妄想で非難されたら、なるほど千秋も、家を離れるより仕方なかったろう。

「風が出てきた。海が近いから風が強いのかな」

みかんの白い顔を見おろしながらぼくは腰をあげ、背伸びをしてもう一度「安彦家」の墓石を見る。刻まれた文字は肉太の楷書体《かいしょたい》で、その彫り溝にも苔が薄青く張りついている。安彦家の先祖は三代前に米沢から出てきたというから、墓も明治時代の建立だろう。墓誌には十人ほどの碑銘がつづき、千秋と清造が肩を並べている。生きているとき、二人の間にどんな葛藤があったにせよ、死んでしまえばただの戒名になる。

もぞもぞと尻をあげ、帽子をかぶり直して、みかんが下からぼくの顔を睨む。

「あんた、わたしのこと、信じないんだね」

「姉さんが死んで君は混乱してる」

「わたしのこと、頭がヘンだと思ってる」

「ああ、そうか」

「なによ」

「君の前歯、欠けてるんだな」

みかんの目尻がつり上がって眼球が二倍ほどにふくらみ、蒼白だった顔が桜色に変わる。口はすぐ両手でふさがれ、そのふさがれた口から、唸り声がもれる。

「あんた、見たわね」

「自然に見えた」

「わたしのせいじゃないのに」

「おれのせいでもない」

「電車が悪いんだよ。わたしが乗ろうとしたとき、ドアが閉まったの」

「それは、電車が悪いな」

「みんなわたしのことをバカにする。チアキも電車もお祖母ちゃんも、それからあんたも、みんな大嫌い」

みかんの見開かれた目に凸レンズのような涙が溜まり、その涙にムクゲの花が白く反射する。みかんがいつもそっぽを向いて腹話術のような喋り方をしていたのは、性格というより、欠けた前歯のせいだったのか。そして額の青痣も、電車のドアが原因なのだろう。

「だけどなあ、なにも……」

言いかけたとき、みかんがバネ人形のように飛びさがり、墓石の間をダッシュする。そして声をかける間もなく、十秒後には、もう姿を消してしまう。ぼくの目には飛行機雲のような残像が残り、みかんがおいていった体臭が、さらさらと風にまぎれていく。

ぼくは舌打ちをして千秋の墓をふり返り、みかんが捨てていったタバコの吸い殻を、靴の底でしつこく踏みつぶす。

「不良め」

4

三日も雨がつづくと、やはりうんざりする。うすい地雨が音もなく降りつづき、葡萄《ぶどう》の葉も耐えきれずに雨滴をしたたらす。暑気は去って呼吸は楽になっても、今度は湿度がわずらわしい。洗足池に人声は聞こえず、あけ放った窓からたまに羽虫が出入りする。お袋は今日も外出して、なま乾きの洗濯物が居間とキッチンの境にぶらさがる。

ぼくは居間のソファに両足を投げ出して、テレビのワイドショーを眺めている。画面を占領しているのは名古屋で起きた小学生の首吊り殺人で、この事件が四日前に発生し、千秋の事件は一気に色あせた。行方不明だった小学二年の男児が校庭の欅《けやき》に、全裸状態で吊るされていたのだ。被害者が小学生で親は地元の資産家、そんなことでワイドショーが沸騰した。千秋の事件は片隅に追いやられ、無名のソーシャルワーカーがアパートの一室で焼き殺された事件になど、誰も注意を払わなくなった。千秋事件の捜査が進捗《しんちょく》しているのか停滞しているのか、状況はぼくにも分からない。

時間は四時にちかく、雨とテレビを見くらべながら欠伸《あくび》をする。水穂は遊軍で名古屋の現場へ出掛け、ぼくも渡されたリスト分は消化した。千秋の家庭は予想以上に複雑だったし、男関係も見かけより派手で職場では躁病患者とトラブルを抱えていた。それらの事実は判明したが、あとがつづかない。妹のみかんが姉に遺恨をもっていたとしても、まさかあのみかんが千秋殺しの犯人とも思えない。それなら千秋に惚れた躁病患者の発作的犯行か。それとも尾崎喬夫の自棄《やけ》による凶行か。様々な人間が千秋を恨み、あるいは大沢佳美のように過去の秘密を握られ、千秋の周囲は波立っていた。しかし家庭内の葛藤は千秋だけの責任ではないし、尾崎喬夫との関係だって、世間にはいくらでもある。浮気や不倫でいちいち殺されていたら姉の水穂なんか、高校を卒業するまで生きていられなかったろう。

ソファの上で寝返りをうったとき、テレビの画面が変わって、耳に香坂司郎という名前がひっかかる。香坂は四十歳ちかい二枚目俳優で、ぼくも顔ぐらいは知っている。ワイドショーは写真週刊誌の記事をとりあげ、「香坂司郎と二十一歳のモデルが親密交際」と絶叫する。誰が誰と親密な交際をしようと、絶叫するほどの事件でもないだろうに、世間はぼく以上に暇らしい。香坂はテレビレポーターの取材にノーコメントを決め込んでいるが、モデルのほうは香坂との交際を認め、結婚の意思もあるという。

私生活までマスコミに売って、タレント商売もご苦労だよな、と思ったとき、香坂司郎という名前について記憶がよみがえる。たんに有名な俳優というだけでなく、もっと身近なところで、誰かに、その名前を聞いたことがある。

「あ……」

そのとき電話が鳴って、相手は緊張した声の、知らない男だった。

「もしもし、山口さんのお宅でしょうか」

「はい」

「私、関東テレビ報道局の寺西《てらにし》といいます」

「あ、どうも」

「失礼ですが、そちらは山口水穂さんの……」

「弟です」

「そうですか。実は水穂さんが倒れて、緊急入院しました」

「はあ?」

「先ほど救急車で病院へ運ばれました」

「それは……」

「もしもし?」

「あ、あの、はい」

「病院は麻布《あざぶ》の富士見《ふじみ》総合病院です」

「麻布って、名古屋の?」

「東京ですよ」

「でも……」

「水穂さんは名古屋から帰ってきて、局の玄関で倒れました」

「それは、大変だ」

「まだ詳しい容体は分かりません。いずれにしてもどなたか、こちらへお出でになれませんか」
「ぼくが、すぐ、行きます。麻布の富士見産婦人科ですか」
「富士見総合病院です。地下鉄の広尾《ひろお》駅へ来ると改札口の前に案内板があります」
「分かりました。これから、ええと、とにかく、すぐ家を出ます。わざわざ、どうも、お疲れさまでした」

混乱しながら広尾についたときには、もう五時をすぎていた。煙色の地雨が街の喧噪をやわらげ、降りつづく雨がアスファルトの土埃を流し去る。

寺西という男に教えられた「富士見総合病院」は仙台坂につきあたって信号を越えた、南麻布側にあった。三方をホテルやマンションに囲まれた袋小路で、建物も予想外に古めかしい。コンクリートの玄関柱には鬱蒼《うっそう》とツタがからまり、看板の蛍光灯もチック状の明滅をくり返す。水穂も好きでこのタイプの病院は選ばないから、なるほど、本物の病気なのだろう。

受付で場所をたずね、エレベータで入院患者病棟へあがる。窓のない内廊下に夕食の配膳カートがおかれ、あけ放った病室ドアからは雑居房的な活気が流れ出す。その廊下をつきあたりまで進み、水穂の名札が掛かったドアをあける。なかはグレーの壁紙を貼った細長い部屋で、ベッドにテーブルにこぢんまりした応接セットに、ドアの横には冷蔵庫とテレビが鎮座する。特別室というやつらしく、衝立の向こうには流し台とトイレもあるらしい。

ぼくの顔を見て、応接セットから、痩せて背の高い男が腰をあげる。水穂のほうは顎の下までシーツをかぶり、投げ出した左腕に点滴のチューブをつないでいる。目はとじられ、化粧はそのままに、セミロングの髪がふんわりと艶《なまめ》かしい。意識があるのかないのか、眠っているのか起きているのか、静かに呼吸だけをくり返す。

男がメガネを光らせて小腰をかがめ、思い詰めたような顔で名刺をさし出す。名刺には〈関東テレビ報道部アシスタントディレクター　寺西京之介《きょうのすけ》〉と書かれている。

「お世話になります」

名刺をポケットにしまって、ぼくも挨拶をする。

「姉の容体はどうなんでしょう」

「命に別状はないそうです」

「よかった」

「医師の話では過労とストレスによる突発性の脳貧血ということです」

「過労とストレスで、脳貧血？」

「この三日間、ほとんど寝ずの取材でした」

「名古屋の事件ですか」

「本来は系列局の仕事なのに、なにしろ……」

「姉は目立つ仕事が好きだから」

「つまり、まあ、そういうことです。僕も心配はしていたんです」

「でも、よかった」

「ああ、まあ、そうですね」

「姉も宇宙人でないことが証明されて、本当によかった」

ベッドのほうで影が動き、水穂が鼻声をふるわせる。

「誰が宇宙人ですって？」

「なーんだ、起きてたのか」

「冗談じゃないわ。私は部長命令で名古屋へ飛んで、仕方なく働いたのよ。名古屋なんて饂飩《うどん》屋ばっかり。久しぶりに『砂場《すなば》』のざる蕎麦《そば》が食べられると思ってたら、気のきかないバカがこんな病院へ運んできたの。お蕎麦どころか、もう二時間も点滴よ。肩と腰が痛くて、気がついたときは死んでるかと思ったわ」

口調も高圧的で、論法も正しい水穂のそれ。憮然《ぶぜん》としながらもぼくはほっとする。過労やストレス自体が似合わないのに救急車だの入院だの、いくらなんでも水穂には不似合いすぎる。

「肩と腰は倒れたときにコンクリートで打ったんです」

青ざめた顔のまま、姿勢を正して寺西が言う。

「すべて僕の責任です。そばにいたのに倒れる水穂さんを助けられなかった。僕がヘッドホンさえ外していたらこんなことにはならなかった。水穂さんが顔を怪我しなかったことだけが、不幸中の幸いです」

「あら、寺西くん、まだいたの」

「今日は最後までつき添うようにと、部長に言われてます」

「ずいぶんいい度胸じゃない」

「いえ、僕の、責任ですから」

「私の顔に傷でもついたら、あなた今ごろ刑務所なのよ」

「分かっています」

「どこが分かってるのよ。分かっていたら、どうしてこんな病院へ連れてきたのよ」

「それは、救急車が」

「寺西くんだって救急車に乗ったんでしょう。局の近くなら大学の付属病院も、私に相応《ふさわ》しいお洒落な病院もあったじゃない。こんなところへ入院したら弟に合わせる顔がないわ」

「姉さん、おれは、気にしない」

「私のほうが気にするのよ。そのダサイ冷蔵庫とテレビ、見た？　冷蔵庫なんかモーターの音がうるさいし、テレビにはビデオもついてないのよ」

「ホテルじゃないしさ」

「当たり前よ。こんなホテルで一万四千円もとったら詐欺だわ」

「個室代、一万四千円もするの」

「だって広也、私が大衆と同じ雑居部屋へは入れないでしょう。三日も入院するんだから局長だってお見舞いに来る。ファンの期待も裏切れないわ」

「入院は三日か」

「精密検査をするとかいってね。ウザッタイ気もするけど、私も疲れたしついでに休んでいくわ」

「姉さんもいろいろ苦労があるしな」

「疲れただけよ」

「本当に？」

「あんた、なにが言いたいの」

「テレビで香坂司郎のことを見た」

枕に左の頰を押しつけたまま、水穂がくっと息を吞み、動く右手でシーツの端をたくしあげる。

「寺西くん、そんなところにいつまで立ってるのよ」

「はい、いえ、その」

「あなたの陰気な顔が見えてたら弟と話ができないでしょう。パチンコ屋でもソープランドでも、好きなところへ消えちゃいなさいよ」

口を半分あけて寺西がため息をつき、悲しそうな目でベッドを見おろしてから、肩を落として病室を出ていく。いくら後輩でもずいぶんな扱い方で、水穂は脳貧血のほかにもヒステリーを併発しているらしい。

「姉さん、ちょっと失礼じゃないのか」

「構わないのよ、あんなやつ」

水穂がシーツをおろして顎を上向け、額のほつれ毛を指でかきあげる。ファンデーションはいい仕事をしているが、やはり顔は青白い。

「だけど広也、他人のいるところで香坂の名前を出さないでよ」

「写真週刊誌のこと、本当なんだ」

「だから名古屋から帰ってきたの。いくらなんでもひどいと思わない？　香坂なんて、先週までは私と結婚するとか言ってたのに」

「芸能人だものな」

「相手は私よ、そのへんのバカ女と一緒にしないでよ。香坂なら釣り合いはとれるし、本気で結婚を考えてたんだから」

「それなら早く分かってよかった」

「私のプライドはどうするのよ。あんな小便臭いモデルに油揚げをさらわれて、指をくわえてろって言うの」

「週刊誌の記事が事実とは限らない」

「香坂に連絡がとれないのよ、ケータイも番号を変えたらしい。あの記事が嘘なら向こうから電話してくるはずでしょう。こっちは昨夜から自宅へも事務所へも電話してるのに、シカトを決め込んで、あいつ、私から逃げる気でいるのよ」

「それで貧血か」

「局へついたら突然気が遠くなったの。徹夜がつづいたことも事実、香坂のことで頭にきたのも事実。自分でも分かってるけど、私、神経が繊細すぎるのよね」

そのときドアがひらいて太った看護師が部屋へ入ってくる。看護師はベッドの横まで進み、黙って点滴器具の始末を始める。ベッドへ屈み込んだそのうしろ姿は飢えた羊が牧草を食っているように見える。

点滴の器具をがらがら押して看護師が出ていき、チューブから解放された水穂がベッドに身を起こす。衣装は浴衣《ゆかた》に似た入院着で、ひらいた襟元が首の細さをきわだたせる。

「姉さん、窓の外に東京タワーが見えるよ」

日は沈みきり、暗緑色にけぶった夜景に東京タワーがオレンジ色にそびえ立つ。一万四千円の個室料金は法外でも、窓の景色が利子を払っている。

「東京タワーなんか……」

「でも脳貧血だけでよかった」

「香坂も甘いわ。私から逃げきれると思ったら大間違いよ」

「姉さん、冗談じゃなく、休めよ」

「広也に私の気持ちは分からないわ。私は関東テレビの山口水穂なのよ。遠藤京子を蹴落とせばキャスターの道だってひらけてくる。局だってファンだって、みんな私の味方なんだから」

「それならなおさら騒がないほうがいい」

「だって」

「香坂司郎ぐらいの役者とトラブルを起こしたら、姉さんのキャリアに疵《きず》がつくよ」

「だって、私にだって、プライドがあるじゃない」

「姉さんにはプライド以上に知性と教養があるだろう。それにセールスポイントはクールな美貌なんだし、へたに騒いだらファンががっかりする」

「それは、そういうことも、あるけど」

「もともと香坂なんかに姉さんはもったいないよ。姉さんぐらいの美人ならアメリカの大統領とだって不倫できる」

「それ、どういう意味よ」

「意味はないけどさ。とにかく今は騒がないで休んだほうがいい。千秋の事件もいき詰まっているわけだし」

水穂がシーツからだるそうに足を抜き、よろけながらベッドをおりてトイレへ歩く。白い入院着は丈が膝上までしかなく、ぼく以外の男ならたぶん、平常心を乱される。

トイレから戻ってきて応接セットの椅子に腰をおろし、背伸びをしながら水穂が窓の外に視線を向ける。

「なるほどねえ、幽霊が出そうな病院だけど、夜景は許せるわね」

「入院も三日だけだしな」

「時間は有効に使うわ」

「ゆっくり休めばいいさ」

「なに言ってるの。わざわざ名古屋から帰ってきて、寝てばかりいられないわよ」

「忙しい性格だよな」

「あんたも鈍い男ねえ、放火殺人のほうにも動きがあったから、私は帰ってきたの」

「千秋の事件に?」

「名古屋の事件なんて騒ぎは大きいけど、構図は単純なのよ。犯人は精神に異常のある若い男、まだ報道されてないだけで警察も容疑者を絞り込んでいる。ここだけの話、もう容疑者の名前も割れてるわ」

「本当かよ」

「名古屋市の天白区《てんぱく》に住む若い男よ。改造エアガンで鳩を撃ったり、鎌で猫の足を切り落としたり、中学生のときは犬の首をしばって生きたまま鉄棒からぶらさげている。その手口が今度の事件とそっくりなの」

「すごいな」

「だから名古屋の事件は終わったようなもの。テレビは当分騒ぐだろうけど、事件として面白いのはこっちのほうよ」

「姉さん、まさか」

「まさか、なに」

「まさか、これ、仮病か」

「それほど役者じゃないわ。局へ帰ったとき目眩《めまい》がしたのは本当よ」

「目眩が、な」

「世間の目が名古屋へ向いているから、こっちには好都合なの。一度は遠藤京子に出し抜かれたけど、見てなさい、ここでスクープを飛ばしてあんな女、ぜったい関東テレビから追い出してやるわ」

腕を組んで、水穂が息を吐き、椅子の背に深くふんぞり返る。たしかに顔色は悪いが口の端は笑っていて、貧血は本物なのか、はたして入院まで必要なのか、姉弟《きょうだい》ながら水穂の正体は分からない。

「ええと、姉さん」

肩の力を抜き、水穂の横顔を眺めながら、ぼくはソファへ近づく。

「千秋の事件に動きというのは?」

「尾崎喬夫が失踪したの」

「はあ?」

「あんたが会った尾崎喬夫よ。三日前にマンションから姿を消したまま行方不明。捜査本部が泡を食って探してるわ」

「要するに、どういうこと」

「素人《しろうと》みたいなことを言わないでよ」

「おれ、素人だもの」

「殺人事件の容疑者が警察の前から姿を消せば、理由は分かるでしょう」

「つまり、犯人は、尾崎か」

「自分で罪を認めたようなものよね」

「家庭も仕事も失って、千秋を憎んではいたけど」

「エリートが挫折すると始末が悪いわ。事件の前から被害者のことは奥さんに知られていて、家庭も仕事もうまくいかなかった。もしかしたら尾崎、千秋さんと無理心中でも考えていたんじゃないかしら」

「心中のつもりが千秋だけ殺してしまったのか」

「ありがちなことよ。殺人というのは、ある意味ではみんな心中のようなものなの。相手を殺して、その結果、自分も社会から抹殺される。殺人も心中も深層心理に自己抹殺願望がひそんでいるの」

ぼくが尾崎のマンションを訪ねたとき、たしかに尾崎は憔悴《しょうすい》して酒に溺れていた。人格も上品なものとは思われず、ぼくの勘でも尾崎喬夫が千秋殺しの犯人であることに違和感はない。自分が疑われていることを知っていて、姿を隠すのは、水穂の言うとおり、尾崎も罪を認めたようなものだ。

水穂が足を組んで、茶色い病院スリッパを重そうにゆする。

「あんたを含めて千秋さんも男を見る目がなかったわ。男遊びは仕方ないとして、もっとお洒落にやらなくちゃねえ」

姉さんみたいにな、と言いかけて、ぼくは言葉を呑む。

「尾崎の行方、本当に分からないのか」

「親兄弟とか奥さんの実家とか、警察がぴったりマークしている。銀行の口座は奥さんに押さえられて、現金は大して持ってないという。いつまで逃げまわれるか、時間の問題だわね」

「自棄をおこして自殺でもしないかな」

「その気ならマンションから飛び降りているわ。女に未練たらしい男は人生にも未練たらしいものなの」

「犯人が尾崎で決まりならおれのバイトは終わりだ」

「それはそうだけど、ちょっと、向こうもひっかかるの」

「向こうって」

「広也が調べた躁病の患者。元高校の体育教師で名前を家田浩二《いえだこうじ》とかいうらしい。二十八歳で独身、この家田という男、二年前にも婦女暴行の前歴があったのよ。ストーキングとか婦女暴行とか、この手合いはけっきょく犯罪をくり返すものなの」

「家田という患者のアリバイは？」

「本人は朝まで歌舞伎町《かぶきちょう》をうろついていたと言うけど、裏はとれないらしい。アリバイがあいまいなのは尾崎喬夫も同じだけどね」

「姉さんは家田犯人説か」

「犯人は尾崎喬夫よ。でも家田もひっかかる。名古屋の例もあるし、一見複雑に見える事件も実際は精神障害者による単純な犯行が多いものなの」

「どっちにしてもおれのバイトは終わりだな」

「千秋さんの父親の件も問題はなかったしね」

「忘れてた」

「千葉県警に手をまわして調べたわ。あのときの溺死は本当にただの事故だった。ほかにも防波堤で夜釣りをしていた人がいてね、清造という人が立ちあがったとき、足がふらついて海に落ちたところを目撃してるの。司法解剖はされてないけど、事故であることは間違いないわ」

「魔術で突き落としたのなら証拠は残らないしな」

「なんのこと?」

「こっちの話さ。千秋も思っていたより複雑な性格だったけど、まさか魔術までは使わない」

肩をすくめてぼくの顔をのぞき、コメントは出さず、水穂がゆっくりとスリッパの足を組みかえる。

「まあね、犯人が尾崎でも家田でも、私の本番はこれからだわ」

水穂が思い出したように腰をあげ、ベッド際へ歩いて、エルメスのハンドバッグからヴィトンの財布をとり出す。

「広也、どこかでプリペイドのケータイを買ってきて」

ぼくに五枚の一万円札を渡し、水穂が元の椅子に腰をおろす。

「入院中は禁止だとかいって没収されたのよ。退院するまでだから安物でいいわ」

「禁止というなら禁止なんだろう」

「寺西みたいなことを言わないでよ。あいつったらバカまじめで私の命令を聞かないの。ケータイがなければ情報収集ができない。こんな部屋で一万四千円もとるんだから、本当はパソコンだって完備しておくべきよねえ」

意見を言ったところで聞き入れる水穂ではなく、ぼくは金をズボンのポケットにおさめて、わざと肩をすくめる。貧血もなんだかインチキ臭いし、心配しただけ損をした気分だったが、もしかしたら水穂は本当に宇宙人なのかも知れない。

「姉さん、買い物はケータイだけじゃないだろう」

「リバンツァのネグリジェもお願い」

「なんの？」

「リバンツァというブランドよ。銀座へ行けばデパートで売ってるわ」

「リバンツァのネグリジェ、な」

「クレンジングクリームにローズオイル入りのフェイスパックに、あと、寝酒用にバーボンも頼むわ。着替えの下着も必要だけど、それは寺西に買わせる。あいつ、私の下着なんか買わせてやったら鼻血を出して喜ぶわ」

一般的に水穂のようなタイプを、イヤな女という。

寺西というＡＤの顔を気の毒に思い出しながら、ぼくはドアを押して病室を出る。中廊下には配膳のカートが行き交い、空調が悪いのか、空気はカビ臭くしけっている。水穂の救急車事件には恐れ入ったが、千秋の事件には目処《めど》がたってとりあえずぼくは肩の荷をおろす。これでアルバイトの探偵もお役ご免、失踪中の尾崎喬夫が見つかれば、どんな形にせよ、事件にはけりがつく。

配膳カートをよけてエレベータへ歩きながら、ぼくは忘れていたことを思い出す。朝から家を出ているお袋に、水穂の入院をまだ知らせていなかったのだ。

＊

美波は仕事机に向かってパース用紙に筆を走らせている。窓には新都心のビルが飴色にけぶり、首都高速の照明が雨を水平方向に切っていく。十一時をすぎて目黒通りからもクルマの渋滞音が消えている。

ぼくはキッチンのガス台に向かってタコ焼き風お好み焼きをつくっている。冷蔵庫にはなぜか刺し身用のタコがあって、宅配ピザのかわりにぼくがお好み焼きの製作をうけ負ったのだ。まず小麦粉を水にとき、塩とコショウで下味をつける。具はキャベツと長ネギのみじん切りで卵は加えず、芝エビのかわりにタコのぶつ切りを入れる。焼きあがったあとにカツオ節と醬油をかければ二人の夜食ができあがる。

焼きあがったお好み焼きを皿に移して居間へ運び、ついでにビールも用意する。美波が机を離れてショートパンツの長い足を運んでくる。上はタンクトップに男物のワイシャツ、短い髪を草色のバンダナでまとめて化粧はなく、目尻に小さいソバカスが散って見える。

「いい匂いじゃない。広也くんって見かけより器用ねえ」

床に腰をおろして美波が口元を笑わせ、タンクトップの胸が可笑《おか》しそうに波をうつ。

「姉貴にきたえられてるしさ。それに最近はお袋も芸術で忙しい」

「お母様の猫グッズ、評判よねえ。この前も女性誌で紹介されていたわ」

「なぜあんなものが売れるのか、世間の常識が理解できない」

「あなたに人のことは言えないでしょう」

「一般論さ」

「一般論としては広也くんの生き方のほうが問題よ」

美波の指摘に異論はないし、美波に逆らったところで勝ち目はなく、逆らう意味もない。ぼくの劣等感は自分がフリーターであることより、人生に目的を見つけられないことに理由がある。

「だけど水穂が過労なんて、珍しいわねえ」

美波がテーブルに肘をかけ、濡れティシューで指先をぬぐう。

「病院はどこだって?」

「麻布の富士見総合病院」

「麻布、か。暇があったらお見舞いに行こうかな」

「リバンツァのネグリジェを自慢される」

「なんのこと?」

「そういうブランドのネグリジェ。おれ、そのネグリジェを探すのに二時間もデパートを歩きまわった。それに姉貴なんかどうせ宇宙人だ」

　肩をすくめて美波がぽいとティシューを放り、足の先でぼくの膝を突いてくる。

「広也くん、どうしたの」

「なにが」

「機嫌が悪いじゃない」

「そんなことないさ」

「あなたは機嫌が悪いと右の目尻に皺ができるの」

「疲れたのかな」

「ちがうわね。広也くんは気分が顔に出る性格なの。今夜だって面白くないことがあるからここへ来たのよね」

　美波に言われるほど不機嫌ではなく、疲れてもいないが、それでもどこかに説明のつかない鬱屈があるのは雨のせいだろう。

　美波がお好み焼きをつまんで大口に頬張り、ワイシャツの袖をまくりながらぼくの缶ビールに手をのばす。

「飲んだら仕事ができないだろう」

「今夜はおしまい。久しぶりだから広也くんとゆっくり飲んで、ビデオでも見るわ」

「仕事の邪魔をして、ごめん」

「大人ぶらなくていいの、甘えたほうが可愛いわよ」

「いつだって甘えてるさ。おれ、気分が顔に出るだろう」

お好み焼きを頬張ったまま美波がうすく笑い、ビールをあおって首をかたむける。美波の切れ長の目に揶揄《やゆ》が浮かび、息に甘やかな口臭が流れだす。気分が不安定なせいか、いつもは安らぎを感じる美波の視線にぼくの神経が乱れる。

「それはそうと、あのこと、考えた?」

「なんだっけ」

「有限会社の話」

「忘れてた」

「気楽な男ねえ。広也くんにはやっぱり、会社勤めは無理だわ」

「自分でも向かないと思ってる」

「一生フリーターも辛いわよ」

「死ぬまでフリーターで済めば辛くないさ」

「あなただって歳をとる。若いときは自由が恰好よく見えても歳をとってポジションがないと惨めなだけ。アリとキリギリスの童話って、うまい譬《たと》えね」

「新興宗教でも始めたの」

「父の友達で作家志望の人がいるの。昔雑誌の新人賞をとったらしいけど、それぐらいで作家にはなれない。でも若いころの夢が捨てられずに、今でも仕事をしないで小説を書いている。父も若いころは文学青年で、その人に憧れたりして、昔は仲がよかったらしい」

「それが?」

「その人ね、食べられなくて、父のところへお金を借りに来るの。本が売れたら倍にして返すとか、そんなことばっかり。だけど六十歳をすぎて、売れないことは本人にも分かっている。自分は才能がある、ぜったい売れるとか言うけど、もう顔が卑屈《ひくつ》なの。ああいう人を見ていると、人生って普通が一番な気がする。才能があって努力をしても、みんなが作家や野球選手にはなれないわ」

「人生に失敗した人の話だな」

「自分だけは失敗しないと思うのは傲慢《ごうまん》よ」

「それは、ちがう」

「どういうふうにちがうの」

「おれには人生に目標がない。目標に向かって努力をしなければ失敗もできない」

「だから、目標が見つかるまででも……」

ぼくに流し目を送って、美波がすらりと足をつき立て、仕事部屋からスケッチブックを持ってくる。

「この仕事、急にうけ負ったの。三階建て住宅の屋上に土を入れて、全面をテラスガーデンにする計画よ。パースを描いて見積もりにOKが出れば、来月にはとりかかろうと思うの」

スケッチは正式にパースを描くための下絵のようなもので、学生時代から美波の仕事を手伝っているぼくには略画だけでイメージがわく。中央の背の高い木は月桂樹、全体に樹木は少なく、そのかわり季節の草花が花壇に配置される。本来なら手すりになるフェンスに石目模様が見えるから、この部分はレンガだろう。

「問題は古いレンガがどれぐらい確保できるか、なの。最近はとり壊す倉庫も少ないから、ぜんぶ輸入になるかも知れない」

「レンガなんか時間がたてば、いつかは古くなるさ」

「そうもいかないの。施主はスペインあたりの内庭を考えているらしい。旅行をしたとき、向こうの景色が気に入ったとかでね」

「フェンスもレンガにするの」

「マドリード風の内庭を参考にするから、そうなるわ」

「せっかくの屋上なのに風通しと採光が悪くなるな」

「施主が施主だもの」

「スペイン人?」

「俳優の香坂司郎よ」

「うん?」

「大した役者じゃないけど、今はテレビドラマで人気があるわ。最近モデルとの交際が発覚してワイドショーが騒いでる」

「香坂、か」

「人気商売だから人目を気にするのね。フェンスに三メートルぐらいレンガを積めば周囲からの視線はとどかない。採光や風通しよりプライバシーを優先させるわけよ」

美波の肩がぼくの腕に触れ、ショートパンツの膝頭が気楽なリズムでぼくの膝をうつ。汗ばんだ美波の皮膚が甘酸っぱい匂いでぼくの理性をかき乱す。

「うちの姉貴、このこと、知ってるのかな」

「このことって」

「美波さんが香坂司郎のガーデニングをうけ負ったこと」

「水穂は報道部でしょう。芸能部ならともかく、私も告げ口はしたくないわ」

「モデルとの噂は……」

「二人で私を屋上へ案内したぐらいだから、婚約発表は時間の問題ね」

「二人は、結婚か」

「広也くん、芸能人の噂話なんかに興味があるの」

「結婚するのに高いフェンスが必要だなんて、芸能人も大変だと思っただけさ」

美波がスケッチブックをめくって下からぼくの顔をのぞき、人さし指でぼくの頰を突く。

「ふつうの庭とちがってこの仕事はレンガ積みが主体になる。施工に一週間はかかるだろうし、工費も一千万円ぐらい。だから広也くん、当てにしてるわ」

「庭なんか板塀で囲って、ヒマワリでも植えておけばいいのにな」

「それでは私が失業する」

「放っておいてもタンポポが生える。柿の種を捨てれば芽が出るし、トンボも蝶もメジロも飛んできて、水たまりが出来ればアメンボやメダカが棲みつく」

「アメンボやタンポポが嫌いな人がいるわ」

「金をかけて自然を壊して、どこが面白いのかな」

「あなたも床屋さんへ行くでしょう。スニーカーもはくしビールも飲む、誰だって自然のままでは生きられないわ」

「分かっているさ」

「広也くんのほうこそ新興宗教を始めたみたい」

「おれ……」

「なあに?」

「なんでもない」

「本当に今夜はおかしいわ。雨の日は機嫌が悪いなんて、ギリシャの猫みたい」

鼻の先で笑い、美波がお好み焼きを口に入れてぼくの膝をまたぎ、唇をぼくの顔に近づける。ぼくは美波の口から直接お好み焼きを受けとり、美波の唇とお好み焼きを同時に味わう。美波の唇は苺ゼリーのようにやわらかく、焦げた小麦粉は香ばしく、タコや長ネギの風味が不思議な食感をかもし出す。

「ここで?」

「ベッドがいいわ」

「シャワーは?」

「あとにする。本当は今朝から、広也くんとしたかったの」

美波を抱きあげてベッドへ移り、ベッドカバーの上に美波と一緒にもつれ込む。シーツの香が匂い、雨の窓ガラスに美波の足が乳色に反射する。

ぼくが美波のワイシャツをはぎとり、美波が自分でタンクトップを脱ぐ。ブラジャーはなく、うすい乳房と小さい乳首が少年のようにこぼれ出る。ぼくは舌を尖らせて美波の右の乳首をなめ、指で左の乳首をもてあそぶ。

「広也くん、お好み焼きと私の胸、どっちが美味《おい》しい？」

「お好み焼き」

「失礼なやつね」

「美波さんの胸、小さいからな」

「意地悪を言うともう食べさせないわよ」

美波がぼくの鼻を嚙み、耳たぶを嚙み、ぼくの股間に手をのばす。ぼくはトンボのヤゴが殻を脱ぐようにズボンとシャツを脱ぎ、トランクスを脱ぐ。美波もショートパンツとショーツを脱ぎ、簡単に皮膚を開放する。挿入すればすぐ射精してしまいそうで、ぼくは自制のために美波の肩を抱き寄せる。骨っぽい美波の肩にもうすい脂肪があり、ぼくは乳房から脇の下、脇の下から二の腕と美波の皮膚をなめる。美波の皮膚に毛穴の違和感はなく、甘酸っぱい腋臭が味覚を楽しませる。

「窓……」

「どこからも見えないさ」

「雨の匂い、私、好き」

ぼくは美波の膝を割り、股間に顔を寄せる。膣口に粘液が匂い、小陰唇が鮮やかに充血する。

「広也くん、今夜はやっぱり、ヘンみたい」

「美波さんはいつもより美味しい」

「もうすぐあれだから」

「あれ、か」

「コンドームはしなくていいわ」

「すぐにいきそうだな」

「一度出しておく？」

「そんなことしたら、今夜、帰れなくなる」

「素直に泊まりなさい。あなたは大人ぶっているけど、大人のほうが人の言うことを聞くものよ」

美波が口でぼくの返事を封じ、苺ゼリーのような唇が、ぼくの顎から首筋、首筋から腹へ、歯を立てながら移動する。美波の左手がぼくのペニスを握り、舌が音をたてながらペニスへ向かってくる。そうやってしばらくぼくの下半身をまさぐり、それから息をついて右足をぼくの肩にまわす。体位が逆向きの馬乗りになって、美波の尻がぼくの視界を遮断する。美波は尻をぼくに向けてペニスをくわえ、舌と歯の刺激を微妙なリズムで開始する。一度美波の口に射精すれば二回目のセックスは楽になり、ひと息入れてシャワーを浴び、腹ごしらえをしてビールを飲み、あとはいちゃいちゃと戯れる。雨の日はそんな怠惰な時間のつぶし方も、いくらか鬱《うっ》屈《くつ》をなぐさめる。

「あ……」

「出していいわよ」

美波の尻に赤い斑紋《はんもん》が浮かび、一瞬ぼくの視野がせまくなる。ゆるく旋回する美波の尾てい骨から左ななめ下に、血の滲みが歯列状に残っている。セックスを始めてから今日は一度も、美波の皮膚に歯は立てていない。

美波の指の動きが激しくなって、ぼくは射精を意識する。美波の尻に残る歯形に、ぼくは安彦千秋の尻を思い出す。千秋は背後からのセックスも尻を照明にさらすことも好まなかったが、一度だけ尻に小さい痣《あざ》を見たことがある。それはコイン大ほどの、火傷《やけど》痕のような痣だった。今ぼくのペニスを刺激している指が、美波のものか、千秋のものか、一瞬あいまいになる。

5

柳の青い葉が清々《すがすが》しく池畔《ちはん》をとり囲む。雨を陽射しが追い立てて景色に透明な陽炎《かげろう》をつくり出し、昼前の洗足池には手漕ぎボートが浮かんで、降り込められていた犬や年寄りが嬉々として散歩する。池畔の土は乾ききらず、有機物の腐敗臭が穏やかに拡散する。風はなく、水面に波はなく、閑散とした風景に中原街道のクルマだけがやかましい。

　自分の重心を確認しながら道を池畔へおり、陽炎に追われてゆらゆらと家へ向かう。美波の部屋に泊まったことに罪の意識はなくても、自分のルールを破ったことには違和感がある。

　池沿いの道を歩き、土手道から家の門を見あげる。家は池の周囲から二メートルほど盛り土がしてあって五段の石段がつづいているが、その三段目に赤いキャップが座っている。女の子がみかんであることは、自然なのか不自然なのか。今日も発光感のあるピンクのパーカーを着ているから、よほどピンク色が好きなのだろう。

　みかんが腰をあげ、近寄っていったぼくに、むっつりとうなずく。目は相変わらず怒っているが、口は笑おうと思って突如気分を変えたような、微妙な形にゆがんでいる。

「やあ、久しぶりだな」

「………」

「なかで待てばよかったのに」

「誰もいない」

「そうか、お袋も出掛けているか」

　お袋には昨夜連絡をしたから、常識的には水穂の病院へ行っている。しかしお袋にそういう常識があるかどうかは分からない。

　みかんが石段をおりてきて、帽子の庇《ひさし》を人さし指で突きあげる。

「この家、よく分かったな」

「名刺をおいていった」

「ああ、そうか」

垣根のあいだから家の戸締りを眺め、洗足池の陽射しと見くらべて、ぼくは池畔の道を歩きだす。桜の高枝に雀が鳴き、中天の太陽が水面を乾いた色にあぶっている。遊歩道にはいくらでもベンチがあるし、みかんの着ているピンク色のパーカーは家のなかより陽射しのほうが相応《ふさわ》しい。ポニーテールは今日も生意気で、背中のデイパックが相変わらずふてくされている。

池の岸まで来て、水面を睨みながら、みかんが偉そうに腕を組む。

「洗足池って、わたし、初めて来た」

「おれも行徳は初めてだった」

「意外にいいところ」

「行徳も意外にお洒落だ」

「あんな町、古いだけだよ」

「歴史があるのはいいことさ。人間は家族や歴史から切り離されると心が病気になる」

みかんがまた帽子の庇を突きあげ、それから腕組みをといて、にっと歯をむき出す。

「おっと、今日は歯があるんだな」

「昨日入ったの」

「きれいな入れ歯だ」

「差し歯だよ」

「そうか、きれいな差し歯だ」

「十五万円もした。セラミックだから保険がきかないの」

「すごいな」

「裏はチタン合金で、ガムを嚙んでもはりつかない」

「それは、よかった」

「大事に使えば二十年はもつの」

「おれも差し歯をするときはセラミックとチタン合金にしよう」

みかんがにんまり笑って得意そうにうなずき、軽くスキップを踏む。たった一本の前歯がみかんをこれほど幸せな顔にするなら、十五万円の治療代なんか安いものだ。

「君、まさか……」

「なあに」

「いや、雨がやんで、よかったな」

そのときはもう、ぼくらは木橋の上を歩いていて、みかんは帽子の下で鼻唄をうたっている。ぼくの発しかけた質問は「まさか、歯を見せに来ただけか」というものだったが、もしかしたらみかんは本当に、新しい差し歯を見せに来ただけなのかも知れない。

短い木橋を北側へ渡り、ベンチを探し始めたとき、みかんがぼくの肘に手をかける。

「神社がある」

「神社なんかどこにでもあるさ」

「わたし、お参りしていくわ」

ぼくの意見は聞かず、みかんが走り出し、赤鳥居から境内への石段を身軽に駆けのぼる。神社は通称を「池月《いけづき》神社」、正式名を千束八幡《せんぞくはちまん》神社という。源頼朝《みなもとのよりとも》がこの近くで池月という名馬を手に入れたとかの伝説があって、神社には今でも「池月」の大絵馬が奉納されている。縁起はそういうふうにもっともらしくても、実際は小丘の上に粗末な社と社務所があるだけの、情けない神社だ。

みかんが駆けていったあとから、ぼくも石段をのぼってみる。みかんはきちんと帽子をとり、慣れた仕種で拝礼と柏手をくり返す。

気が済んだのか、参拝を終了させ、みかんが帽子を被りながらふり返る。

「この神社、ご利益があるよ」

「神社に詳しいのか」

「お参りすると感じるの」

「なにを」

「神様。神社には神様が住んでる神社と、住んでない神社があるの。ここの神社には神様が住んでいる」

「神様にも得手不得手があるだろう」

「エテフエテって?」

「専門分野みたいな……安産とか、就職とか、金運とか」

「今は神様も多角経営だよ」

境内には欅《けやき》や椎《しい》の高木が鬱蒼《うつそう》としげっていて、木漏れ日が白く小さく、きらきらと届いてくる。昨日までの雨が地面を濡らし、笹やシダの下草が空気に青臭い湿度を与えている。九月もなかばを過ぎて、しつこかった夏もどうやら終わるらしい。

ぼくは境内をわき道から池畔におり、日の当たるベンチにみかんをうながす。近くの会社が昼休みになったのか、水面にボートが多くなっている。屋根のついた足踏みボートがあり、三人乗りの手漕ぎボートがある。散歩の年寄りまで含めて、風景がのどかにゆれ動く。

「君、今日は……」

目眩《めまい》がしそうなほどの陽射しのなかに、白いみかんの横顔がくっきりと影をつくる。

「やっぱり、姉さんのことだよな」

帽子の庇を目深にさげて、みかんがうなずく。

「犯人が分かったらしいぞ」

「……」

「犯人というより容疑者かな。その男が姿を消して、警察が行方を追っている」

「……」

「尾崎喬夫という、この春から千秋とつき合っていた会社員だ。そいつには女房子供がいて、いろんな事情があったらしいけど、要するに、そいつの精神錯乱だった」

池に棲みついているアヒルが棒杭の上で羽を休め、鮭ほどもあるドイツ鯉が黒々と岸辺を泳いでいく。弁天島《べんてんじま》の木々には鷺《さぎ》が群れ、目の前の水面に欅の葉がはらりと舞い落ちる。

「わたしも尾崎という人のことは警察から聞いた」

「そうか」

「その人が捕まれば事件は解決だろうって」

「会社もやめて、家族にも見放されて、尾崎には行く場所がない。金もないそうだから捕まるのは時間の問題だ」

「わたし、ちがうと思う」

「なにが」

「チアキを殺した犯人」

「どうして」

「そんな気がする」

「尾崎が捕まれば分かるさ」

「チアキはうっかり殺されるような、バカな子じゃなかった」

「今日は姉さんの味方か」

「チアキは子供のころから頭がよくて、冷静で自分勝手で残酷な子だった。人を殺しても殺されるような性格じゃなかった」

秋の明るすぎる陽射しと静かすぎる風景に、殺人の話は似合わない。しかしいくら不似合いな話題でも、ぼくとみかんは千秋の事件を避けられない。

「君は千秋から尾崎のことを聞いていたか」

「聞いてない」

「千秋のアパートへは？」

「三度行った」

「泊まったことは？」

「ない」

「姉妹なんてそんなもんかな」

みかんが尻をずらし、両足を長く投げ出して、偉そうに腕を組む。

「でもチアキのことはね、やっぱり不審《おか》しいと思う」

「君は尾崎を知らない。おれは一度会っている。頭がまともなときなら渋くて金持ちで有能で、いい男だったと思う」

「尾崎という人、魔術を使う？」

「さあな」

「チアキは魔術を使った。だからその人がチアキを殺したのなら、チアキよりもっと怖い魔術を使うはずだよ」

鼻を鳴らしてやりたかったが、みかんの生真面目な口調に、ぼくは静かに息をつく。

「あんたの考えてること、わたし、分かるよ」

「偉いな」

「わたしのこと、頭がヘンだと思ってる」

「魔術や魔法を信じないだけさ」

「でもチアキは本当に魔術を使ったの。うちには魔術の本や道具がたくさん残ってる」

水面に落ちた欅の葉を、餌と間違えたのか、ドイツ鯉が横腹を見せて水中へひき入れる。水音に驚いたアヒルが杭からころげ落ち、無様な波紋で弁天島方向へ泳ぎ去る。

「おれが高校生のころも、女子のあいだで魔術ごっこが流行《はや》った」

「チアキの魔術は本物だったよ」

「千秋は魔術で義父《おやじ》さんを殺したのか」

「そう」

「どうやって」

「魔術で」

「だから、どうやって」

「知らない」

「千秋の部屋へは泊まったけど、魔術の道具は見なかった」

「あんたが見ても分からない」

「常識の範囲でなら分かるさ」

「わたしの言うこと、信じないんだね」

「世の中には霊感の強いやつも念力の強いやつもいる。直感とか虫の知らせとか、そういうこともあると思う。人間がひとつのことに集中すれば、ある程度の超能力は身につく。寿司屋の職人が手の感触だけで米粒の数を当てたり、ソムリエがワインの銘柄と年代を当てたり、昔の剣豪が刀で石灯籠《いしどうろう》を切ったり。だから千秋が高校時代、魔術ごっこに凝ってほかの子より霊感が強くなったことも、あるかも知れない。だけどそれで人を殺したり、他人の人生を左右したり、そんなことはできない。歴史は人間の期待や思い込みとは無関係にできている」

「理屈は嫌い」

「ただの常識だ」

「わたしはチアキの事件が不審しいと思っただけ。チアキが誰かに殺されたなんて、今でも信じられない。チアキのアパートを見ればなにか分かる気がしたけど、部屋へ入れなかった」

今日のみかんが冷静なのは新しい前歯のせいだけではなく、ぼくの反論をシミュレーションしてきた結果だろう。

「部屋を見たって……」

わざとため息を聞かせ、ベンチの背もたれに肘をまわして、ぼくは欠伸《あくび》をかみ殺す。

「灯油をまいて火をつけたらしいから、みんな燃えてるさ」

「でも犯人は尾崎という人じゃない」

「そうかな」

「尾崎という人が犯人なら、もう死んでる」

「どうして」

「チアキは犯人に呪いをかけたはず」

「復讐の呪いか」

「真面目に聞きなさいよ」

「千秋の呪いや魔術を具体的に知っているのか」

「死んだ金魚を生き返らせたことがある」

「ふーん」

「呪いをかけて江藤《えとう》さんちの犬を殺したり」

「江藤さんって」

「近くの骨董屋さん。そこの犬、性格が悪くて、わたしやチアキに塀の内側から跳びかかるの。だからチアキが魔術で殺したの」

笑いたいのを我慢して、ぼくは横隔膜の痙攣《けいれん》を、咳払いでごまかす。

「魔術と呪いは同じものなのか」

「魔女が使う術が呪いだよ。チアキは高校のとき、担任に怪我をさせたこともある。呪いをかけて交通事故を起こさせたの。みんなから嫌われてた先生で、チアキが代表して魔術を使ったの。だからチアキの魔術は有名で、行徳ではみんな知ってることなの」

反論しかけ、しかし言葉を吞み込み、ぼくは小さく背伸びをする。ホラー映画やサイコ小説、魔術ごっこや占い、オカルトや超常現象、そんな迷信もここまで流行すればもう文化として定着する。中世に怨霊を疑う人間がいなかったように、今の時代、理性だけを信じろというほうが無理なのか。

だけどなあと、緩慢《かんまん》なボートの動きに目をやりながら、ぼくはまた欠伸をかみ殺す。千秋の担任教師が交通事故を起こしたり、近所の犬が死んだり金魚が生き返ったり、それぐらいは偶然で起こりうる。金魚なんか便秘になれば腹を上にして死んだように見え、その便秘が治るとまた元のように泳ぎ出す。かりに千秋の霊感が強かったところで、それは熟練した寿司職人と同じことだ。もし千秋が本物の超能力者だったら無抵抗にアパートで焼き殺されたこと自体、不自然ではないか。

「いいよ、どうせあんたなんかに、理解できないんだから」

みかんが不意に腰をあげ、拗《す》ねたように、ぶらりと歩き出す。気を悪くしたことは知っていたが、お義理で魔術を信じても失礼になる。

「コーラでも飲むか」

声は聞こえているはずなのに、みかんの足はとまらず、カーゴパンツのポケットに両手を入れてぶらりぶらりと歩いていく。池なんか一周すれば元へ戻ってくるが、ぼくも反動をつけて腰をあげ、弁天島のほうへみかんのあとを追う。ぼくが追いつき、みかんが歩幅を小さくして、ぼくたちは池にかかる木橋を歩く。水面は水銀を流したように単調で、ボートがつくる波だけが光を反転させる。背後の林が空気を緑色に染め、ミミズもアメンボも秋の陽射しにうらうらと背伸びする。

鉤形に曲がった木橋を渡りきり、松林の木陰へさしかかると、みかんが神妙な顔になって憑《つ》かれたように林を歩きはじめる。視線の先にはまた祠《やしろ》があって、みかんの足はその方向へ向かっている。神社の前ではかならず手を合わせる年寄りもいるが、みかんの年齢でここまでの神様好きは珍しい。

みかんはそのままませまい境内へ進み、帽子もとらずに石塔や本殿を眺めまわす。神社の裏手は二階建ての民家で、松林のとなりは児童公園になっている。池に面したベンチには年寄りがたむろし、児童公園には子供と母親が集っている。近くの中学校も昼休みなのか、民家の棟越しにざわめきが聞こえてくる。

「君、この神社は拝まないのか」

「神様なんかどこにもいないさ」

「神様がいない」

「さっきの神社にはいた、この神社にはいない。あんたには分からないよ」

本殿前からみかんが石を蹴るように歩きだし、石柵で仕切った隣地へ、ぶらりと入っていく。そこにはクチナシやツツジの植え込みがあり、今はシロバナ萩だけが花を咲かせている。高木はなく、水面に満ちていた秋の陽射しが、またうららかによみがえる。

みかんが屋根をつけた石塔の前に足をとめ、興味もなさそうに帽子の庇を突きあげる。塔の高さは一メートルほどで基壇の上に同形の石塔が一対並び、やはり一対の花筒には枯れかけた百日草が立ててある。そんな枯れかけた花にも白いシジミ蝶がまといつく。

「ねえ、かちうみふねって、なあに」

「勝海舟《かつかいしゅう》」

「人の名前か。その下の『室』というのは？」

「奥さんという意味」

「名前はないの」

「忘れたんだろう」

「薄情なやつだね」

「海舟の家は高利貸しだったからな。奥さんより金が大事だったのさ」

みかんが鼻を鳴らして背面の碑銘をのぞき、それから首をかしげて、基壇の前に腰をおろす。墓石に尻を向けて座るのも失礼な参拝だが、相手がみかんなら海舟も許すだろう。

みかんがサイドポケットからタバコをとり出し、たった一度ライターを擦っただけで、器用に火をつける。

「肺癌になるぞ」

「いいの、二十歳までに死ぬの」

「それほど美人か」

「なあに」

「美人薄命ってさ」

「美人発明？」

「こっちの話だ」

「いい人はみんな早く死ぬの。親父も山形のお祖父《じい》ちゃんも、お袋だって、きっとすぐ死ぬ。だからわたしもタバコを吸って肺癌になって、二十歳までには死んでやるの」

みかんの生真面目な顔に、ぼくはなんとなく、人生の皮肉を考える。みかんの差し歯が十五万円であること、みかんが千秋の妹であること、千秋が死んでその妹がぼくのとなりでタバコを吹かしていること。そしてみかんにとっていい人は、みんな早く死ぬこと。それなら千秋はみかんにとって、いい人だったのかどうか。

みかんがぽいとタバコを捨て、腰をあげて、怒ったように目をつり上げる。ぼくも腰をあげ、みかんが捨てたタバコを靴の底で踏みつぶす。草むらからバッタが飛び立ち、祠のほうへ鋭く羽を鳴らしていく。

参道を年寄りが歩いてきて、ぼくたちは墓の前を離れて池のほうへ向かう。一週間前は喧《やかま》しかったアブラ蟬も声がなく、ウメモドキの実が金色に陽射しをはね返す。

一時をすぎ、水面からボートが減って、児童公園には母子連れが二組、岸辺のベンチには年寄りが三人、それぞれに所在なく暇をつぶしている。

区立図書館のほうへ歩きかけ、またみかんが生真面目な顔で足をとめる。いくらみかんが神《かみ》憑《がか》りでも視線の方向にもう神社はないだろう。

「ブランコ」

「うん?」

「大人が乗っても怒られない？」

「大人が乗っても怒られないし、君が乗っても怒られないさ」

ぼくの皮肉に気づく様子もなく、みかんが力強くうなずき、ブランコまでの距離を大股に歩く。ブランコ自体は古い木台の、子供たちから見捨てられたような代物だが、みかんの体重なんかせいぜい四十二、三キロだから子供用でも鎖が切れることはないだろう。

ぼくがとなりへ寄るのを待つように、みかんが池向きに腰をおろして帽子の庇を上向ける。

「なんだよ」

「押して」

「自分で漕げ」

「危ないよ」

「落ちても三十センチだ」

「高所恐怖症なんだよ」

「よく二階の部屋に暮らせるな」

「いいから押して、でも静かにね。突然大きく揺れると貧血を起こすから」

議論をする気にもならず、ぼくはみかんの背中に手をかけて、ちょっと押してやる。みかんが叫び声をあげ、鎖を両肘に抱いて、両足を池の方向へ突っぱらせる。ブランコの振幅は一メートルもなく、それでもみかんはジェットコースターにでも乗ったように目を据わらせて、鼻息を荒くする。子供用のブランコでここまで精神を高揚させられるみかんも、安上がりな体質だ。

一分ほどぼくが背中を押し、みかんの肩からも力が抜けて、古い鎖が陽射しのなかで気楽なリズムをとり始める。池を囲む欅の葉に風はなく、ボートの櫂音や子供の歓声は聞こえているのに、風景は目眩がするほど静かだ。

「初めて乗ったけど、ブランコって意外に簡単だわ」

「君はブランコの天才だな」

「そう思う?」

「初めてのわりには膝の形が決まってる」

みかんが満足そうにうなずき、今度は自分で足先をゆらしはじめる。子供用のブランコにみかんの足は長すぎ、それでもみかんは自信を持ったのか、左手を放してひらっとふってみせる。

「うちの近くに高見寺《こうけんじ》というお寺さんがあってね」

へたくそに足をゆすりながら、みかんが口をあけて声を出す。今日のみかんが多弁な理由はやはりきれいな前歯のせいだろう。

「お寺さんは保育園もやってて、ブランコがあって、わたし、その保育園に入りたかったの」

「入れなかったのか」

「両親が家にいる子は保育園へ入れてくれないんだよ」

「そういうもんかな」

「だからバスで通う幼稚園へ行ったの。その幼稚園は新しい幼児教育とかやってて、ブランコも滑り台もなかった。英語で歌をうたったり、ヘンな機械でゲームばっかりやらされた」

「それで君、ヘンなのか」

「わたしがなに?」

「なんでもない。変わった子供は変わった環境から育つと、そう思っただけ」

対岸からアヒルの群れが泳いで来て、その波紋に陽射しがきらきらと乱される。

ふと揺すっていた足をとめ、みかんが下からぼくの顔を見あげる。

「あんたとわたし、前にも会ったことがある?」

「千秋のアパート前で」

「そうじゃなくて、わたし、あんたのこと、前から知っていた気がする」

「デジャ・ヴュだろう」

「デジャ・ヴュって」

「既視感。初めて見た風景や人を、以前にも見たことがあると思い込む。心理学的には心の不安に対抗する防衛心理だという」

「わたし、心が不安なの?」

「知らない」

「あんたって生意気だね」

「君ほどじゃない」

「あんたって、いつも、理屈ばっかり。そういう意地悪をするからチアキにだってふられたんだよ」

　足を突っぱらせて、またみかんがブランコを漕ぎはじめ、操縦法を会得したのか、爪先は天に向いてポニーテールの房が地面をこするほどになる。帽子ぐらいなら飛ばされてもかまわないが、中身ごと池に飛んでいったら鯉やアヒルが迷惑する。

「分かった、君はやっぱり、ブランコの天才だ」

　腹立たしいやら、ばかばかしいやら、それでもぼくは大人の分別で、みかんのブランコを抱きとめる。みかんの帽子が頭の横にずれ、パーカーの裾がめくれて汗の匂いが不思議な清涼感を伝えてくる。

　みかんが軽業《かるわざ》風にブランコから飛びおり、飛んだ距離を戻ってきて、帽子の庇をぼくの鼻先に突きつける。

「あんた、本気で信じたの」

「なにを」

「ブランコのこと」

「ブランコの、なに」

「わたしが『初めてだ』と言ったこと」

「初めてじゃないのか」

「間抜けねえ、ブランコぐらい誰でも乗れるよ。あんたがわたしのことをバカにするから、からかってやったの」

「知ってたさ」

「うそよ、本気にしたくせに」

「幼稚園の話もからかったのか」

「あれは本当」

「魔術の話は？」

「あれだって本当だよ。あんたって理屈ばっかり言うから、人生の真実が分からないの」

ぼくの顔にみかんの息がかかり、生意気なみかんの唇がぼくの視線をひきつける。怒ってもいいし、呆れてもよかったが、ぼくは笑うことにした。「生まれて初めてブランコに乗る」などというみかんの発言を、なるほど、信じたほうが間抜けだろう。

「あんた、怒らないの」

「今日は疲れてる」

「女の部屋に泊まったからね」

「まさか」

「女の匂いがするよ」

「そんなものはしない」

「ごまかしてもダメ。そういうこと、わたし、ちゃんと分かるんだから」

みかんが鼻をうごめかして、ぼくのシャツを嗅ぎ、ぐずっとくしゃみをする。

指先でみかんの帽子を突いて、ぼくは意識的に距離をとる。

「昼飯でも食うか」

「そうだね」

「好きな物は？」

「うん？」

「アブラアゲ」

「ああ、油揚げか」

みかんが気難しい目つきで口を結び、カーゴパンツのポケットに両手を入れて、むっつりと歩きだす。アブラアゲもブランコも幼稚園も千秋の魔術も、どこまで本気か知らないが、ぼくも今はまだゆらゆらと秋の日にゆれていたい。

そういえば、女なんてみんな魔女みたいなものだなと、みかんの赤い帽子を眺めながらぼくは嘆息《たんそく》する。

＊

洗足池から行徳へ向かうには池上線、浅草《あさくさ》線、東西線を、それぞれ五反田と日本橋《にほんばし》で乗りかえる。ロマンスカーなら新宿から一時間半で箱根《はこね》まで行けるのに、東京を南端から東端まで移動するだけのことにも同じぐらいの時間がかかる。

裏道を歩いて押切から伊勢宿へ入り、細い路地を抜けてみかんの家につく。格子戸内に明かりがあって、座敷童子《ざしきわらし》のような横山タネ子がビックリ人形のように出迎える。タネ子を驚かせたのはぼくではなく、となりにむっつりと立ったみかんだろう。

みかんが乱暴に靴を脱ぎとばし、無言で階段をあがる。ぼくも挨拶はそこそこにみかんのあとを追う。古い階段は重厚な欅材で、軋《きし》み音をたてない板面の艶《つや》が家の歴史を思わせる。

階段をのぼりきると、みかんが廊下に待っていて、つきあたりの板戸を無造作に引きあける。内側から黴《かび》臭い空気がこぼれ出し、みかんが歩いて窓と雨戸をあける。明るくなった部屋は十畳の和室で、窓横にスチールの勉強机と椅子がある以外には家具もカーテンもない。空気の匂いからして、部屋は長いあいだ使われていないらしい。

「千秋の部屋か」

畳の上を窓まで進み、何秒か外の空気を吸ってから、部屋を見まわして窓枠に腰をおろす。天井は木目の美しい杉板、壁は砂壁で、元は灰色だったものが日焼けの変色を起こしている。畳は新しく、最近掃除をしたのか埃は見られない。

みかんがぼくの目の前を横切っていき、机のうしろへまわる。そこには板襖《いたぶすま》になった押し入れがあって、みかんはその前にぺたんと座り、襖をひらいてなかから重そうな段ボール箱をひき出す。とり出した段ボール箱は二つ、両方ともリンゴ箱程度の大きさで、ガムテープを剝がしたような新しいめくり跡がある。

「手伝いなさいよ」

「そうか、悪かった」

「これであんたも信用する。チアキって本当に魔術を使ったんだから」

千秋の事件は犯人が尾崎喬夫と特定され、今さら遺品を詮索しても意味はない。それでもみかんの気持ちは無視できず、それにぼく自身、事件の全体像にまだ割り切れない気分がある。

「お茶、飲む?」

「うん」

「ウーロン茶もあるよ」

「ふつうの煎茶がいい、熱くて、濃いやつ」

みかんが小さくうなずいて廊下へ踵《きびす》を返し、そのうしろ姿を見送ってから段ボール箱の蓋をあける。なかには整然と本が詰まっていて、なるほどみかんの手に負えないほどの重量だ。もうひとつの箱にも同じほどの本が詰まっているから合計では五十冊以上だろう。

本の背表紙を読み進むうち、脇の下にいやな汗がにじみ出る。小説や娯楽関係の本はなく、すべてが魔術に関する専門書なのだ。ぼくは窓枠をおりて畳に座り、あらためて本のタイトルを検証する。内容は分からないものの、タイトルはどれも高踏的。たとえばアレイスター・クロウリー著作集の『神秘主義と魔術』。その他にも『エジプトの秘密魔術』『Mのオカルティズム』『カバラ魔術の実践』『高等魔術の教理と祭儀』『性魔術秘密教程』『ソロモンの大いなる鍵』『魔術・深層意識の操作』『魔女と魔術の事典』などなど、とにかくそんなタイトルが飽きもせずに並んでいる。なかには『思いどおりの貴女になれるカンタン魔術』とか『貴女と私の幸せ黒魔術』とか、ちょっと笑えそうな本もまじってはいるが、ほとんどは遊びのない生臭いタイトルだ。

ためしにぼくは『ソロモンの大いなる鍵』という本を手にとり、うしろからページをめくってみる。連なる文字は〈魔法円の作成方法〉だの〈水の聖別儀式〉だの〈ペンタクルについての解説〉だの、まるで意味が分からない。図形も二重円の中に正三角形が嵌《は》め込まれたものや、円と四角とアラビア風の文字が組み合わされたものや、もうそれ自体が呪文みたいなものだ。それらの小見出しや図形を眺めているだけで、なんとなく気分が悪くなる。

つづけて手にとった『魔術の復活』という本も似たような内容で、見出しにも『魔術用の絨毯を作る秘術』とか『悪霊が守る至宝を我が物にする法』とかが延々とつづいている。本の量も内容も、なるほど女子高校生の魔術ごっこを超えている。これならみかんが恐怖を感じるのも無理はなく、周囲の人間も千秋に対して違和感をもったろう。ぼくだってまさか、千秋の魔術趣味がここまで本格的だとは思ってもみなかった。

畳に魔術本を並べたまままた窓枠に尻をのせ、部屋の砂壁に向かって腕を組む。壁の黄ばみが魔術本の図形にも見えてきて、背筋が寒くなる。あの冷静で感情を表に出さなかった千秋が、本当にこんな本を読み漁っていたのか。ぼくも歴史を勉強したから、中世ヨーロッパに魔術や錬金術が流行したことは知っている。近世初頭には魔女狩りも流行し、その被害者は十万人を超えたのではなかったか。

壁や天井や畳を眺めたまま、気持ちに整理がつかず、芸もなく嘆息をつづける。戸口にパーカーのピンク色がひろがり、視界にみかんの素足が入ってくる。

「わたしの言ったこと、信じた?」

「この本はすごいな」

みかんが盆を畳に置き、膝を折って、ぺたんと正座をする。盆には茶托にのった湯呑と三枚の海苔巻き煎餅が添えられている。

「たしかに、思っていたより……」

湯呑をとりあげ、茫然と、ぼくは茶をすする。

「ずいぶん専門的だ。これだけの本を読むには知識と時間が必要だろう」

「チアキには簡単だった。中学のときからそんな本ばっかり読んでいた」

「だけど魔術の本を読んだからって、魔術が使えるとは限らない」

「チアキは使えた」

「死んだ金魚を生き返らせたか」

「江藤さんちの犬も殺した」

「現場は見ていないだろう。実際に千秋が金魚や犬に魔術をかけた、その現場は」

みかんが正座をしたまま上目づかいにぼくを睨み、ポニーテールをはね上げて、目の光を強くする。

「おれも子供のころ『世界偉人伝』とかいう本を読んだけど、偉人にはなれなかった」

「……」

「千秋もなにかの理由があって魔術の本を読み漁った。だけど、それは、それだけのことだ」

「わたしのこと、まだ信じないんだね」

「信じたからここへも来たし、千秋の本も見た。千秋の魔術趣味は思っていたより本格的で、子供の遊びとはレベルがちがうことも分かった。でもやっぱり魔術は信じられないな」

みかんの睫毛《まつげ》が頬骨に影をつくり、尖った顎が左右にふられて、小さい鼻から不遜な吐息がこぼれる。そのみかんが膝を立てて押し入れの前に移動し、襖の奥から手文庫ほどの小箱をとり出す。その箱は和紙張りのきれいな装飾で、段ボール箱と同様にガムテープの剝がし跡がある。

「これでも信じない？　これがチアキの正体だよ」

小箱をぼくの膝にのせ、みかんが蓋をとって、ぼくたちは同時になかをのぞく。箱のなかには布切れやナイフやガラスの小瓶や、粘土のようなものや得体の知れない黒い塊《かたまり》がおさまっている。

一瞬迷ってから、ぼくはその中身をあらためて点検する。ナイフは二本、両方とも刃渡りは十五センチほどで刃先は鋭く尖って幅は狭く、果物ナイフというより民芸品のペーパーナイフに近い形だ。刃は実用的に研《と》いであり、重量感もあって柄は一本が黒、一本は白、そして刃の横面には両方とも油性インクでアラビア風の文字が描かれている。こんなナイフで鉛筆を削るはずもなく、しかしただの飾りとも思えない。布切れと思った物も手にとってみると革を紙状に延ばしたもので、いわゆる羊皮紙というやつか。小瓶の液体はなにかの精製油らしく、蓋をあけると強い香気が鼻をつく。粘土様の物はビニール袋で密閉され、手触りは蜜蠟のようだ。乳白色の表面に褐色の斑紋が浮かび、蜂蜜のような甘ったるい臭気を放っている。

最後につまみあげた黒い塊もビニール袋に入っていたが、目の前にかざして、ぼくは思わず袋をとり落とす。球状に丸まった面の一カ所から、二つの目玉がじっとぼくの顔を見つめていたのだ。声こそ出さなかったものの、ぼくは息を吞み、悪寒《おかん》とともにその塊に目を凝らす。表面には黒灰色の細毛が針状に突き立ち、丸まった中心には爪のついた足がある。太ミミズのような尾は内側へ巻かれ、ひらいた目の横には耳の痕跡も見えて、要するにそれは、ミイラ化したドブネズミだった。

「なんとも、すごいな」

「分かったでしょう」

「うん、なんとも」

小箱に蓋をして畳の向こうへ押し、みかんの顔は見ずにまた湯吞をとりあげる。小箱の中身について用途は不明でも、尋常な収集品でないことは想像がつく。女子高校生なんかが仔ネズミのアルコール漬けをキーホルダーに使うというが、千秋のネズミは程度がちがう。ナイフも羊皮紙も蠟粘土のような塊も魔術本と重ね合わせれば、なにかの儀式道具だろう。そしてそれは玩具屋《おもちゃや》で売っている魔術セットなどとは、まるで次元がちがう。

「わたしもね」

窓枠のとなりにぼくと並んで座り、みかんが煎餅をつまみ上げる。

「チアキが魔術を使っているところは見たことない。でも本も道具もみんな魔術のもの。みんなチアキが集めたもの」

「たしかに趣味の範囲は超えてるかな」

「これだけ証拠があるのにまだ信じないの？」

「名刀を持ってるからといって剣豪とは限らないさ」

「また理屈でごまかそうとする」

「そうじゃない、そうではないんだけど」

小箱の中身を思い出し、すぐに残像をふり払って、ぼくは渋い茶を咽《のど》に流す。

「いつか君、千秋の元カレの話をしたよな。千秋にふられて自殺したとかいうやつ。そのことは具体的に知ってるか」

みかんが前歯で、ぱりっと煎餅を割る。

「もう五年以上前の話だよ」

「死んだやつの名前は？」

「宮部《みやべ》なんとか」

「自殺はどんなふうに」

「館山《たてやま》のほうで海に飛び込んだの。遺書はなかったけど、宮部という人はその前から様子が不《お》審《か》しかったらしい。その人の妹がわたしと同じ中学で、お兄ちゃんの頭がおかしくなったのはチアキのせいだって。みんなチアキが、意地悪したからだって」

「高校の三年なら受験ノイローゼの可能性もある。それにもし千秋にふられて頭がおかしくなったとしても、それはそいつの勝手だ。相手が自殺をして責任をとれといわれても困るだろう」

「なにが言いたいの」

「宮部は千秋と関係があったかも知れない。でも自殺したのは宮部の勝手だ。千秋は魔術の本を読んで魔術の道具も集めていた。だけどそれで金魚が生き返ったり近所の犬が死んだり、高校の担任が交通事故を起こしたわけではない」

「……」

「君の親父さんの事件だって目撃者がいて、事故であることは分かっている。千秋の魔術趣味は異常だったかも知れないけれど、それと千秋が殺された事件とは別の問題だ。前に君が言ったとおり、もし千秋に魔術が使えたら犯人に呪いをかけている。でも実際には容疑者の尾崎も逃げたままで、ほかに誰かが死んだ話も聞かない。千秋の事件はいやな条件が重なっただけの、ふつうの殺人事件じゃないのかな」

　喋っていながら自分の言葉に上の空で、ぼくの指は無意識に一冊の魔術本をめくっている。頭には千秋の顔が白く浮かび、少し皮肉っぽい笑い方や伏目がちな硬い表情が記憶を刺激する。千秋と交際のあった二カ月間、千秋が魔術の話をしたことはなく、アパートで魔術の本も見なかった。映画の趣味も社会派やハートウォーミング系で、ホラーやオカルトは鼻で笑っていた。それに尾崎喬夫も大沢佳美も、千秋の魔術趣味なんか、話題にもしなかった。

そうかといって、ネズミのミイラも奇妙なナイフも、千秋の収集品だという事実がある。ぼくの知らない世界に、ぼくの知らない千秋の病気があったのか。尾崎喬夫が言ったように、別な世界の千秋は濃厚で淫乱なセックスに溺れ、男を翻弄《ほんろう》して快感を得る異常性格だったのか。大学時代の親友は千秋を高慢な冷血女と言い、同僚のソーシャルワーカーは仕事熱心な博愛主義者のように言う。どこに本物の千秋がいて、どこに千秋の本心があったのか。泣いても声は出さなかったという子供時代の千秋。魔術に異常な執着をみせたらしい高校時代の千秋。他人に心の内をのぞかせなかった大学時代の千秋。そして半年間のソーシャルワーカー生活のあと、アパートで焼き殺された千秋。どれをとっても実感はなく、ぼくとつき合っていた千秋がみかんや尾崎や大沢佳美や牧瀬杏子が言う千秋と同じ千秋だったのか、本のページをめくりながら、ふと確信が消えていく。

みかんが二枚目の煎餅に手をのばし、新しい前歯を自慢するように、豪快な音をたてる。

「結局あんたは……」

割った煎餅を睨みつけ、くるっと足首をまわして、みかんが頰をふくらませる。

「今でもチアキのことを女王様みたいに思ってるんだよ」

「そんなことはないさ」

「美人で優等生で、だから未練があるの」

「言いがかりだ」

「チアキは男好きで心が冷たくて、魔術を使うような危ない性格だったの。あんたはまだチアキの魔術にかかってるの」

「千秋が冷たく見えたのは顔と雰囲気のせいだろう。実際はソーシャルワーカーになるような、気持ちの優しいやつだった」

「チアキは親父のお墓参りもしなかった」

「墓場が嫌いな人間もいるさ」

「親父はいつもチアキが自慢で、チアキの服なんか、みんな自分で買ってきたのに」

「血のつながりがなければ親父さんも気をつかう」

「チアキなんか、性格が悪いくせに、親父の前だけではいい子になったの」

「うちの姉貴と同じだ」

「チアキは東京のアパートへ移るとき、服も靴もバッグも、みんな家においていった」

「アパートでは狭すぎる」

「お袋のお見舞いにも来なかった」

「それは君のせいだ」

「わたしが、なによ」

「君に嫌われたら千秋だってこの家には帰りにくい」

「そういうことじゃない、あんたには分からないんだよ」

「分かるように言わなければ分からない」

「もういいよ。あんたみたいに頑固な人、話すだけで疲れるわ」

窓からぷいと腰を浮かし、みかんが仏頂面で本を片付けはじめる。目のまわりが少し赤く、鼻息も荒くて、への字形に結んだ口が憎らしい。

手の内にあった本を段ボール箱へ戻しかけ、表紙に目がとまって、ぼくはその本を膝に戻す。タイトルは『貴女と私の幸せ黒魔術』という情けないものだが、素人のぼくに理解できそうなタイトルはそれぐらいで、一冊ぐらいは目を通す気になる。

「この本、貸してくれるか」

「魔法の道具も持っていったら？」

「いや、本だけでいい」

みかんが小さく鼻を鳴らして段ボール箱の整理をつづけ、ぼくは『貴女と私の幸せ黒魔術』をメッセンジャーバッグにしまう。窓の外では夕日が隣家のブロック塀をあぶり、雀が必死に鳴きさわぐ。この前は墓地でヒグラシの声を聞いたが、いつの間にか行徳でもセミの季節は終わっている。

散らばった本を段ボール箱におさめなおし、今度はぼくが押し入れに運んで、ついでに和紙の小箱も片付ける。押し入れには衣装ケースや他の段ボール箱がぎっしりとつまれていて、落合のアパートに衣類や小物が少なかったのもこの押し入れが理由だろう。みかんは千秋の薄情さを非難するが、これだけの衣装ケースをあんなアパートにおけるはずはない。

ふり返ると、みかんの鼻が、ぼくの顎にぶつかりそうな位置にある。みかんは上目づかいに口を尖らせている。

「チアキとあんたって、どこで知り合ったの」

「渋谷の居酒屋」

「知り合ってすぐ寝たの」

「うん」

「不良だね」

「君ほどじゃない」

「別れた理由は？」

「男と女は理由なんかなくても別れられる」

「あんたはチアキを愛していなかった。チアキもあんたを愛していなかった。それだけのことだよ」


みかんがなにかつづけようとして言葉を呑み、口の端を曲げて、ぷいと部屋を出ていく。たぶん怒ったのだろうが、みかんは最初に会った日からずっと怒っている。ぼくはとり残されて途方に暮れ、また窓枠に腰をのせて「そうか、愛していなかっただけか」と、声に出して独りごとを言う。

ぼくと千秋が別れたのはクリスマスの幾日か前で、その日は渋谷でシーフードとパスタの食事をした。もともと千秋の口数は多くなく、それがぼくの神経にも心地よかったが、その夜の千秋はふだんよりも無口だった。食事のあとは千秋の部屋でセックスをし、終わってから千秋が「退屈ね」と言い、ぼくが「うん」と答えた。千秋の部屋にはガラスビンに薄紫色のトルコ桔梗《ききょう》が飾られていた。

　十分ほど待ってもみかんは戻らず、ぼくは仕方なく窓を閉めて部屋を出る。

　階段へ向かって歩きかけたぼくの足をとめたのは、途中の板戸にあいている十センチほどの隙間だった。部屋から廊下へは薄日のような影が流れ、隙間からは片膝を立てたみかんの横顔が見える。雲隠れをしておきながらちゃんと戸に隙間をあけておくみかんのサービスが、小癪《こしゃく》に可笑《おか》しかった。

　ぼくが板戸をあけてもみかんは顔をあげず、頑固に横顔を向けつづける。押し入れの位置は千秋の部屋と逆向きになっているが、間取りは同じ十畳の和室。押し入れ側にロータイプのベッドがあって、壁にはパステルカラーの壁紙が貼ってある。戸口の右手には木製のキャビネット、そのとなりにはスチールの衣類ハンガー、畳にはＣＤのコンポや小型テレビや少女雑誌やデイパックやラーメン丼が散らばっている。雑然として目茶苦茶で不統一で、寒いほど整然としていた千秋の部屋とは裏表のような雰囲気を出している。そういう混沌と混乱のなかに、みかんの背中が横向きに丸まっている。視線はじっと前方に注がれ、イーゼルには大型のキャンバスが立てかけてある。

　みかんの横顔を眺めながらぼくは部屋へ入り、戸口横の柱に肩で寄りかかる。みかんは立てた膝に左腕と顎をのせ、縦横一メートルほどのキャンバスを偉そうに睨んでいる。ビニールシートの上には絵の具箱とパレットがあって、部屋全体にテレピン油が匂っている。さっきまで千秋の部屋で魔術の解説をしていたみかんが、なんの必然があって油絵なんか描いているのだ。

「ふーん、タンポポの絵か」

みかんの頬がひきつり、下からの強い視線がぼくの顔をおそう。

「ああ、ヒマワリか」

「ヒマワリだよ」

みかんはそのまま口をひきしめ、わざとらしい仕種で筆をキャンバスに向ける。絵の具は黄色一色、キャンバスも全面まっ黄色で、言われなければ火事の風景かと思ってしまう。

「君が画家とは知らなかった。だから学校へ行かないのか」

ぼくを無視することに決めたらしく、顎をひいたり突きだしたりしながら、みかんは黙々とキャンバスに絵の具を重ねていく。ヒマワリと言われればたしかにヒマワリで、炎のような黄色の濃淡にかろうじて花弁の輪郭が見える。キャンバスのなかに花は十輪ほど、それらが独立したり折り重なったり、ゴッホ風なのかピカソ風なのか判断は難しい。他人が見たら幼稚園児のいたずら描きにしか見えない絵に、なんとなく才能を感じるのは、気のせいか。

みかんの絵には頓着せず、あらためてぼくは部屋を見学する。壁にはバッグや帽子の掛かったフックがあり、そのとなりには古いタッチの風景画が部屋の主のように飾られている。家並も色調も古いから、行徳の港町を描いたものだろう。サインはローマ字で〈セイゾー・アビコ〉と入っている。壁にはポスターやカレンダーはなく、勉強机も見当たらない。

ぼくはテレピン油の匂う空気のなかを窓際へ歩き、窓枠に腰をのせて、庭を見おろす。破れ穴の目立つ板塀が見え、細い三尺路地と電柱が見え、塀の内側には勢いを失ったヒマワリも見渡せる。一週間前は天を突くほどだったヒマワリが、もう首をたれ、根元から茎を折った株もまじっている。降りつづいた雨のせいもあるだろうが、季節はこうやって過ぎていく。

ぼくは突然そのことを思い出し、記憶に苦笑する。思い出したのは千秋の誕生日で、それは十月の十三日、ぼくが酔っぱらって千秋のアパートへ転がり込んだ翌日だった。「無害そうな人に見えたから」と言った千秋の声が、また耳によみがえる。これまで疑ったこともなく、考えてもみなかったが、渋谷の交差点で千秋といき合ったのは、本当に偶然だったのか。千秋はためらいもなく歩いてきて、ためらいもなくぼくと飲みなおした。翌日の誕生日をぼくたちは一日中千秋のベッドで過ごした。千秋がぼくを誘った理由は、誕生日を誰でもいいから「無害そうな人」と過ごしたかったからという、それだけのことだったのか。

「そうか、そういうことか」

「え?」

「独りごとだ」

「わたし、忙しいんだよ」

「芸術家は気まぐれだな」

「あんたなんかチアキの部屋で、好きなだけチアキのことを思い出していればいいよ」

面倒なやつ、と口には出さず、ぼくはため息を押し返す。沈んでしまった太陽が西の空を朱色に染め、窓に吹く風が耳たぶを冷たく過ぎていく。

「わたしが学校へ行かない理由は……」

唐突に筆をおき、シートの上で尻をターンさせて、みかんがぼくを見あげる。

「絵には関係ないの、勉強も嫌いじゃないの。学校へ行くと吐き気がして心臓が苦しくなるんだよ。だからあんたが思ってるほど、わたし、バカじゃないの」

返事を思いつかず、十秒ほど、ぼくは耳たぶに風を吹かせる。それから深呼吸をして、みかんの顔を見返す。

「人間にはいろんな体質があるさ。花粉にアレルギーを起こすやつも、学校にアレルギーを起こすやつも、電車のドアにアレルギーを起こすやつもいる」

みかんがごろりと畳をころがり、タバコに火をつけながらベッドの端にもたれる。ポニーテールが乱れ、前髪が頰にかかって、パーカーの襟口にブラジャーがのぞく。

「おれの姉貴はテレビ局の報道部に勤めていてさ。千秋の事件も君のことも、容疑者の尾崎のことも姉貴に教えられた」

タバコの煙が天井に流れて空気にいやな肌触りが広がったが、宣言されなくても、みかんがバカでないことぐらいは分かっている。ただちょっと、風変わりなだけなのだ。

「君に会うことも最初は姉貴に頼まれた。探偵のまね事はいやだったけど、姉貴への義理でさ」

灰がこぼれ、しかしみかんは落ちた灰を払わず、目の色を深くしながらじっとぼくの顔を睨みつける。

「君には初めから言うべきだった。結果的に君を騙してしまった」

みかんの膝が胸元にひかれて、タバコが灰皿でつぶされる。寒くはないはずなのに、みかんの足先が寒そうに痙攣《けいれん》する。

「事件に関わったのは姉貴への義理と、ただの好奇心だ。君が信じても信じなくても、千秋への未練はない。でも君に誤解されたままだと明日から油揚げがまずくなる」

灰皿でも飛んでくるか、絶叫でも飛び出すかと、ぼくは覚悟を決める。みかんの目は青い燐光をはなち、空気の緊張とみかんの鼻息が、ひりひりとぼくの背中を寒くする。

不意にみかんが腰をあげ、空気に亀裂が入る。みかんの躰から冷たい風が刃物のように吹き寄せ、ぼくは平手打ちを覚悟し、窓から突き落とされないように手すりを握りしめる。

突然みかんの足が動き、なぜか戸口へ向かう。部屋を出ていくのかと思ったがみかんはキャビネットの前で足をとめ、棚からプラスチックの洗面器をおろしてくる。洗面器がなぜそんなところにのっているのか、この事態を予想してぼくに浴びせる水でも用意しておいたのか。

ぼくの戸惑いを無視して、みかんが洗面器を下におく。洗面器にはひと房の水草が浮かび、水草をとり囲んで糸屑ほどの黒点が漂っている。水は少し生臭く、洗面器にはアオコの汚れが見える。しばらく洗面器に意識を集中させ、そしてやっと糸屑の正体を理解する。

「メダカの仔か」

みかんが池からすくっていたときは綿埃《わたぼこり》のようだった仔メダカが、今は糸屑ほどに成長している。あまりの混雑に数も知れないが、密度からして百匹はいるだろう。

「大きくなったな。君はメダカを育てる天才だ」

薄っぺらいみかんの胸が大きく息を吸い、目のまわりに赤みが浮かぶ。白い咽からは唸り声がこぼれたが、目の殺気は消えて鼻息も穏やかになっている。

「このメダカたち、どうしよう」

「江戸川に放せばいい」

「水が汚いよ。せっかく生まれてきて汚い水で死ぬなんて、可哀そう」

「友達にでも……」

言いかけて、ぼくは自分の手で首のうしろを叩く。みかんに友達がいれば最初から苦労はしないのだ。

「洗足池がいいかなあ。あそこの池、川からきれいな水が流れ込んでいたもの。洗足池ならこの仔たちも生き残れる」

洗足池だってみかんが思うほど水はきれいでもないだろう。鯉やアヒルやトンボのヤゴや、敵も多くいる。そんなところで仔メダカが生き残るとも思えないが、みかんの気が済むならそれでいい。みかんの人生からひとつでも屈託が消えれば、ぼくの罪も少し軽くなる。

みかんがふり返り、髪の匂いがぼくの顔に飛んで、理由の分からない苦笑がぼくの口からもれる。

「なあに」

「差し歯に煎餅の海苔がついている」

窓の外でカラスが鳴き、目の前を秋のハエが飛んで、みかんがぼくの肩を突く。泣くかと思ったが、逆に笑いだし、ベッドへダイブして大の字にころがる。横山タネ子は手に負えないと言うけれど、ぼくは生まれたときから風変わりな女に慣れている。

ぼくは戸口へ歩いて部屋の電気をつけ、セイゾー・アビコの風景画に向かい合う。古い行徳の町は瓦屋根も板塀も、手抜きのない筆致で繊細に描き込まれている。空は陰鬱《いんうつ》な灰緑色で曇り空なのか夕景なのか、季節は分からない。かなりのテクニックとは思うものの、配色や構成にどんよりとした倦怠《けんたい》が感じられる。

気がついたとき、みかんは笑いをおさめていて、上気した顔でベッドに胡座《あぐら》をかいている。目には涙がたまり、ごていねいに鼻水までにじませている。ぼくはベッドのみかんと、みかんが描いていたヒマワリの絵を見くらべる。

「君の絵と親父さんの絵、似ていないな」

ティシューで涙と鼻水をふきながら、みかんがベッドを端まで動いてくる。

「親父は天才だったもの。絵もうまくて仏像彫れて、俳句も名人だったよ。ギリシャ哲学の本を翻訳したこともある」

「マルチ芸術家か」

「世間には認められなかったけどね。親父は売り込みが下手だったの。才能は誰にも負けなかったのに、お人好しでプライドが高かったの」

「おれは君の絵のほうが好きだな」

「わたしの絵なんかゴミだよ」

「見る側が気持ち良ければそれでいいさ」

「さっきはタンポポだと言ったくせに」

「ヒマワリをタンポポのように描ける画家も、この世に君一人だ」

みかんの頬がひきつったが、ぼくは芸術談義を打ち切って窓の外に目をやる。

「君、ビールは飲めるか」

「子供のときから飲んでるよ」

「タバコも吸ってるしな」

「不良なんだよ」

「とにかくお祝いにビールを飲もう」

「なんのお祝い?」

「君の前歯が入ったお祝い」

「駅のそばに美味しいドジョウ屋があるよ。そこのドジョウ鍋はネギとゴボウとニンニクが入っていて、躰が温まるの。親父が生きていたころは……」

最後の言葉を濁してみかんがベッドをおり、畳の上から帽子とデイパックを拾いあげる。部屋の電気に向かって羽虫が舞い込み、階下からは戸締りの音が聞こえてくる。

「そのドジョウ屋には油揚げもあるのか」

「油揚げは別だよ。去年まで本行徳に手造り油揚げのお店があって、そこの油揚げは日本一美味しかった。あんな美味しい油揚げ、もう二度と食べられない」

「今、その店は？」

「お爺さんが死んでお店を閉めたの。その前の年は湊《みなと》の納豆屋も店じまいした。あそこの納豆も日本一美味しかったよ」

デイパックを背負って帽子をかぶり、窓を閉めながらみかんが偉そうにうなずく。口元には素直な微笑《ほほえ》みが浮かび、目には十六歳の無邪気さが戻っている。

みかんが閉めた窓も、外はもう暗くなっている。

インタールード

ついにここまで来たかと、クルーザーの操縦桿《そうじゅうかん》を握りながら尾崎喬夫は前方の瀬戸《せと》大橋を見あげる。水平線と空の区別は曖昧で、もやった空に優美な橋貌が浮かんでいる。前方のタンカーは水島《みずしま》コンビナートへでも向かうのか、見渡すかぎりほかに船はなく、瀬戸大橋をトラックと観光バスが豆粒のように行き来する。

下津井《しもつい》という港町で生まれた尾崎の夢は自分のクルーザーを持つことだった。父親はガソリンスタンドの店員、母親も漁協のパートタイマーでクルーザーとヨットの区別もつかない人間だった。そんな両親に生まれながら尾崎は運が良かった。百八十センチを超える身長と端整な顔立ちは中学時代から同級の女子に騒がれた。

一流大学を出て一流企業へ入り、社会の階段をのぼる。その過程では自分の外見が役に立つ。尾崎はそのときから人生の目標を定め、時間のすべてを勉強についやした。親兄弟は呆れ、友達も陰口をきいたが、尾崎は人生が顔と学歴であることを知っていた。アルバイトをしながら国立大学を卒業し、ファイン化粧品に入社してからはすべてが順調だった。結婚相手はオーナー一族の娘、三十三歳でもうクルーザーを手に入れた。実際に今自分の手で操縦桿を握り、クルーザーの舳《へ》先《さき》を故郷の下津井港へ向けている。瀬戸大橋は尾崎を歓迎して満艦飾《まんかんしょく》の明かりを灯《とも》し、金色の波がひたひたと押し寄せる。運もよかったが、やはりこれは、努力の結果なのだ。自分の人生設計は正しかった。人生はこれからも正しい方向へ進んでいく。このクルーザーを見たら親や昔の友達は腰を抜かして驚くだろう。

だけどクルーザーにしては、ずいぶん水面が近いなと思ったとき、船がモーターボートに変身する。もやっていた瀬戸内海が河口湖《かわぐちこ》の風景に変化する。

なんだ、夢だったのか。そういえばファイン化粧品の課長補佐ぐらいでクルーザーなんか買えるわけはない。このモーターボートだって所有者は女房の実家、尾崎は別荘へ遊びにきてワカサギを釣っているだけなのだ。それでも、まあ、人生はそこそこ予定通りに運んでいる。四十歳までには部長になって五十歳で役員になる。そこで実績を残せば社長の椅子にも手がとどく。別荘ぐらいいくらでも買えるし、クルーザーも手に入る。そうやって下津井の故郷へ帰るときはクルーザーに安彦千秋を乗せていこう。自分を狂わせ、人生を破滅させた女だが……しかし、自分の人生は、いつ破滅したのだろう。

そういえば、この浮遊感は、どういうことだ。いくらちっぽけなモーターボートとはいえ、なぜ自分がこれほど濡れているのか。そうか、ここは、水のなかか。水のなかなのに呼吸は軽く、躰も魚のように浮いている。暗い水中に明かりが射し、パートの母親が自転車で帰ってくる。母親のうしろには沢山の魚がついていて、尾崎は声に出して笑ってしまう。

魚の群れはまるでメダカの群れのように、ざわざわ、ごちゃごちゃ、はしゃぎながら母親を追ってくる。母親の自転車が目の前を通過し、メダカほどだった小魚の群れがピラニアに変身する。ピラニアは歯をむき出し、はしゃぎながら、ざわざわ、ごちゃごちゃ、突如尾崎に向かってくる。

母さん、可笑《おか》しいよ。母さん、そんなことはあり得ないよ。

笑ったはずなのに、もう声は出ず、肺のなかに水が充満して、一瞬尾崎は、正気をとり戻す。

6

空気に湿度の重さはあるが、それでも淡色の陽射しはやわらかく降りそそぐ。ネオマスカットの房が呑気にたれさがり、花壇の上をシロ蝶が往きすぎる。

ぼくは葡萄《ぶどう》棚の下にデッキチェアをひき出して、光の明暗を漫然《まんぜん》と眺めている。腹の上には『貴女と私の幸せ黒魔術』がひらかれていて、気が向いたときは意味不明な呪文が目に入る。目では文字面を追っているつもりでも内容のばからしさに集中力が霧散する。

シジュウカラがちっちっと鳴いて、ふと柿の木に目を向ける。まだ葉のしげる大木に小粒な柿が青い実をのぞかせている。禅寺丸《ぜんじまる》という品種の柿は死んだ祖父が植えたもので、樹齢は四十年を超えている。たいして甘い柿でもないが次郎《じろう》柿や富有《ふゆう》柿が主流の現在では貴重な古品種だという。

柿のほかにも庭には無花果《いちじく》、ブルーベリー、梅などの果樹が植わっている。棚作りにしているネオマスカットや孟宗《もうそう》の筍《たけのこ》をふくめれば、春から秋まで結構な収穫になる。祖父が残したこれらの果樹に水穂とお袋は興味を示さず、ぼくが一人で旬の味覚にほくそ笑む。葡萄や無花果の賞味はもちろん、春には筍を掘って刺し身や筍飯をつくり、梅も梅酒やシソ漬にする。水穂なんか自分では庭木に手も触れないくせに、秋にはぼくの干し柿を催促する。

半分眠っていた頭に意識が戻り、また本に目を向ける。ページの途中には魔方陣や黒ミサのイラストが挿入されているが内容はオマジナイの羅列で、見出しには〈恋愛を成就させる法〉だの〈不倫を解消させる法〉だの、あざとい文句が並んでいる。なかには〈ストーカーを撃退する法〉とかいうのもあって、ちなみにそのオマジナイは〈まず沐浴して身を清め、白い清浄な下着をつけてから額の両端に火をつけたロウソクをくりつける。それから針で指先に傷をつけ、出てきた血を三度すすって部屋を暗くし、呪文として「アドナイ・エロヒム・ツァバオト・シャダイの名において、全能の支配者たる神の名において、我を悪意から遠ざけよ。我に害をなす者をこの世から放逐せよ」と唱え、そして精霊の浮遊する空気を腕いっぱいに抱き、また「エヘイエーにおいて、アナポディティオンにおいて、口には出せぬ神の名において、すべての邪悪なる者から我を遠ざけよ。我に敵対する反抗的な霊ども、すべて全能なる神の御許にひざまずけ」とつづけ、最後にアーメンと唱えて十字を切る〉のだという。ストーカーが窓からのぞいていて相手の女がこんな儀式を始めたら、たしかに恐れをなして退散する。

借金苦から脱出する法、地位と名声を獲得する法と読みすすみ、目蓋《まぶた》からまた力が抜けかけたとき書斎の窓からお袋が顔を出す。

「広也くん、居間のテレビをつけてごらんなさい。水穂がどこかからレポートを送っているわ」

「どこかって」

「あら、河口湖とかいってる。殺人事件に関係したことらしいけど、水穂も入院したり出張したり、忙しい性格よねえ」

今日のお袋は家にいて、書斎兼仕事部屋で新しい猫グッズの試作をやっている。玩具メーカーとタイアップし、人間の声に反応するヌイグルミロボットを作るのだという。キャラクターはもう決まっているから要点は猫の表情や首の角度、寝姿の体形や尾っぽの巻き方など、微妙な調節にあるらしい。

しかしもちろん、今の問題はお袋の猫グッズではなく、テレビに出ているという水穂のことだ。麻布の病院に入院しているはずの水穂が、河口湖なんかで、なにをレポートしているのか。

支離滅裂な気分のまま、とにかく居間へ戻り、リモコンでテレビをつける。すぐに画面があらわれ、なるほど、マイクを斜に構えた水穂が見事な化粧を見せている。大事件らしいから笑顔はないものの、声と表情には媚がある。黒のジャケットに大襟のブラウス、マイクを握る指にはさり気なくティファニーのリングを光らせる。

番組が途中だったので、内容が理解できず、立ったまま画面に意識を集中させる。ワイドショーでの重大事件は名古屋の「小学生首吊り殺人」のはずで、しかし今水穂の送っているレポートはその事件とは別らしい。

マイクを握った水穂の口から「尾崎容疑者」という言葉が吐き出され、ぼくの神経が収斂《しゅうれん》する。水穂の背後には湖面と森が見え、洗足池と同じ光がゆらゆらとゆれ動く。

ＶＴＲをまじえた水穂の報告は、次のようになる。

発端は今朝の午前八時ごろ、河口湖の遊歩道を散歩していたリゾート客が湖岸近くに黒っぽい浮遊物を発見した。釣り人の捨てた衣類か、ゴミ袋か。そう思って凝視するうちに、なにやら人間のようにも見えてきた。リゾート客はあわててホテルへ帰り、従業員をともなって湖岸に戻ってきた。複数の目で眺めても、やはり人間らしく、従業員が携帯電話で一一〇番通報した。地元の警察が駆けつけ、ボートで浮遊物を回収。人間の遺体であることが確認され、山梨県警本部からも初動捜査班が到着した。現場で検証を始めてみると、遺体の身元は運転免許証と名刺から尾崎喬夫と判明。尾崎は警視庁から放火殺人事件の重要参考人として指名手配されており、事件は急展開をみせた。警視庁からも担当捜査員が駆けつけ、尾崎の変死は東京の「ソーシャルワーカー放火殺人事件」と関連ありとして、県警と警視庁の合同捜査が開始された。尾崎の遺体に目立った損傷はなく、溺死と見られるが、詳しい死因は司法解剖の結果を待って報告される。

番組が芸能ニュースに変わってからも、ぼくはまだ啞然と立ち尽くしていた。軽い悪寒《おかん》が首筋を圧迫し、口が乾いてくる。入院しているはずの水穂が河口湖にいること自体が驚きなのに、千秋殺しの容疑者である尾崎喬夫の溺死というのは、どういうことか。現場の状況や尾崎が死に至るまでの経緯、その他一切が不明なのは警察が発表を控えているせいだろう。

事故か、他殺か、自殺か。ぼくの背中には「いやな感じ」がムカデのように這《は》いまわって、胃も痛くなる。千秋の義父も、宮部という高校時代の男友達も、千秋殺しの犯人と目されている尾崎喬夫も、海と湖の相違こそあれ、すべてが溺死なのだ。

我に返り、無意識に首を横にふって、ぼくは熱っぽくなった躰をソファへ凭《もた》れさせる。「殺されるとき、チアキなら犯人に呪いをかけたはず」と言ったみかんの台詞《せりふ》が嘔吐のようによみがえる。ビニール袋の内側からぼくを見つめていたネズミのミイラ、訳の分からぬ文字を書きつけた二本のナイフ、甘ったるい匂いを放つ粘土状物質や大量の魔術本、それらの光景も同時によみがえり、手のひらに汗がにじむ。「まさか」という言葉が自覚のないまま、声になって口をつく。魔術や呪いはこの世に存在せず、三つの溺死事件はすべて偶然だとしても、千秋に関係した男たちの死因がここまで共通する確率は、果たして、どれほどのものか。かりに尾崎の溺死が千秋の呪いだったとすれば、清造や宮部の死は、なんの結果なのか。

そんな、ばかな、とぼくが独りごとを言ったとき、お袋が居間へ入ってくる。アフロヘアに草木染の長袖ブラウス、青紫のアイシャドウと口紅という出立ちも、本人にとっては無茶な配色でもないらしい。

「広也くん、テレビは見たでしょう」

「うん」

「不思議よねえ、水穂はまだ入院しているはず。病院から河口湖までヘリコプターで飛んだのかしら」

「魔法の箒《ほうき》だろう」

「あら、そうなの?」

「冗談さ。三日の入院と言ってたけど、朝でも夜でも三日は三日だ」

「忙しい子よねえ。せっかくの入院なんだから、ゆっくり休めばいいのに」

そう思うのはお袋やぼくのような一般人で、水穂本人は自分を報道部のエースと信じている。病院から飛び出し、怒濤《どとう》の迫力でメイクや衣装調達に奔走する水穂の活躍が、ぼくには目に見える。

「あらあら、もう三時になるの。広也くん、お紅茶でも飲む？」

「うん」

「シナモンティー？　ミントティー？」

「ミントティー」

フレアスカートをゆすってお袋がキッチンへ歩き、ぼくは胃に灰色の塊《かたまり》を飲み込んだまま、ソファの背もたれに頭を押しつける。失踪中の尾崎喬夫が捕まれば千秋の事件に結論が出ると思っていたのに、その本人がいなくなって、事件はどこへ行くのか。警察だって、ただ怪しいから、というだけの理由で尾崎を追っていたわけではないだろう。物証とか状況証拠とか、何かはあったにちがいない。テレビのワイドショーもそんな観測を流していたし、尾崎犯人説は既定の事実だった。状況は尾崎だって知っていたはずで、無実なら出頭するか、マスコミに連絡をとったろう。逃亡をつづけていたこと自体尾崎が犯人であることの証拠で、そして尾崎は逃げきれず、自棄《やけ》をおこして河口湖へ飛び込んだ。簡単な結末ではあるが、容疑者の自殺で事件が決着する例はこれまでにもある。ぼくの胃を不愉快にしているのは、尾崎の死そのものではなく、「溺死」というスタイルなのだ。

考えても仕方ない、水穂のケータイへ連絡してみるか、と思ったとき居間の電話が鳴って、受話器をとると相手は当の水穂だった。

「あら、広也、昼間から家でなにをしてるのよ」

「本を読んでた」

「相変わらず暇な子ねえ、お天気がいいんだから渋谷あたりでナンパでもしなさいよ」

「姉さんこそ病院のはずだろう」

「寝惚けたことを言わないでよ、あんたもテレビは見たでしょう」

「うん」

「ビデオを録ってくれた？」

「忘れた」

「もう少し気合を入れてよ、私のビデオはプレミアがつくんだから」

「ああ、そう」

「六時のニュースでまた実況する。今度はタイマーをセットして」

「分かった」

「それより私の髪形、どうだった？」

「よかったさ」

「なにしろ病院から直行でしょう。セットの暇はないしヘアメイクは連れてこなかったし、もうぐちゃぐちゃ」

「現場の緊迫感は出ていた」

「お化粧のノリは？」

「完璧さ、またファンレターが殺到するな」

「どうしたのよ広也、あんた、今日はばかに正直じゃない」

「おれはいつだって……」

言いかけて、ぼくは自分の用件を思い出し、受話器を構えなおす。

「姉さん、尾崎の死因、本当に溺死なのか」

「どうしてよ」

「気になるんだ」

「まだ司法解剖は始まってないの。でも鑑識のベテランに聞いてみたら、尾崎は肺に大量の水を飲んでたらしい」

「事故とか、自殺とか」

「それはまだ分からない。夕方には警察の発表があるから、そのときはっきりするわ」

「姉さんの感触では？」

「自殺でしょうね。ばかばかしいけど、追い詰められた犯人が自棄を起こすって、よくあることだもの」

「女に未練たらしい男は人生にも未練たらしいと言ったろう」

「誰が？」

「姉さんが」

「あら、そう。でも今回は自殺で決まりよ、状況が揃いすぎてるもの。これで放火事件は尻つぼみ、やっぱり名古屋の首吊り殺人には敵《かな》わなかったわ」

「姉さん」

「なによ」

「安彦清造が海に落ちたとき、目撃者がいたんだよな」

「なんの話？」

「千秋の義父《おやじ》さんが死んだときの話さ」

「だから、それが何なのよ」

「その目撃者、名前とか住所とか、分かるかな」

「なにを面倒なこと言ってるの。そんなことが尾崎の溺死に関係でもあるの」

「うまく説明できないんだ。とくに電話では、言いにくい」

「目撃者の名前と住所を知りたいわけ？」

「うん」

「今は手が離せないけど、夕方まででよければ調べてあげる」

「ありがとう」

「ねえ広也、私も夜中前には東京へ帰るから、例の焼き鳥居酒屋で待ってなさいよ。あんたには入院のときも世話をかけたし、私も愛する弟と飲みたいわ」

「今日は姉さんも正直だな」

「とにかくね、十一時には戻れると思う。それよりビデオのセットを忘れないで。背景の河口湖と衣装の関係をチェックしたいのよ。あんたは性格がウッカリだから、忘れないうちにタイマーをかけておいて」

返事もしないうちに水穂が電話を切り、ぼくも受話器をおいて、それから指令どおりビデオを六時のニュースにセットする。実況のＶＴＲぐらいテレビ局で管理しているだろうに、水穂はあくまでも「一般家庭に放送されたときの臨場感を検証したい」のだという。

キッチンからお袋がアフリカ土産《みやげ》の盆を運んできて、テーブルにおく。盆にはティーセットとザクロのフルーツクッキーがのっている。

「そういえば広也くん」

ポットからカップにミントティーを注ぎ、足をゆっくり組んで、お袋が青紫色のアイシャドーを見開く。

「今年はブルーベリーのジャムをつくらないの?」

「忙しくてさ」

「飯倉《いいくら》さんのお嬢さんが楽しみにしてるのに」

「飯倉さんって」

「川崎で食品会社をやってる人、ユズ入りのカマボコがヒットして大儲けをしたの。テレビでもコマーシャルをやってるじゃない」

「それが?」

「飯倉さんのお嬢さん、うつ病がひどくて伊豆《いず》の病院に入院されているのよ。今はいい薬があるはずなのに、よほど重症みたいね」

「それがブルーベリーのジャムと、なんの関係があるのさ」

「お嬢さんが広也くんのジャムを気に入ったらしいの」

「ふーん、そう」

「去年ね、私がたまたま飯倉さんにさしあげた広也くんのジャムを、お嬢さんの病院へ届けたんですって。そうしたらお嬢さん、ジャムをひと口なめて、ニッコリ笑ったんですって」

光栄のような、不気味なような。

「お嬢さんが笑ったのは五年ぶりらしいから、よほど広也くんのジャムが気に入ったのよ。だから飯倉さんも、今ごろ広也くんのジャムを心待ちにしているわ」

ぼくはカップをとってミントティーをすすり、ついでにクッキーを口に入れる。庭のシジュウカラは梅の木に移ったらしく、葡萄棚の西側からちっちっちっと鳴きかける。来月にはツグミやジョウビタキも渡ってきて、洗足池も冬の支度を始める。

「ねえ広也くん」

「うん?」

「欠伸《あくび》なんて似合わないわよねえ」

「うつ病でも欠伸ぐらいするさ」

「そうじゃなくて、メーカーの人がニャン太に欠伸をさせろと言うの」

「猫ロボットか」

「広也くんはどう思う?」

「フラダンスでも踊らせたら」

「まじめな話なのよ。コンピュータが何かするらしいから、表情をつけるのは簡単。でも猫が欠伸をする顔って可愛くないでしょう。欠伸をさせると牙が出てしまう。牙は肉食動物の獰猛《どうもう》さを感じさせるもの」

「歯まで本物に似せる必要はないだろう」

「薄情な子ねえ。ニャン太はこれまで私が……でも、言われてみればそうかしら」

「どうせヌイグルミのロボットだよ。欠伸をしたら顎がはずれるとか、小便をもらすとか、そっちのほうがお洒落じゃないかな」

お袋のアイシャドウが目蓋の向こうにめくれ、目が丸くなって、青紫色の唇から吐息がこぼれる。ポットの湯気がミントの香りを飛ばし、アフロヘアが頭の上でちりちりと踊りだす。

「そうよねえ。私としたことが、なにを考えていたのかしら。ニャン太は生まれたときから私が育ててきたんだし、牙みたいな醜いもの、あるほうが不自然よねえ」

ふわりと腰をあげてお袋が歩きだして、もうぼくを眼中に入れず、フレアスカートを夢遊病のように仕事場へ運んでいく。まさかお袋も、ニャン太とかいうヌイグルミの猫を自分で産んだとは思っていないだろうが、そんなことよりブルーベリージャムの件は、どうするのだ。

浦安も戦前までは海苔採取用の「ベカ舟」という小型漁船が集まり、前海はアサリやハマグリの好漁場だったという。江戸川をさかのぼれば行徳河岸《がし》があり、市川、松戸《まつど》をへて利根川《とねがわ》に通じている。鎌倉《かまくら》時代は行徳に船関所がおかれたという記録もあって、柴又《しばまた》の近くには今でも「鎌倉」という地名が残っている。

その歴史とは無関係な繁華街を、ぼくは駅前から堀江《ほりえ》方向へ向かう。浦安駅周辺の賑わいも歴史には関係なく、漁場を埋め立てて地下鉄を開通させた以降のことだという。

街灯と商店の連なる道を堀江三丁目から二丁目へ歩き、住宅街へ入る手前に『磯野《いその》酒店』を見つける。それはまったく、見事なまでに寂れた店で、以前は商店間口だったらしい場所をビールやタバコの自動販売機が占め、店への出入口は一枚のガラス戸になっている。店内には暗い蛍光灯がともっているが、商売をやっているのか、店を閉めているのか、判断に困るような店構えだ。駅から住宅街へ向かう道路沿いだからそこそこに人通りはあるのに、まるで商売の熱意を感じない。外壁は色の分からないモルタル、建物も築三、四十年はたっている。

ガラス戸をあけて店内へ入ると、ビールケースの向こうから仔牛ほどにも太った男が、ずんぐりと顔をのぞかせる。頭が異様に大きく、顔の肉は蒸《ふ》かし饅頭のように厚く、薄暗くて表情は見えないが歳は三十前だろう。

*

「ぼく、山口といいます。磯野澄夫《すみお》さんはいらっしゃいますか」

細い目をいっそう細くし、頭を重そうにかしげて、男が通路の側へのっそりと歩いてくる。

「俺が澄夫だけど」

「今晩は」

夜釣りなんかする男は年寄りだろうと思っていたが、この相手が磯野澄夫だとすると、安彦清造の事件を目撃した当時はまだ二十二、三歳か。その年齢の意外さに、多少ぼくは当惑する。

「突然に失礼します。六年前の事故のことで、お話をうかがえればと思います」

ぼくを店の客ではないと理解したらしく、磯野が簡単にうなずく。肉の厚い顔に白い歯がこぼれ、顔と体型は威圧的でも、性格は案外に温厚らしい。

「六年前の事故っていうと、オジサンが溺れ死んだときのかい」

「はい」

「なんで今ごろ?」

「事情があります」

「俺はたまたま見ただけのことだけどね」

「たまたま見た、そのときのことを、聞かせてもらえませんか」

鼻と頬を目一杯にふくらませ、磯野が巨体を奥へ運ぶ。それから店との境にある框《かまち》に腰をのせ、肩と胸を喘がせる。背負い込んだ脂肪が心臓を圧迫するのか、暑くもないのにロゴ入りのTシャツが汗で背中に張りついている。

「山口くんといったっけ」

「はい」

「そこのさあ、ほれ、ビールのケースにでも座りなよ。よかったら缶ビールを飲んでくれていいよ。俺もさあ、配達でくたびれちまって、動きたくねえんだ。店も俺一人だから奥へも入れないしさあ」

肩を喘がせているわりに、磯野の口調は穏やかで、細い目にも人のよさそうな光がある。

「それで、なんで山口くんが、あのことを聞きに来たわけ」

「実は……」

どうにでも演技は可能だが、面倒になって、ぼくは相手の善意を期待する。

「磯野さん、二週間ほど前に、落合のアパートで放火殺人があったことはご存じですか」

「落合の……」

「若いソーシャルワーカーがアパートで焼き殺された事件です」

「ああ、テレビで見たよ。写真ではずいぶん奇麗な子だったのに、可哀そうになあ。そういえばあの女の子を殺した犯人、今日どこかで自殺しなかったかい」

「河口湖だそうです」

「そうだそうだ、昼間は忙しくてよく見なかったけど、ひどい事件だよなあ。犯人ってやつ、女房や子供もあるって話じゃないか。不倫の果てに女を殺すなんて、許せないやつだよなあ」

「実はぼく、被害者の安彦千秋と交際がありました」

「へーえ、そうかい」

「交際したのは二年前で、事件のあったときは別れていました」

「ふーん、そうなの」

「安彦という名前で思い出しませんか」

　厚ぼったい磯野の顔がかすかに表情をつくり、肉に被われた目蓋の内側に意識らしいものが動く。

「ああ、そうか、六年前に防波堤から落ちたオジサンの名前も、安彦だったよなあ」

「安彦清造は安彦千秋の父親です。千秋は再婚相手の連れ子です」

「そうかい、あの二人が……」

「連れ子ですから二人に血のつながりはありません」

「だけど家族は家族だろう。六年前に親父さんが死んで、今度は娘かい。安彦さんていう家も、気の毒になあ」

「家は行徳の伊勢宿にあります」

「そういや思い出した。あの事件のあと、奥さんって人が俺んとこへ礼に来たっけ。礼なんか言われてもさあ、俺はただ警察へ連絡しただけだし、オジサンも助けられなかった。なにしろ俺、泳げないだろう、海へ飛び込んだらこっちが死んじまう。目の前で人が溺れてるのに、助けられなくて、俺もしばらく悩んじまったよ」

「そのときの様子を詳しくうかがえますか」

磯野の内面にはなんらかの感情もあるのだろうに、脂肪と贅肉が顔の表情を吸収してしまう。

「だってさあ、山口くん、あの女の子がオジサンの娘だったとしても、防波堤の事故とは関係ないだろう」

「不幸な事件が重なって気になります」

「そうかなあ。そりゃオジサンも娘さんも気の毒だけど、あっちは六年前の事故、こっちは不倫での殺人だろう。ただの因縁じゃないのかい」

「因縁、ですか」

「よくあるんだよ。親が交通事故で死んで、何年かしてまた子供が交通事故で死んだりさ。そういう家は先祖に祟《たた》られてるんだ。もっと仏様とか神様とか、拝まなくちゃあさ。俺んとこの店もね、本当はコンビニにしたいんだけど、祖母《ばあ》ちゃんが許さないんだ。九十を過ぎてるのに元気でさあ、コンビニなんかにしたら先祖に申し訳ないとかってね」

「安彦清造さんとは顔見知りでしたか」

「ええ?」

「釣り場でよく顔を合わせたとか、釣り仲間だったとか」

「そりゃあ無いよ。あっちはベテランだったらしいけど、俺は始めたばっかしでさ。それにあの事故があってから、俺、釣りはやめちまった。あのときの光景が目に浮かぶし、自分が海に落ちたときのことを考えると、ゾッとするもんなあ」

「事故があったのは六年前の今ごろでしたね」

「そう、ああ、そうだった」

「時間は夜中の……」

「二時半か三時か、そんなところだったよ」

「安彦さんは酒を飲んでいたと聞きましたが」

「そうらしいなあ。だけどそれはあとで警察から聞いたんだよ。俺と安彦さんは三十メートルぐらい離れてた。あの夜はほかにも二人ぐらい釣りをやってて、みんなそれぐらい離れてたよ」

「その人たちも安彦さんの落ちるところを目撃したんでしょうか」

「直接に見たのは俺一人だった。あとで聞いたら、みんなそう言ってたな」

「落ちたときの様子はどうですか」

「様子って」

「安彦さんの近くに人はいませんでしたか」

「いなかった、それは間違いないよ。俺だって餌を付けかえようとして、たまたま目が行っただけなんだ。安彦さんが椅子から腰をあげて、歩きかけて、そうしたらさ、ふわっと躰が浮いた感じで、あとはもう海の向こうさ。なにが起こったのか、俺には見当もつかなかった」

「安彦さんは、椅子を立って、歩きはじめた?」

「そんな感じだったな」

「歩きかけて、よろけた?」

「よろけたというより、だからさ、ふわっと浮いた感じ。紙屑が風で飛んだりするだろう、つまりは、あんな感じさ」

「そのとき、風が？」

「風なんかなかったよ。俺も不思議でさあ、ほかの人にも聞いたけど、あのとき防波堤に風は吹いてなかった。だけど見たのはほんの一瞬だし、暗かったし、本当のところは、どうだったかな。なにしろ俺、人があんなふうに落ちるのを見たの、初めてだろう。それでふわっと浮いたように見えたんだな。警察に話したらやっぱりそう言われたよ」

「風もないのに、ふわっと」

寒けを感じ、腕に浮いた鳥肌を、ぼくは手のひらで包み込む。目のなかでは風もない堤防から、安彦清造がふわりと落ちていく。

「安彦さんは落ちるとき、なにか言いませんでしたか」

「なにも言わなかったよ」

「叫び声とか」

「声は出さなかったなあ。考えたら不思議だよなあ、普通あんなふうに落ちれば、なにか声を出すはずなのになあ。声を出さなかったから、ほかの人は気づかなかったんだろうな」

「物音のようなものは、なにも？」

「釣りをしてたほかの二人は、水の音がするまで、まるで気づかなかったらしいや。俺が声をかけて、みんなが安彦さんの落ちた場所へ駆けつけて、下をのぞいてみた。なにしろ防波堤の上からは十メートルもあるし、懐中電灯で照らしても見えるのは泡ばっかし。いくら待っても安彦さんは浮いてこなくて、みんなで釣り糸を投げたりしてみたけど、それもダメでさ。一緒にいた年寄りなんか、俺の見間違いだとか言いだして、ヘンな顔しやがるの。だけど水の音はしたし、安彦さんの釣り道具は残ってる。それにいくら暗くても、俺はちゃんと見たんだ。だからすぐクルマに乗って電話のあるところまで行ったよ。警察と消防に連絡して、防波堤でずっと待ってて、だから結局、安彦さんが海からあげられたのは、落ちてから二時間もあとだった」

安彦清造の死因は溺死というから、心臓マヒや他の発作ではないだろう。「ふわりと浮いた」こと自体が不可解なのに、十メートル下の海面に落下するまで、清造はなぜ、声を発しなかったのか。清造が無言だったのも、風もないのにふわりと浮いたことも、ひきあげられるまで水面に姿を見せなかったのも、みんなただの偶然。夜釣りや溺死には、そんなことといくらでもあることなのか。

「まさか」

「なんだい?」

「いえ」

「山口くん、本当に缶ビールでもどうだい。そっちの冷蔵庫に入ってるやつ、冷えてるからさあ」

「いえ、もう、失礼します。お忙しいところを、ありがとうございました」

「なーんだ、もう帰るのかい。だけどあの放火事件で死んだのが、安彦さんの娘さんとは気づかなかったなあ。業《ごう》の深い家ってのは、不幸がつづくもんだよなあ。俺ん家《ち》の祖父《じい》さんなんか……」

磯野がまだなにか言っていたが、ぼくは大仏を拝むように頭をさげ、吹いてきた風に押されて、ふわりと店を出た。自分の常識に自信はあるはずなのに、心臓がどうにも重苦しい。鳥肌はまだ皮膚にざらつき、歩いても体重を感じない。往来の人やクルマは影絵のように実感がなく、足が勝手に四次元の世界を彷徨《さまよ》っていく。

「まさか、そんなこと、あり得ないよなあ」

声に出して言ってみたが、自分の言葉すら、ぼくの耳には聞こえなかった。

＊

居酒屋『ピエロ』には水穂のほうが先についていた。

席はカウンターの奥から二番目、ほかには常連らしい客が競馬の話題で騒いでいる。水穂も今日はぽつねんとカウンターに座り、その美貌を冷たいバリアがとり囲む。衣装は河口湖で着ていた黒のテイラードで艶《つや》のあるストレートヘアは少し乱れ、顔も青白い。救急車で運ばれたり河口湖からトンボ返りをしたり、性格というより、宿命なのだろう。

ドアをあけたぼくを目で誘い、水穂がとなりの席へ座らせる。店には今日も焼き鳥が匂って、ぼくは家を出てからの空腹を思い出す。浦安で磯野澄夫の話を聞いたときから、食欲を忘れていたのだ。

「姉さん、早かったな」

「クルマを飛ばせば一時間半よ、あんたこそこんな時間まで、どこを放《ほ》っついてたのよ」

「いろいろさ」

「ビデオはだいじょうぶよね」

「うん」

「あとで考えたら、このジャケット、ちょっとダサかったわ。河口湖なんだからブルーかピンクが似合ったはずなのにね。病院のベッドなんかに寝ていて、すっかりセンスが狂ったわ」

芋焼酎をウーロン茶で割って、水穂がぼくに渡し、ぼくはそのウーロン茶割りで咽《のど》を湿らせてから水穂の焼き鳥を頬張る。顔色は冴えないが水穂の口調に疲労感はなく、ぼくは本心から安堵する。

「だけど、姉さん、病院はいいのかよ」

「あんな病院に入院したら病気になってしまうわ」

「休んだほうがいいのにな」

「この事件が片づいたら休暇をとるわよ。ハワイの彼からも誘われてるし」

「ハワイの彼?」

「向こうでショッピングセンターを経営してる青年実業家、日本とアメリカのハーフなの。顔はイマイチだけどお金と体力は抜群よ」

「いい彼氏がたくさんいて、よかった」

「そんなことより」

「分かってる。その前に、尾崎の事件から聞かせてくれ」

カウンターの向こうにおまかせの焼き鳥を注文し、自分と水穂のグラスに焼酎とウーロン茶をつぎたす。香坂司郎とモデルとの交際が発覚してそのショックで貧血を起こしたはずなのに、水穂の快復力は人知を超えている。ここで早川美波が香坂のガーデニングをうけ負った件を聞かせてやったら、どんな反応を示すか。

「それで、尾崎の事件は、やっぱり自殺だったわけ？」

「解剖は済んでないけど、状況から警察はそうみているわ」

「意外というか、やっぱりというか、ヘンな感じだな」

「安彦千秋の事件も解決よ。私もついていないわ」

「どうして」

「容疑者死亡で一件落着だもの。そりゃ警察の手間は省けるだろうけど、ニュースとしてのインパクトは落ちてしまう。少年犯罪ならともかく、くたびれたオヤジが自棄をおこしただけでは誰も同情しない。あんたの彼女も殺され損で、可哀そうよねえ」

「殺されたこと自体が可哀そうさ」

「私が特別に入手した情報では、尾崎、ウィスキーと睡眠薬を大量に飲んでたらしいわ。千秋さんも睡眠薬を大量に飲まされていた。尾崎は医者から睡眠薬の処方を受けていた。要するに一種の、無理心中だったわけね」

「心中、か」

「池のそばにウィスキーの空きビンと睡眠薬の空《から》シートが落ちていたのよ。両方から指紋も出ているし、遺書はないけど、自殺で決まりよ」

「不審《おか》しいところは？」

「ないわね」

「簡単だな」

「尾崎の足取りはまだ摑めていないらしいけど」

「足取りって」

「クルマがないの。尾崎も東京から河口湖までは歩かないでしょう。電車だとしたら前日の夜までには河口湖へついていて、ホテルか旅館に泊まったはず。警察がローラーをかけて調べたのに、その形跡がないのよ」

「尾崎は金を持っていなかったろう」

「その気になれば空別荘にでももぐり込めるわ。それに河口湖には奥さん方の別荘があるのよ。今は使ってないけど、尾崎が立ち寄る可能性はあって、警察もちゃんと見張りをつけていた。だから尾崎はその別荘に隠れようと河口湖まで行って、警察の見張りに気づき、逃げきれないと覚悟を決めて自殺した……私の推理ではそんなところね」

「尾崎が失踪してどれぐらいだっけ」

「四日か五日」

「その間の消息は?」

「摑めていないらしい。警察もボケが入ってるわ。簡単に失踪されて、自殺なんかされて、けっきょく逃げ切られたのと同じことだもの」

カウンターに焼き鳥が並び始め、ぼくは空腹を満たしつつ、アルコールの酔いに耳を澄ます。

尾崎喬夫の死は千秋の呪いだったと口に出したら、どうせ水穂は笑いだす。

「テレビの話題は名古屋の事件に攫《さら》われる、私もいい面《つら》の皮だわ」

「尾崎は自分でウィスキーと睡眠薬を飲んで、自分で湖に入ったのかな」

「あんたもくどいわねえ。目撃者はあらわれないけど、尾崎なんか誰も殺したいと思わないわよ」

「一人、いるんだけどな」

「なんの話よ」

「尾崎を殺したいと思ってる人間」

「尾崎の奥さんは論外よ。浮気の証拠は興信所を使って押さえたそうだし、離婚の調停も弁護士まかせ。私も会ってみたけど、嫉妬で亭主を殺すたまじゃないわ」

「おれが言ってるのはもっと直接の動機があるやつ」

「千秋さんの家族とか?」

「千秋本人だと言ったら、姉さん、笑うよな」

水穂の手のなかでグラスの氷が鳴り、プワゾンがぼくの顔に殺到する。説明したところで理解されるはずはなく、水穂に偶然だと一蹴されることを、ぼくも心のなかで願っている。

「広也……」

「やっぱりヘンだよな」

「落合のアパートで死んだのが千秋さんではなかった、とか?」

「警察も調べたろう」

「当然よ」

「それならアパートで死んだのは千秋さ」

「あんた、もう酔ったの」

「酔いたいのに頭の芯が冷えて、寒けがする」

「はっきり言いなさいよ」

「呪いで人が殺せるなんて素面《しらふ》じゃ言えないさ」

「呪い?」

「姉さんも素面では聞けないだろう」

「冗談はやめなさいよ、まったく」

グラスを口の前に構えたまま水穂がぼくの顔を睨み、睫毛《まつげ》を完璧にカールさせた目を大きく見開く。その目が赤いのは疲労のせいだろう。

「尾崎はウィスキーと睡眠薬を飲んで入水した。でも死因そのものは溺死だ」

「それは、そうよ」

「千秋の義父《おやじ》さんも夜釣りで溺死した」

「だから？」

「千秋の高校時代に男友達が自殺したけど、それも溺死だった」

「あんた正気なの」

「自分ではそのつもりだ」

「なにを言いだすのよ。溺死がどうとか呪いがどうとか、彼女が魔術みたいなもので尾崎たちを殺したとでも言うわけ」

「分かりやすいだろう」

「どこが」

「千秋は自分を殺した犯人に自分で仇《かたき》を討った。千秋ならそれぐらいの呪いをかけられたかも知れない」

「あんたは幽霊もオカルトもＵＦＯも超能力も、信じなかったはずでしょう」

「怨念は別のような気もする」

「怨念で人が殺せると？」

「あり得ないかな」

「そんなもので人が殺せるのなら私も遠藤京子を呪い殺すわ」

「姉さんは素人《しろうと》だ」

「私にできないことが千秋さんにできたわけ」

「千秋には特別な能力があったと言う」

「誰が」

「千秋の妹」

「あの頭のおかしい子?」

「知ってるのか」

「どこかの記者が言ってたわよ。取材を申し込んだだけで池の水をかけられたって」

「彼女は頭もおかしくないし、見かけほど変わり者でもない」

「冷静になりなさいね。そりゃ世間ではオカルトやホラーが流行《はや》ってる、だけどそれは閉塞社会での逃避心理なの。今の若い子たちは将来に希望がない。だからオカルトや新興宗教に逃避するの。未開の社会につまらない迷信が蔓延《まんえん》するのと同じ現象よ」

「キャスターになれなかったら社会学者になればいい」

「私が言ってるのは一般的な常識論。超能力だってアメリカや旧ソ連で研究したけれど、成功したのは念力でコップのなかのコインを動かしたり透視能力でカードの数字を当てたりするぐらい。そんなことに意味はないでしょう」

「念力でコインを動かすのは、すごい」

「あんたも暇人ねえ。コインを動かしたければバカみたいに力まないで、指で押せばいいだけのことよ」

「姉さんは本当に、いつも正しい」

「人生で大事なのは理性と知性と常識なの。私なんかそれに加えて……」

「美貌だしな。だけどさ、念力でコインを動かせれば、呪いで人間だって動かせるかも知れない」

「動かしてどうするのよ」

「防波堤から突き落とせる」

「足を滑らせることぐらい……広也、あんた何が言いたいわけ」

「磯野澄夫にそのときの様子を聞いてきた」

「磯野？」

「姉さんに教えてもらった安彦清造事件の目撃者。清造が海に落ちたのは夜中の二時半か三時ごろ。その夜、そのとき、防波堤に風はなかった。でも清造の躰は紙屑が風に舞うように、ふわっと浮いたという」

水穂が目を丸くし、その目を細めて、皮肉っぽい唇に焼酎を流す。

「磯野の見間違いかも知れない。清造は酒に酔ってよろけただけかも知れない。ただ清造は十メートル下の海に落ちるまで声を出さなかった。落ちたあとは死体がひきあげられるまで、一度も海面に浮かなかった」

「落ちたとたんに気を失っただけでしょう」

「姉さんには実感が湧かないだろうけどさ。でも千秋の実家に残っていた魔術関係の本は常識の範囲を超えている。集めていた魔術道具も本物だと思う」

「私だって仕事で魔術関係の本ぐらい読むけどね」

「千秋の魔術や三人の男が溺死したことや、そういうことがみんな、ただの偶然なのか……」

グラスをゆすっていた水穂が顎の先に窪みをつくって、ふんと鼻を笑わせる。

「広也、それは、ダメね」

「なにが」

「怨念とか呪いとか魔術とか、深夜番組の捨てネタとしては面白いけど、まともなニュースでは使えないわ」

「そういう問題じゃない」

「そういう問題なのよ。この世に呪いがあるのかないのか、そんなことは知らない。でもネタがテレビに使えなければ意味ないの。バラエティーならともかく、ニュースやワイドショーで、尾崎の自殺は千秋さんの呪いだったなんて放送できる？　そんなことをしたら抗議が殺到して私は局を追い出される。私の目的は遠藤京子を追い出すことで、自分が失業するのはまっ平ご免だわ」

「ジャーナリストの良心はないのか」

「あるからオカルトネタは扱わないの。だいいち広也、尾崎と清造と男友達を千秋さんが呪い殺したなんて、どうやって証明するのよ。彼女の霊を呼び出して再現実験でもやらせる？　そんなことができれば特別番組をつくって、あんたにピュリッツァー賞をもらってやるわ」

無茶な言い方ではあるが、水穂の意見が妥当であることはぼくにも理解できる。尾崎の入水はどう考えても自殺、六年前の清造も不注意での転落、千秋の同級生なんかなんで死んだのか理由も分からない。たとえ千秋の魔術が本物だったとして、それらの事件と千秋を結びつける証拠はない。千秋はすでに死んでいて、その千秋を殺した尾崎も自殺し、関係者はもう全員が死んでいる。

気がつくと、二つのグラスが空になっていて、ぼくは水穂の鼻息に耳を澄ましながら焼酎のウーロン茶割りをつくり直す。水穂の焼酎はうすく、自分のグラスには焼酎を濃く入れる。

「広也、あんたも……」

グラスの氷をごろんと鳴らし、鼻の穴をきれいに見せて、水穂が片頰を笑わせる。

「奇妙なことを考えたわねえ。あの千秋さんが三人の男を魔術で呪い殺した、それも最後の一人は自分を殺した男に死んだあとで復讐した……出来の悪いホラー映画だわ」

反論はせず、グラスをあおって、目の前の焼き鳥に手をのばす。自分の推理が奇妙であることも、滑稽であることも、ぼくが一番よく知っている。超常現象なんか信じない自分が千秋の魔術だけを肯定しようとすることに、内心でも葛藤がある。

「そうだよな、これは、無理だよな」

「あたりまえよ。あんたがなにを血迷っても構わないけど、私に恥をかかせないでよ」

「おれも人には言えない。言ったところで誰も信じない」

「一見クールなくせして、あんた、本当に甘ちゃんなんだから。人生に必要なのは理性と知性と常識だということを肝に銘じなさい」

カウンターから焼き鳥が姿を消して、ぼくはマスターに声をかける。

「おれ、手羽先とジャーマンポテト」

水穂が眉をひそめながら、じろりとぼくの顔を見おろす。

「よく食べるわねえ」

「探偵のアルバイトも終わった」

「あら、あんたがどんな探偵をしたのよ」

「尾崎の自殺はおれのせいじゃないさ」

「スクープも空振りで事件は尻切れトンボ。あんたにはバイト料をふんだくられて踏んだり蹴ったり。これでまた遠藤京子がのさばるのかと思うと、まったく腹が立つ。あの女を一生便秘にしておくような魔術、どこかにないかしら」

相槌《あいづち》を打ちかけ、さすがにばかばかしくなって、ぼくは欠伸をする。中世にも「居ながらにして女の部屋を覗く法」や「女を裸にして踊らせる呪文」とかはあったらしいが、はたして「恨む相手を一生便秘にしておく魔術」なんか、存在したものか。

しかしぼくのアルバイトは終わった。それが事件そのものの終了と同義であることは、もう分かっている。尾崎喬夫の溺死を知り、磯野澄夫から清造の死に様を聞いて動揺もしたが、水穂の顔を見てアルコールに神経を慰められると日向で洗濯物が乾くように、じわりと緊張が退いていく。千秋にどんな過去があろうと、どれほど不可解な死に関わろうと、ぼくの人生になんの関係がある。千秋の魔術は本物だったかも知れないし、この世のどこかには「恨む相手を一生便秘にしておく魔術」だってあるかも知れないし、神や仏の存在だってヒステリックに否定するほどの価値はない。気分的には中途半端でも、決着は決着なのだ。

手羽先が焼け、頰張りながら、ぼくは明日以降のことを考える。アルバイトを探す気分ではなく、事件を忘れるためにもみかんを旅行にでも誘ってみるか。まさか温泉というわけにもいかないから、行くとすれば、みかんの好きな神社巡りか。

「ねえ、広也」

「うん?」

「あんた、千秋さんのこと、本当に何も知らなかったの」

「最初にそう言ったさ」

「これからは気をつけなさいね」

「なにを」

「女は見かけよりずっと怖いんだから」

「姉さんを見て勉強している」

「冗談はともかく、千秋さんと別れたのは正解だったわよ。まじめそうな子で育ちの良さは感じられたし、頭だって良かったはず。尾崎みたいな男とドロドロになるなんて、彼女には似合わなかったのに」

千秋のアパートに飾られていたトルコ桔梗《ききょう》が思い出され、同時に千秋の色の白い憂鬱そうな横顔がふと目に浮かぶ。今になって千秋の孤独は理解できても、それはもう終わったことだ。

「私ね、思うんだけど……」

グラスの縁でこつこつと前歯をたたき、水穂がぼくの顔とカウンターの手羽先を見くらべる。

「千秋って子、今から考えれば不審《おか》しかったわ」

「千秋におれの知らない面があったことには驚いたけど、それはそれだけのことだ」

「薄情な男ねえ」

「姉さんだってテレビに使えなければ意味がないだろう」

「私は広也のために言ってるの」

「おれは忘れたい」

「あんた、フロイトの初歩も知らないの」

「なんだよ」

「忘れるためには分析と認識が必要なの。広也はそうやっていつも現実から逃げようとする。だからあんたはいつまでも甘ちゃんなのよ」

もともと千秋のことなんか忘れていたぼくを、無理に事件に巻き込んだのは、水穂ではないか。忘れていた千秋をもう一度忘れることの、どこが薄情で、どこが甘ちゃんなのだ。

「要するにね、私が言いたいのは、千秋さんは多重人格者ではなかったのか、ということ。彼女の行動や他人との関係を見てるとそんな気がするわ」

「千秋が多重人格だったらおれも気づいた」

「この病気はもっと複雑なの。どうせあんたの手には負えないだろうけれど」

周囲をはばかる必要もないのに、黒目がちの視線を、水穂が秘密っぽくカウンターに巡らせる。

「私、その方面の専門家を取材したことがあって、いくらか知ってるの。専門的には乖離《かいり》性同一性障害とかいうらしいけど、多重人格は一種の舞台症候群なのよ。つまり意識的な人格変換の要素が大きいわけね」

「分かるように言ってくれ」

「一人の人間のなかに五人も十人も、多いときには二十人も三十人もの人格が共存するの。私なら疲れちゃってトイレへ行くのも面倒だわ」

「誰にでも逃避願望はあるさ」

「多重人格症はその逃避願望が極端なの。本人は二十歳の女の子なのに、突然十六歳の暴走族が出てきたり、三歳の幼児が出てきたり、またちょっとすると八歳の帰国子女になったりね。本人も疲れるでしょうけどつきあう相手はもっと疲れるわ」

「要点を……」

「言ってるじゃない。つまり、見かけの人格は三歳の幼児でもその人格や名前を他人に説明できる『意識のある本人』がいるわけ。多重人格症で変化するのは頭でなくて、心なの」

記者からニュースキャスターを目指すだけあって、水穂もいろんなことを知っている。男を手玉にとる技術に優れているだけでは、なるほど、花形記者はつとまらない。

「だけど姉さん、千秋は暴走族にも帰国子女にもならなかった」

「広也に対しては育ちのいい優等生になったでしょう」

「一応は、そうかな」

「他の友達に対しては？」

「まあ」

「尾崎喬夫に対しては？」

「いろいろ、なんというか」

「躁病患者の家田浩二だって、本当はどっちが手を出したのか知れたもんじゃないわ。千秋って子、もしかしたら病気の人間をいたぶって快感を得る特異性格だったのかも知れない。魔術とか呪いとかって聞いたら、そんな気がしてきたわ」

カウンターの客が帰り、店内には焼き鳥の煙だけが残って、換気扇の音がからからと空気をふるわせる。

水穂の手のなかで、グラスの氷がごろんと音をたてる。

「同じ多重人格でも病態はさまざまなのよ。突発性の多重人格もあれば、もっと周期の長い多重人格もある。たとえば詐欺師なんかには……聞いてるの？」

「聞いてるよ」

「詐欺師なんかにはね、パイロットのふりをするとき、意識的に自分は本物のパイロットだと思い込む人間もいる。つき合う相手によって人格を変えるタイプの多重人格なのね。似たような例はいくらでもあるわ、禅宗《ぜんしゅう》の坊さんがアダルトビデオの男優だったり、五つもの名前と職業を使って多重結婚をしたり。安彦千秋もたぶん、相手と状況によって人格を変えるタイプだったのよ」

「そうかなあ」

「手のつけられない不良のときもあれば貞淑《ていしゅく》なお嬢さんのときもある。正義感の強いソーシャルワーカーのときもあれば、冷酷な淫乱女のときもある。殺されたのは気の毒だけど、これも彼女の宿命だった気がする」

「かりに、千秋が……」

「いずれにしても広也の手には負えなかった。あんたも悪い夢を見たと思って忘れることよ。千秋さんが多重人格だったということは、殺されたのは広也の彼女だった安彦千秋ではなく、あんたの知らない別な女の子だった。そう考えれば気も楽でしょう」

「まあ、そうかな」

「ただ多重人格って、さっきも言ったけど、意識のある逃避的な人格変換なのよね。アメリカの統計では多重人格症の患者の九十八パーセントが幼児期に虐待を経験しているの」

「九十八パーセント?」

「幼児虐待よ。ほとんどが暴力かセックス、殴ったりタバコの火を押しつけたり、世の中にはそういう親がいるものなの」

「九十八パーセントもなあ」

「アメリカの犯罪ドラマなんか、犯人の人間性をみんな幼児期のトラウマにしてしまう。あれを見るとうんざりするけど、事実は事実なの。だから多重人格を精神病とは認めず、外的要因によるヒステリー性の人格障害と定義する医者もいるぐらい」

「姉さん」

「本当のところは分からない。でも千秋さんも……」

ぼくの手からジャーマンポテトがこぼれ、膝に落ちて床に落ちて、ぐちゃっと形を変える。それまで無害だったアルコールが、突如悪意を発揮する。言葉はなく、味覚もなく、ウーロン茶で割った芋焼酎が粘っこく咽を流れていく。

「可哀そうだけど、千秋さんも、もしかしたら幼児期に……」

耳鳴りはアブラ蟬のように賑やかで、聴覚の失せたぼくの耳に水穂の言葉がテロップのように実体をもつ。目には白くてなめらかな千秋の尻が浮かび、その尻にカメラのレンズがズームする。レンズは尾てい骨の左下に、火傷《やけど》痕のような赤い痣《あざ》を映しだす。

「広也、どうしたのよ」

突然吐き気に襲われ、ハンカチで口をおさえながらトイレへ向かう。視界に千秋の痣が拡大され、子供時代の千秋が目に涙を溜めて、ぼくに向かってその細い腕をのばしてくる。

「退屈ね」

「うん」

「でもお誕生日を一緒に過ごしてくれて、ありがとう」

7

福島側から栗子峠を越えると、山形新幹線は簡単に米沢盆地へ入ってしまう。ここまで東京から二時間、車窓には稲穂の連なりが黄色く波うち、遠く吾妻山《あがつまやま》の方向には果樹園らしい森がうずくまる。稲刈りの始まった田圃《たんぼ》にはコンバインや小型トラックが入り込み、カマボコ型のビニールハウスは艶々《つやつや》と秋の陽射しをはね返す。それらの風景は一瞬に車窓を過ぎ、またトタン屋根の農家や果樹園があらわれる。

宇都宮あたりで駅弁を食べてから、みかんはずっと座席の肘掛けに頬杖をついている。今日はミニスカートをはいていて上は白いブラウスにチェック柄のブレザー、髪は肩まで素直にたらし、唇にもパールピンクの口紅をつけている。服装だけなら修学旅行の女子高校生のようだが、みかんの横顔には大人の憂いがある。

窓の外に目をやっているあいだに、新幹線は呆気なく米沢駅へすべり込む。江戸時代なら十日もかかった旅程が今は二時間半しかかからない。

情けないほど近代的な米沢駅前からタクシーに乗り、十五分で米沢市南原石垣町という地区につく。途中にはうらぶれた商店や町工場が目立っていたのに、このあたりでは風景にリンゴ園がまじってくる。住宅街のなかを牛が歩き、田圃と住宅地と工場地が違和感なく共存する。

タクシーをおり、吾妻山方向の空を見あげて、ぼくとみかんは立ち尽くす。最初は脱穀機から吐き出された藁屑《わらくず》かと思ったが、目の前を羽音も高く飛びまわっているのは、数も知れぬ赤トンボなのだ。

「すごい」

みかんが両手で頬をはさみ、憂鬱を忘れた顔で、ぽつりと呟く。赤トンボぐらい洗足池にも飛んでくるが、このコンピュータグラフィックを見るような風景は、どういうことか。米沢でアキアカネの大発生なんてニュースにも聞かないし、すぐ近くを自転車の年寄りが知らん顔で過ぎていく。天地を圧するような赤トンボも、この季節のこの地方では、ただの風物詩なのか。

赤トンボを見ただけでも米沢へ来た甲斐があった。そうは思ったが、今日のぼくには千秋への義務がある。

「みかん、ちょっと向こうに神社があったろう」

「なあに」

「この道を二百メートルぐらい戻ると、左側に小さい神社があった」

「それが?」

「神社で待っていないか」

「どうして」

「竹俣《たけまた》さんにはおれ一人で会ったほうがいいと思う」

「住所はわたしが調べたんだよ。わたしには会う権利がある」

赤トンボの風景が議論を許さず、ぼくらは竹俣安市《やすいち》の家を探し始める。道の右手は稲穂の実った田圃、左手側には古い市営住宅の一画がある。ほとんどの家は柊《ひいらぎ》の生け垣で囲われ、内側からは柿や李《すもも》の枝がのぞいている。関東なら生け垣は青木か檜葉《ひば》だろうに、柊が多いのは土地柄か。今のところ気温は東京と変わらないが、十一月になれば米沢にはもう雪が降るという。

埃っぽい陽が射す住宅地のなかを五分ほど歩き、板壁のつづきに〈竹俣〉の表札を見つける。一画はすべて同じ構造の木造住宅で一棟に左右二世帯、それが幾筋かの路地をはさんで二十棟ほどかたまっている。竹俣安市の家も例外ではなく、柊の生け垣にガラス格子の引き戸。壁は板張りで屋根には焦げ茶色のスレート瓦をのせている。建築当時はモダンな市営住宅だったろうに、今は古さと安普請《やすぶしん》だけが目立っている。

みかんの表情が硬くなり、目尻がつり上がって、呼吸の音に雑音が混じる。ぼくはみかんに構わず、ガラス格子をあけて家の奥に声をかける。待つうちに気配がして、仕切りの襖戸《ふすまど》がおずおずとひらかれる。顔を見せたのは白髪頭を坊主刈りにした、表情のない男だった。千秋の実父だから歳は六十前後のはずだが、しなびきった顔が年齢を不詳に見せている。

「突然にお邪魔します。ぼく、東京から来た山口といいます。安彦千秋さんとは生前に交際がありました」

安市の目に心の動きが見えるまでに、どれほどの時間がかかったものか。やがて安市が長い顎を間延びさせ、皺深い目を怪訝そうに瞬《またた》かせる。

「ほーお、東京がら。俺さ用でもあんながした」

「千秋さんの件でお話がうかがえれば」

「千秋の……んだが、はあ俺、何年も会ってねえがら」

「何年も、というのは、どれぐらいですか」

「兄《あん》ちゃ、東京がら、そがなこと聞きさ来たながあ」

「はい」

「わざわざ、この俺さ?」

「そうです」

「千秋が兄ちゃさ、俺のことでも話したんだが」

「いえ。ただ千秋さんは、いつも自分の実家は山形県の米沢市だと。交際していた間も実家が行徳にあることを知りませんでした」

「千秋は、実家を……」

安市の乾いた顔に初めて表情が浮かび、顎の先が二、三度上下する。襖からのぞく右腕は膝におかれ、右足も向こう側へ投げ出されている。右半身に麻痺があるらしい。

「んだが、千秋がなあ」

ぼくのほうへ顔をあげ、そのときやっとみかんに気づいたように、安市の背中がむっくりとのびる。

「彼女は千秋さんの妹の、安彦みかんです」

「妹？　ああ、んだったながあ、おめえが」

安市が目だけを動かしてみかんの足元から頭の先へ、幾度か視線を往復させる。その石仏でも観察するような視線が淡々とゆれ動き、みかんが仏頂面で、ぺこりと頭をさげる。

「見たとおりだあ。中風《ちゅうぶ》さなって躰が動がね。構いもさんにげんど、あがってけろ」

安市が動く腕で手招きをし、ぼくとみかんは玄関に靴を並べる。

襖の奥が六畳の和室でその向こうにも襖で仕切られた和室があり、襖の隙間からは敷いたままの布団がのぞいている。手前の六畳が茶の間らしく、コタツ兼用のテーブルと茶箪笥《だんす》が置かれ、テレビと小仏壇と雑貨棚がある。部屋のとなりは台所、その向かいがせまい縁側のついた庭で洗濯物のない物干しポールが立っている。畳も縁側も日に黄ばんでいるが、部屋は意外なほど片づいている。玄関に女物のサンダルがあったから一人暮らしではないらしい。

「婆《ばば》あが農協さ行ったがらよ、夕方になんねきゃ帰ってこねえ。座布団はそこさあっから、勝手に敷いでけろ」

独りごとのように呟いて安市が座椅子にもたれ、みかんは出入口の前、ぼくは縁側に近い場所に腰をおろす。せまい庭には日がかたむき、物干しポールと生け垣に赤トンボが花吹雪のように舞い狂う。安市の言った「婆あ」が再婚相手なのか、ほかの身内なのかは分からない。

安市がジャージの右足を投げ出したまま、左手をテーブルの茶櫃にのばす。テーブルや茶箪笥は安物だが茶櫃は黒漆塗りの見事なもので、「婆あ」が出掛けに用意していったものだろう。

みかんが無言で膝をつめ、安市にかわって茶の支度を始める。茶櫃のなかには急須や湯呑、茶筒や湯こぼしや茶托がおさまり、テーブルには新しい電気ポットがある。みかんも行徳の家でぼくに煎茶をいれてくれたから、茶の支度だけは得意なのか。それともやはり、緊張で咽《のど》が渇くのか。

　茶の支度をみかんに任せて、安市が左手で顔の皺をこすりながら視線を庭へ向ける。「酒乱の道楽者」と横山タネ子が断言したイメージとは、風貌も表情もそぐわない。

「今日もテレビでやってたけんども……」

　みかんから湯呑を受けとり、視線を庭へ向けたまま、安市が小さく咳をする。

「犯人とかいうやづ、自殺したみでえだなあ」

「はい」

「どがな因果だべなあ。俺は中風《ちゅうぶ》さなって罰《ばち》が当たったけんども、千秋さに罪はねえべ。なんで千秋ばっか、不幸な目さ遭うんだべなあ」

　答えてやる言葉はなく、ぼくは黙ってうなずく。

「俺が競輪で身を持ち崩さねがったら、孫の顔も見られたべがなあ。兄ちゃ、ソーシャルワーガーつうのは如何《なじょ》な仕事だべ」

「病人や老人の心を介護する仕事です」

「心をなあ。観音様の手伝いみでえなもんだべが」

「そうですね」

「えらい仕事しったのに、訳が分がんねなあ。罰だったらば俺さ当でたらいいのによう、観音様も血迷ったんがい。俺さえ身を持ち崩さねがったら……」

骨太の爪の大きい指で安市が湯呑をすすり、庭に目をやったまま下唇をゆるめる。風貌に千秋の面影はなく、骨格や体型も無骨で土臭い。脳卒中の後遺症さえなければ頑健な体質だろう。

ぼくはたったひとつの質問を胸に秘めたまま、安市の問わず語りに耳を澄ます。みかんのいれた茶は香りも上品で、贅沢な味と色がある。

「俺もなあ、今は見だとおりの様《ざま》だけんども、昔は在郷《ざいご》さ田畑《でんばた》持ってで、千秋が生まっちゃ頃はずいぶんな羽振りでよう。そいづが競輪さとり憑《つ》がれで、地獄を見たっげな。競輪はどごでもやってっから福島がら青森、函館《はこだて》まで毎日競輪さついでまわったんだごで。今がら思うと、なんでそがに狂ったんだが、自分でも分がんねなあ。バクチ狂いさ理由などねえべげど、終わってみっと田畑を他人様さ渡しで、真木子がらも愛想尽かしされたべに。俺は身がら出だ錆《さび》だど覚悟はできっけんども、真木子と千秋さは災難だったべなあ。俺は本当に、鬼みでえな人間だったべ……兄ちゃ、真木子は、如何《なじょ》な加減でいんだべなあ」

「体調を崩して入院しています」

「入院があ。昔がら弱えどごあった女《おなご》だがらよ、今度のことが躰さこたえたんでねがい」

「そのようです」

「俺が言わっちゃ義理でもねけんど、気を落とさねで養生するように伝えでけろ」

「はい」

「死ぬまでにいっぺん、千秋の墓さ参りてえけんど、俺みでえなもんが行ったら千秋も迷惑だべなあ」

安市のしなびた顔が動いて視線が仏壇へさまよい、締りのない口からぶつぶつと念仏がこぼれる。小さい箱型の仏壇にはどこで手に入れたのか、ジーンズをはいた千秋のスナップ写真がおかれている。珍しく写真の千秋は笑顔をつくっていて、年齢は中学生ぐらいだろう。

「これまでは横山の家さ憚《はばか》っで、しまっといたけんど」

仏壇の写真へ顎をしゃくって、また安市が湯吞をすする。

「もう人様の目え気にすることもねえべし、写真ぐれえ、千秋も怒んねえべ」

「千秋さんは……」

「辛《つれ》え目さ遭わせで、本当に俺、後悔してんなだ。だけんど人の噂に真木子が再婚した聞いで、正直、嬉しがったなあ。聞いたらば千葉のほうの資産家《だんなし》だいうしよ、安彦の家も遠い縁つづぎだいうべし。俺などど暮らすよっか、真木子と千秋が幸せになっことは決まってっぺえ。俺は本心がら、真木子の再婚を喜んでたんだあ」

「そうですか」

「そいづがなあ、どがな因果だべなあ、観音様も、血迷ったとしか思わんになあ」

「千秋さんはよく米沢に帰っていたらしいですね」

「気持ちの優しい子供《おぼご》だったず。俺さなど構うな言ったけんども、暇あ見づけっど顔を見に来てくれたべし。俺が卒中で倒れたとぎは三日も病院さつき添っでくだった。本当に千秋は、気持ちの優しい子供《おぼご》だった」

「最後に会ったのは……」

「卒中んときだがら、んだなあ、二年ぐれえ前でねがい。ソーシャルワーガーとかいうになったつうのは、電話で聞いてたけんどなあ」

安市の落ちくぼんだ目に涙がたまり、湯呑を持った左手がふるえて、丸刈りの白髪頭が前にくず折れる。脳卒中の父親に東京から三日もつき添いにきた気持ちの優しい娘。冷淡で年寄りには無慈悲で、淫乱で魔術趣味に陥っていた千秋に、また別な顔が加わる。千秋の帰郷は予想していたが、ここまで安市と親密な関係を持っていたとは思わなかった。千秋が卒業後の職場として敬愛会病院を選んだ理由は、あるいは安市の病気が動機だったか。

「お仏壇の写真は中学生ぐらいでしょうか」

「それぐらいになっぺがなあ。夏休み、ふらっと来たがらよ、そこの庭で撮ったんだあ」

「千秋さんが最初に訪ねてきたのはいつのことでしょう」

「ああ?」

「竹俣さんご夫婦が離婚されたあと、最初に、という意味です」

「んだがら、そいづは……」

涙の浮いたままの目で安市がみかんの顔色をうかがい、それから湯呑をテーブルにおいて、わざとらしく視線を庭へ移す。

「横山の家さも、安彦さんの家さも、憚りがあっことだからよう。こがな家さ来んなと言ったけんども、千秋は真木子の目え盗んだんだか、一人で遊びさ来てたんだあ」

「子供の千秋さんが、一人で」

「俺がこの家《うち》さ越してきたなは、真木子さ愛想尽かさっちゃ後だがら、なんで千秋さこの家が知れたんだが。真木子が安彦さんと縁があってよ、それがら二、三年も後だったがない。盆のころだったべがなあ、家の前さ千秋がぽづんと一人で立っててよう。横山の家は駅の向こうだがら、バスさ乗ってきたんでねがい。誰に聞いたんだが、この家もずいぶん探した様子でなあ、婆《ばば》あが西瓜《すいか》を切ってやっだら、ものも言わねえで半分も食ったんだっけ」

「小学校の一年か二年のとき？」

「そがなもんだっけがなあ」

「米沢に帰省したとき、横山さんの家から、ですか」

「んだがら俺は、横山の家さ電話すっぺと思った。千秋が来てくれたのは嬉しいけんど、俺にそがな資格はねえ。今さら子供《おぼご》さ会わっちゃ義理でもねえべしな。んだけんど、千秋が電話すんな言うなだあ。すぐ帰っから、ここで遊ばせろってよう。俺も愛《めん》ごくてなあ、二度と千秋さ会わんにど思ってたずば、あっちがら会いに来てくれたべ。安彦さんとか真木子には済まねえ思ったけんども、情に負けたんだなあ。考えてみっど、あんどぎ俺が追い返しておけば良《い》がったあ。んだからぜんぶ、俺の責任なんだあ」

「ひとつだけ教えてください」

「なんだべなあ」

「千秋さんの腰に古い火傷《やけど》の痕があったことは、ご存じでしたか」

安市の顎が押されたように前に落ち、麻痺している右手が膝の上で、激しく痙攣《けいれん》を始める。目は空洞のように見開かれ、唇には粘っこく唾液がたまってくる。

いつまで待っても安市に言葉はなく、ぼくは正座したみかんを息苦しく眺める。みかんはミニスカートの膝の上で、黙々と湯吞をゆすっている。湯吞は右手の親指と中指で支えられ、左右前後、なにかの文字でも書くように揺れつづける。みかんのつり上がった目は祈るように湯吞を睨み、への字に結んだ唇には頑固な力が入っている。これと同じ揺すり方を、いつか、どこかで、ぼくは見た覚えがある。

「兄ちゃは……」

咽に痰をからませ、顔を紅潮させて、安市が上目づかいにぼくを見る。

「兄ちゃは、そいつを、俺さ聞きに来たなが」

「はい」

「聞いでどうすんなだい」

「千秋さんの供養にします」

「供養……」

「千秋さんにはいろんな噂がありました、いい噂も悪い噂も。つき合っていたぼくにも彼女の素顔は分かりません。死んでしまって、手遅れでしょうけど、少しでも彼女の素顔に近づければと思います」

安市の尖った咽仏がクルミを飲んだように上下し、涎《よだれ》が顎を伝わって、動かない右手に濁った糸をひいていく。みかんは膝の上で湯呑を揺すりつづけ、庭では赤トンボが藁屑のように飛び狂う。胸に秘めてきた質問を言葉に出してしまった以上、安市の答えがどんなものであれ、ぼくはそれを、正面から受けとめる。この場にみかんを立ち会わせたことが正解なのか不正解なのか、それはもう、みかんに決めさせるより仕方ない。

「千秋には、実際、ひでえ目さ見せでしまった」

自分に言い聞かせるように、安市がしつこく、間延びした顎をふるわせる。

「俺は鬼みてえな人間だったがらよう。競輪さ負げで、酒さ狂って、罪もねえ千秋にひでえ折檻さしたんだ。俺の後生は地獄と決まってんなだ。俺は、俺は、千秋の尻さ、タバコの火まで押っつけたんだ」

「分かりました」

「千秋さ、どがな噂があったかは知らね。東京でどがに暮らしったが、そいつも知らね。テレビだと千秋と尾崎とがいう男の関係だとが、千秋があぁだらこうだら、ずいぶん言うべした。田舎さいる俺さは、なにも分かんねえ。千秋が落ち度のねえような娘っこだら、他人様《ひとさま》に殺される目えにも遭わねえんでねが。んだけんど、東京でなにがあったどしても、そいづはぜんぶ俺の責任だごで。子供《おぼご》のころがら辛《つれ》え目えを見せで、千秋の気持ちをグレさせた。ほんでも千秋は俺を恨まねで、こがな年寄りを田舎まで見舞ってくれた。兄ちゃともどがな経緯《いきさつ》があっだか、迷惑かけたがも知んに。んだけんど千秋は、本心、気持ちの優しい子供《おぼご》だったべし」

安市の視線はぼくにもみかんにも向かず、抑揚《よくよう》のない嗄《しゃが》れ声が陽射しを受けた縁側へ淡々と吐き出される。

誰が千秋の尻にタバコの火を押しつけたのか、安市にその質問をし、安市の口から答えを聞くための、たったひとつの目的で東京から来た。その目的を果たした以上、千秋への供養は、もう九分通り終わっている。

みかんが湯呑をテーブルに戻して、ぺこりと頭をさげ、そのまま無言で玄関へ向かう。みかんは玄関でも声を出さず、ガラス戸をあけてぷいと姿を消していく。

みかんの消えたガラス戸を見守ったまま、安市が皺にとり囲まれた細い目を、一度だけ、強く瞬《またた》かせる。

「千秋どは似てねえなあ」

「そうですね」

「えれえ面倒そうな娘っ子だなや」

「彼女も動揺しています」

「んだべなあ。そいづもこいづも、ぜんぶ俺の罪だず。なんで世の中、こがいに、塩梅悪《あんばいわり》いんだべなあ」

「今日は突然お邪魔をして、失礼しました」

「こっちは礼を言うだべえ。米沢じゃあ、千秋のことは誰も知らね。千秋の妹さも会わっちゃし、兄ちゃさも会わっちゃし、なんぼが俺も後生がいいべしなあ」

放心顔の安市に、頭をさげて、ぼくは玄関へ向かう。

「兄ちゃ……」

「はい」

「千秋は本当に『実家は米沢』と言ってたんだが?」

「はい」

「哀れな娘っこだなやい」

「そうですね」

「本当に、千秋は、哀れな娘っこだったず」

「はい」

「死ぬまでにいっぺん、墓参りさ行ってやりてえけんど……」

右足を投げ出したまま、麻痺した右半身を縁側へ向けて安市が鼻水をすする。安市はもう顔をあげず、ぼくも黙礼をして、外に出る。玄関の前を子供の自転車が走り、どこかで赤ん坊が泣いている。風景だけなら、洗足池も行徳も米沢も、住宅街なんて、みんな平和なものなのだ。


遠くに吾妻山が霞んで見えるから、空は南側にひらけている。稲穂の連なる向こうに小学校らしい建物が見え、電線には見事に雀が並んでいる。相変わらず赤トンボが舞うなか、仁王立ちで腕を組むみかんは小癪《こしやく》でもあり、健気でもある。子供のころ、こんな風景に身をおいた気がするのは、もちろんデジャ・ヴュだろう。

「どうする、お袋さんの実家へ寄っていくか」

みかんが空を睨んだまま首を横にふり、うすい胸に溜まっていた空気が、ほっと吐き出される。

「タクシーは通らないだろうな」

「向こうにバス停があったよ」

「歩いてもたかが知れてるしな。東京へは今日中に帰ればいい」

みかんがうなずいて、ぷいと歩きだし、その破綻のない歩様と頑固な表情に、とりあえずぼくはほっとする。みかんもまさか東京まで歩くつもりではないだろうが、来た道を戻ればどこかでバス通りにたどりつく。田圃の畦にはコスモスが咲き、頭上を雀がぱらぱらと散っていく。竹俣の家で感じた緊張が嘘のように思えるのは、空を高く飛ぶ赤トンボと、排気ガスのない空気のせいだろう。

こんな風景のなかで三歳まで暮らし、為す術《すべ》もなく行徳へ転居していった千秋の心には、どんな思いが残っていたのか。千秋が「実家は山形県の米沢市」とくり返した理由は、ただの郷愁ではなかった。他人にその言葉を聞かせ、自分に言い聞かせることで心の平和を保っていた。高校卒業と同時にアパート暮らしを始めたのも、みかんとの不和が理由ではなかった。千秋は行徳で暮らした一切の時間に抹殺をこころみた。魔術趣味への傾倒だって、心を防衛するための、必死の抵抗だったにちがいない。

安彦清造が継子《ままこ》の千秋に、どんな虐待を加えたか。それは竹俣安市の言葉が物語っている。ぼくが「腰の火傷痕」と言っただけなのに、安市は「自分がタバコの火を千秋の尻に押しつけた」と証言した。安市の善意には感謝しても、みかんにだってその真意は理解できたろう。もし虐待者が本当に安市だったら、いくら故郷が恋しかったとはいえ、千秋が安市の元へ帰るはずはない。小学生になったばかりの千秋が母親の目を盗んで、場所も知らぬ安市の家を、たった一人、なぜ訪ねたのか。千秋はそこで安市に、なにを訴えたのか。

安市が清造の罪を被った理由はみかんへの配慮と同時に、自分が千秋の人生を狂わせたことに対する罪滅ぼしでもあったのだろう。千秋は義父の虐待を母親に告げられず、空想と魔術と米沢への郷愁に、じっと息をひそめていた。千秋の心がどれほど辛く、どれほどの恐怖に満ちていたか。泣く千秋に声を出させなかったのは、千秋の性格ではなく、千秋の宿命だったのだ。安市が最後に言った「哀れな娘」という言葉が、ぼくの胸に、痺《しび》れるような怒りを植えつける。終わったはずの事件が、まだ終わっていないことも、同時にぼくは意識する。

みかんが足をとめ、ぼくの肩口から道の右手をのぞいて、背伸びをするように顎を尖らせる。顎が示す先には古い石の鳥居があり、苔むした石段が十メートルほどもつづいている。両側は熊笹と椿の混成林で扁額《へんがく》も由緒書もなく、ここからでは神社の名前も分からない。石段の先も無人らしいから、近所の鎮守かなにかだろう。

みかんが当然のような顔で鳥居へ足を運び、石段の上を睨みながら肩で息をする。この世に神様がいるのかいないのかは知らないが、今日だけは、今だけは、この神社にだけは、どうか神様にいてほしい。ふり返ったみかんの目と鼻と唇はこまかく震え、その表情に「泣いても声を出さなかった」という千秋の顔がかさなる。

ぼくがみかんの肩に手をかけようとしたとき、みかんがターンし、黙って石段をのぼりはじめる。今日の自分がミニスカートであることを、たぶんみかんは忘れている。

ぼくはみかんのあとを追う気にならず、踵《きびす》を返して石段に腰をおろす。目の前には赤トンボが吹雪のように舞い、コスモスの咲く田圃道をトラクターが悠々と渡っていく。薄ぼんやりした陽射しでも稲穂は金色に輝き、吾妻山の稜線へ筋雲が流れ去る。

「だけど、困ったよなあ」

頭のなかで言った独りごとは、みかんのパンティーがピンク色だったことへの困惑ではなく、もちろん、新たに姿を見せた、千秋の死に対する疑問だった。

いくらなんでも、という独りごとは、ぼく自身、もう自分で聞き飽きている。

「いくらなんでも……」

8

絵の具の匂いにうっすらと意識が反応する。頭のなかではみかんが絵筆を握り、キャンバスに向かって目尻をつり上げている。みかんの指はしなやかで細く、小さい爪が真珠色に光っている。絵筆の先はヒマワリの輪郭を描き、風が渡るたびに絵のなかのヒマワリがゆれ動く。

それにしてもみかんは、なぜピンク色のパンティー一枚でキャンバスに向かっているのだろう。

　情景のばかばかしさが不意にぼくを現実へひき戻す。ぼやけたぼくの目に美波のうしろ姿がにじんでくる。美波は仕事に戻ったらしく、肩の動きと鼻唄がリズミカルに連動する。美波の使う絵の具は水彩だから油絵のテレピン油は使わない。そんなことは承知しているはずなのに、絵の具の匂いについ、ぼくはみかんを思い出す。

　この三日間、ろくに眠ってはいないことはたしかだけれど、ここまでの爆睡は呑気すぎる。美波の部屋へ来たのが午後の八時ごろ、それからチーズオムレツと梅干しと秋刀魚《さんま》の塩焼きを食べ、ビールとワインを飲んでからセックスをした。壁の時計はもう一時を過ぎていて、少なくとも二時間は眠ったろう。しかしぼくの疲労はセックスやワインのせいではなく、もちろん、睡眠不足と脱力感のせいだ。

　ぼくの呼吸に気づいたのか、美波が筆を動かす手をとめて回転椅子をふり向ける。ライトには庭の写真やスケッチが浮かび、棚からは相変わらず資料のケースが溢れ出ている。

「広也くん、本当に疲れているのね。あなたの鼾《いびき》を初めて聞いたわ」

「ごめん」

「寝言も言っていた」

「覚えていない」

「自分の寝言なんか誰だって覚えていないわよ」

　たった二時間眠り込んだだけで、まさか寝言を言うとも思えないが、夢のなかのことは分からない。美波の顔を見て緊張も弛んだろうから、あるいは事件のことでも口走ったか。

「広也くん、蜜柑が食べたいの?」

「なんのこと」

「寝言で蜜柑がどうとか」

「咽《のど》が渇いてオレンジジュースを飲みたいとか、そんなことだろう」

ベッドに躰を起こし、自分が裸であることを思い出して、下着を探す。

「一時、か」

わざと声に出して言い、ベッドを抜け出してトランクスをはく。相手が美波でも部屋の向こうから観察されていると、やはり裸が頼りない。部屋の窓には新宿の高層ビルが浮かび、高速道路が渋谷の繁華街へオレンジ色のライトをひいていく。

美波が椅子を立って、ベッドルームの境まで歩いてくる。美波のパジャマはブルーの水玉模様で余計な装飾はなく、このあたりの趣味が姉の水穂とはちがう。

「寝ていればいいのに」

「社長が働いてアルバイト社員が寝ていたら、倫理上問題がある」

「資本主義はそういうものよ」

「美波さんが仕事をしているところを見ると、落ちつかなくてさ。まだ一時だし、やっぱり帰るよ」

「帰っても家で寝るだけでしょう」

「姉貴のバイトが残ってるんだ。そういえば、あれはどうした？」

「あれって」

「香坂司郎の仕事」

「契約したわよ」

「落ちついたら姉貴にも話してやろう。ああ見えても……」

そのとき、電話が鳴って、美波がベッドルームで受話器をとる。ぼくは床からシャツとコットンパンツをとりあげて、身につける。

「広也くん、あなたに」

「うん？」

「で、ん、わ」

ぼくに受話器を渡して美波が顔をしかめ、低く笑いながらベッドに躰を投げ出す。ぼくがこの部屋にいることなんか誰も知らないはずなのに、電話とは、どういうことか。

「もしもし」

「あら、広也、元気そうじゃない」

「姉さん」

「なにが『姉さん』よ。だからケータイを持つように言ってるじゃない。あんたみたいな極楽トンボにこそケータイが必要なの。あんたのお陰で私がどれほど人生を無駄にするか、少しは考えなさいよ」

「ここにいることを、どうして?」

「広也ねえ、私のことを素人《しろうと》だと思ってるの」

「もちろん、姉さんは」

「あんたが美波と寝てることぐらい、ちゃんと知ってたわよ」

「すごいな」

「洗足池の駅前で会ったときだって、あんたの髪から美波の好きなシャンプーが匂ったわ」

「キャスターなんか目指さないで、探偵になれよ」

「私は関東テレビの、いえ、とにかくね、相手が美波なら心配はいらないと思ったの。あんたは女に不器用だし、それに私の弟だから一応は可愛いし」

「それより、姉さん」

「もちろん急用よ。横山という人から家に電話があったらしいの。母さんが受けたんだけど、大事な用みたい」

「横山……」

「母さんが心配して局へ電話してきたのよ。こっちは例の事件で忙しいのに、いい迷惑だわ。美波のことは知ってたけど、広也だって母親に電話されたらマズイでしょう」

「姉さん、借りだ」

「あんたなんか存在そのものが借りよ」

「まあ、そうかな」

「横山さんのことはいいわね」

「うん」

「なんだか知らないけど、大事な用らしいわ。母さんへは広也に用件を伝えたと、私から電話をしておく」

「ありがとう」

「頼りない弟をもった姉の宿命よ。だけど、広也……」

「なんだよ」

「あんたもいい度胸をしてるわ。美波に手を出すなんて、二軍の選手が一軍のゲームでサヨナラホームランを打ったようなもんだもの」

水穂が勝手に電話を切り、ぼくは額ににじんだ汗をシャツの袖でぬぐって、渇いた咽を残っていたワインでしめらせる。水穂に美波との関係を知られたからって困るわけでもないが、それでも冷や汗は浮かんでしまう。実質的にはセックスの現場を押さえられたようなもので、これでまた当分、水穂に頭があがらない。

その水穂や美波に対する感想はともかく、今の問題はやはり、横山タネ子だろう。

手のなかにある電話で行徳の番号をプッシュする。

一度のコールで受話器が外され、タネ子の声が吃音《きつおん》まじりに聞こえてくる。

「ああ、兄ちゃがい、もしかすてよう、みかんこど知らねが?」

「はあ?」

「みかんだず、うちのあの孫娘だあ」

「彼女が、なにか」

「帰って来《き》ねなよ。夕方家を出はってがら、どこがさ行ったんだず」

「でも、まだ、一時を過ぎたばかりです」

「正月でもねえべし、一時過ぎたらみんな寝っぺしたよ」

「まあ、そうですね」

「みかんは臆病だがらよ。あがな顔しでっくせに、夜がおっかねえなだ。真木子の病院さ行ったときもまんず九時には帰ってくんなだ。そいづが十二時過ぎても帰んねえ。もしがすっと、兄ちゃと一緒でねえべかと思ったんだごで」

「この三日間、彼女とは会っていません」

「んだが。やっぱし、こいづは人さらいでねえがい。おらはこっちさ知り人もいねえし、まんず、どうすっぺ、警察さ頼むべが」

「いえ、それは……」

美波に見つめられたままぼくは状況を検討し、これは意外に大事件かな、と結論を出す。夕ネ子の混乱は尋常ではなく、みかんの性格も半端ではない。夜を怖がるほど臆病とは知らなかったが、みかんに渋谷や新宿を徘徊する趣味はないだろう。

「おばさん、ぼく、行きます」

「何処《どさ》?」

「そちらへ」

「ああんだが、そうしてくだい」

「警察へ届けるのは早いと思います。届けても探してはくれません。彼女もひょっこり帰ってくるかも知れないし、とにかく、これから、そちらへ行きます。三十分か、一時間か、とにかく、すぐに行きます」

途方に暮れた横山タネ子の顔が浮かび、ふてくされたみかんの顔が浮かび、電話を切ったぼくの手に、いやな汗がにじむ。みかんを米沢へ連れていったことの後悔が、今ごろになって首筋を寒くする。

美波がベッドに躰を起こし、唇を皮肉っぽくゆがめたまま、眉の形を疑問形にする。

「行徳って千葉県の？」

「行徳までもう電車はないだろうな」

「うん」

「無理でしょうね」

「タクシー代、何円《いくら》ぐらいだろう」

「深夜割り増しに高速代もいれて、二万円ぐらいかな」

「二万円、か」

水穂からのバイト料があるとはいえ、都内を動きまわって米沢まで出掛けて、残りはたかが知れている。帰りのことは行徳で考えるとしても、持ち金で行徳まで行きつけるか。

「済まないけど……」

「これから行徳へ行くの」

「急用なんだ」

「広也くんが顔色を変えるなんて、珍しいわね」

「面倒が起きた」

「タクシー代？」

「バイト料を一万円だけ、前借りさせてくれ」

美波が唇をすぼめて鼻で笑い、ドレッサーからハンドバッグを持ってくる。水玉模様のパジャマでも雰囲気は妖艶で、なるほど一軍選手かと、ぼくはため息をつく。

ハンドバッグをひらいて美波が財布をとり出し、なかから三枚の一万円札を抜いてくれる。

「タクシー代が足りなかったら恥ずかしいものね」

「ありがとう」

「そのかわり広也くん、来月は休めないわよ」

「奴隷みたいに働くさ」

「期待している、だけど……」

美波が眉をひそめ、ぼくのシャツに手をのばして、襟をととのえてくれる。

「広也くん、好きな子ができたみたいね」

「ごめん」

「お互いさまよ。私も島田から結婚を申し込まれたの、あいつも今度は本気みたい」

「それは、よかった」

「でも私たちの関係はこれまでどおり。どうせ水穂にも知られたわけだしね」

「うん……」

「それに私から見て、あなた、本当にガーデニングの才能があるんだから」

ぼくは三枚の紙幣をズボンのポケットにしまい、そのまま背中を向けて、ドアへ歩く。水穂にはシャンプーの匂いで勘づかれ、美波には顔色だけで見抜かれる。二人とも只者でないことは承知していても、あまりにも存在の軽い自分が、自分でも情けない。

「電話、待ってるわね」

背中に美波の声を聞きながらドアをあけ、外へ出てドアを閉める。焦る気持ちが寒けに変わり、緊張が冷や汗に変わる。

「面倒なやつ……」

ぼくが舌打ちをしたのは美波に対してではなく、もちろん、行方不明になっているみかんにだった。

＊

美波のマンションを出たところでタクシーを拾い、平和島《へいわじま》インターから高速湾岸線を経由する。都心を抜けるものとばかり思っていたぼくにとって、この経路は意外だった。かかった時間は三十分、料金も一万二千円ほどで、行徳の伊勢宿についたときはまだ二時前だった。

路地口でタクシーをおりて安彦の家へ急ぐ。板塀の破れ目から居間の明かりがもれ、二階の部屋にも明かりがついている。二階はみかんの部屋だからぼくがタクシーに乗っているあいだに帰ってきたのか。そういうことなら心配した自分が間抜けだが、それならそれでみかんにはゲンコツを入れてやる。

格子戸をあけると同時に廊下の奥から横山タネ子が顔を出し、口をもぐもぐやりながらおかっぱ頭を座敷童子《ざしきわらし》のようにふりまわす。みかんが帰っているのか、いないのか、タネ子の仕種では分からない。

「彼女は……」

上下に動いていたタネ子の頭が左右のゆれに変わり、みかんの帰宅を期待していたぼくは、一気に落胆する。自殺までは考えないだろうが、この三日間みかんを放置していたぼくにはタネ子以上に責任がある。

タネ子にうながされて居間へ入り、ちゃぶ台の前に用意されている座布団に座る。タネ子はすぐ茶の用意を始めたが、目はしょぼついて鼻水もにじんでいる。

「よぐ来てくだったなす。はあ、おら如何《なじょ》していいか分がんねぐてよう、まんず困っていたんだず」

「電話もありませんか」

「そがなものあったら心配しねべした。兄ちゃ、警察は、やっぱしダメだが？」

「子供ではないし」

「十六つったらじゅうぶん子供でねえながい。こいつが米沢だったらよ、隣近所で山狩りでもしてくれっぺし」

「渋谷とか新宿とか、今の時間でも彼女ぐらいの子供がいくらでも遊んでいます」

「おらもテレビで知ってでだ。んだけんどみかんは盛り場など寄りつがねえべ。人出が嫌《やん》だ性格でよう、昼間ほっつき歩ぐのも野鳥の森とか川っ端《ばた》とか、とにがぐ人さ会いたがんねえんだ。みかんがこがな時間どごさ行ったんだが、さっぱし分かんねえ。クルマさ轢《ひ》がれだんでねえと、いいなだけんどなあ」

「お母さんの病院には聞きましたか」

「真木子はまだ具合が悪《わり》ぐてよ、まんず薬で眠ってんなだあ。病院さ電話してみたんだけんど、今日はいっぺんも行ってねえど」

「ほかに彼女の友達とか」

「知らねなあ。みかんの部屋ものぞいたけんど、手紙どが人様の電話番号どが、なにも見つかんね。こがなことだったら不良の友達とでも遊んでくれだほうが、気も楽だったず」

タネ子のいれてくれた茶で唇を湿らしてから、ぼくは仏壇に目を向ける。千秋の写真が冷淡な目でぼくを見返し、タネ子がみかんの無事でも祈ったのか、線香が薄青く煙をのぼらせている。花瓶には中輪の菊が黄色くあふれ、秋蠅が一匹、花瓶の前を歩いていく。

「なにか、彼女に、変わった様子はありませんでしたか」

「みかんはいづだって変わっていたべし」

「まあ、そうですね」

「んだけんども、そういえばよ、四、五日も前だったがい。みかんが奇妙に化粧《めが》して出掛けてなあ、珍しいこともあんなど思っだけんど、おらにはなにも言わねえ。考えでみっど、あいづはヘンだったない」
四、五日前といえばぼくと米沢へ出掛けた日のことで、ミニスカートにブレザー姿だったからみかんにしてはたしかに「めかして」いた。しかし行き先をみかんがタネ子に告げていない以上、ぼくが白状してはルール違反になる。
この三日のあいだにぼくは図書館へ寄って「幼児虐待」関係の専門書に目を通してみた。統計では年間に数十件もの虐待死報告があり、死に至らないものならその何十倍か何百倍だという。再婚家庭では義父が継子《けいし》を虐待するケースがほとんどで、実母が虐待する場合でも大方は男側の意向にそった犯行だ。

しょせんは猿だものな。それが統計を見たときの、正直な感想だった。チンパンジーの群れではボス猿が交代するとき、群れ内の幼児猿はすべて殺される。虐殺の理由はメス猿を早く生殖態勢にもっていくためと新しい遺伝子をすみやかに群れ内に定着させるため。そういうチンパンジーの生殖パターンと人間の幼児虐待とが同じレベルであることが、悲しい。

安彦清造も猿の本能に勝てなかったと、簡単にいってしまえば簡単すぎるか。

ギリシャ哲学を翻訳し、絵を描いて俳句をひねって仏像を彫って、清造もインテリではあった。実生活者としては無能だったにせよ、粗野な人間ではなかった。千秋への虐待に罪の意識を感じ、精一杯の自制もこころみた。それどころかみかんの目には千秋を偏愛したようにさえ見えた。清造のなかではボス猿としての本能と、美しいものを愛する常識的な本能とが極端な振幅でゆれ動いた。性的な暴力までは考えたくないが、その可能性もある。

茶を半分まで飲み、思考を整理しながら、ぼくは千秋の写真に目を合わせる。

「彼女は何時ごろ、家を出ましたか」

「夕方だったず。まんずこご三日ぐれえ、部屋さ閉じこもったまんま一歩も外さ出ねがったな。そいづが今日、おらが台所さいたとぎにぷいと出はったんだあ。真木子の病院さでも行ったんだべと気にもしねがったが、十時さなって十一時さ過ぎても戻んねべした。もしかすっど兄ちゃと一緒でねえべがって、ちょぴっと望み持ってたんだけんどなあ。なんだべなあ、みかんがどげなこと考えてんだが、おらさは、まんず、さっぱす分かんねえ」

「彼女の部屋を見せてもらえますか」

「なんぼでも見でくだい。年寄りが見て分がんねこどでも、兄ちゃが見たらば気がつくかも知んにし。おらはこっちさ知り人もいねし、兄ちゃだけが頼りだず」

千秋の写真が仏壇からじっとぼくの顔を見つめ、写真に意志でもあるように、冷淡な千秋の目が懇願の色に変わる。ぼくは座を立って廊下へ向かい、廊下から階段をあがってみかんの部屋へ入る。廊下にも階段にもみかんの部屋にも煌々と明かりがともり、家全体に溢れる明かりにみかんを待つタネ子の心情が感じられる。

部屋の中央で立ち尽くし、窓のカーテンからパステルカラーの壁紙、ベッドやキャビネットや衣類ハンガーなどを、慎重に見くらべる。ロータイプのベッドには皺だらけのカバーが掛かり、床に散らばったCDコンポや少女雑誌も変わらない。壁にはヒマワリの絵もあって、前に見たときよりも花弁の輪郭が明瞭になっている。キャンバスに絵の具の塗りむらがないから、この絵はこれで完成か。イーゼルにはもう一枚の新しい絵があり、初めは海かと思ったが、どうやら池か湖の水中風景らしい。笑えるのは泳いでいるメダカがピラニアのように太っていることで、色彩もブルーとグレーの淡彩ながらよく見れば味がある。さっき美波の部屋で寝惚けたとき、キャンバスに向かうみかんを思い出したのは、あれは、たんなる偶然か。

ふとキャンバスの横に目をやり、その違和感に目を凝らす。家具も雰囲気の雑然さも何も変わらないのに、なにかが変わっている。清造のサインが入った風景画が見えないのだ。前回はそこに暗い色調で描いた清造の絵が主のように納まっていた。今は部屋のどこにもあの風景画はなく、みかんが清造の絵を始末したことも、その理由も、もう明白だった。

清造の絵を思い出したぼくの記憶に、みかんの顔が生意気によみがえる。同時にぼくはみかんのデイパックと赤いキャップを思い出す。フックにはあのバッグと帽子がなく、ハンガーにカーゴパンツとピンク色のパーカーも見当たらない。今日のみかんはお得意の、あの散歩ルックなのだ。

さてそれでは、どこへ行ってしまったのか。普段着だから遠出ではなく、会いに行く友達もいないだろう。繁華街をさまよう趣味はないだろうし、あんなふてくされ顔ではナンパもされにくい。とすれば、考えられるのはやはり、交通事故か。デイパックは背負っていても学生証はなく、定期券も持っていない。もし交通事故で口がきけないほどの重体だったらと、考えるだけで胃が痛む。

当惑して部屋を見まわしたとき、記憶が一瞬、逆にまわる。ビニールシートには絵の具箱があり、その上にプラスチックの洗面器がおいてある。洗面器自体は前と同じものだが、今は水も水草も無数に泳いでいた仔メダカも、なにもないのだ。

ぼくは空《から》っぽの洗面器を睨んだまま一分ほど腕を組み、イーゼルに立ててある池の絵と空の洗面器を何度か見くらべて、自分の推理に確信をもつ。それから部屋を飛び出し、階段を駆けおりながら、頭のなかのみかんにこつんとゲンコツを入れてやる。

＊

高速湾岸線の照明灯がどこまでもオレンジ色につづいていく。タクシーの左窓には東京湾があって、遠くから赤い船灯をにじませる。ぼくはバックシートに腕を組んで、運転手の後頭部を睨んでいる。中年の運転手はぼくの目付きが不気味なのか、行徳でぼくを拾ったときから言葉をかけてこない。東京からこんな距離をトンボ返りする自分の間抜けさが腹立たしくもあり、嬉しくもある。

タクシーは無言のまま平和島インターをおり、環七を北上して中原街道を左折して、無言のまま洗足池前にすべり込む。池沿いに並んだ柳の葉が黄ばんで見えるのは、街灯のせいだろう。

タクシーをおりてから歩道を池畔《ちはん》の道へくだり、街灯の下を右まわりに歩きだす。一時前なら駅から急ぐ人もいるし、夏ならアベックがはしゃいだりもする。しかしもう彼岸を過ぎて時間も午前三時、あと二時間もすれば新聞配達のバイクがやって来る。こんな季節のこんな時間に洗足池をうろつくのは、泥酔したときの水穂ぐらいだ。

葉の落ちかけた欅《けやき》の下を歩いて自宅の前へ来る。山茶花《さざんか》の生け垣をすかし、居間と二階の部屋を観察する。門灯と玄関灯以外に明かりはなく、客間に人の気配はない。お袋の仕事部屋は閉店で、水穂も帰っていないらしい。

ぼくはため息をついて山茶花の蕾《つぼみ》を指ではじき、それから道を池月神社の方向へ辿《たど》ってみる。池に沿って水銀灯はあるものの、人影も物音もなく、波のない水面は黒く眠っている。カラスですらまだ起き出さず、犬の遠吠えも聞こえない。アヒルや鯉だって物陰で寝ているはずで、対岸に見えるサラ金のネオンだけが毒々しい。

ぼくは息を殺して耳を澄まし、神経を池畔の道に集中させながら木橋を渡る。昼間は感じない池の水がうっすらと生臭い。

まさか、とは思いながら、一応池月神社の石段をのぼり、境内を確認して拝殿の縁側や賽銭《さいせん》箱の裏も点検する。霊気を感じないぼくの神経は夜を恐れず、ひたすらみかんの姿を追い求める。最近はホームレスだって神社なんか利用しないが、みかんなら何を考えるか分からない。

みかんの意見では、この神社には神様がいるらしいのだ。

ひとまわり境内を歩いて探索を切りあげ、わき道を池畔へ戻る。相変わらず街灯だけが白々しく、波のない水面がべったりとわだかまる。花見の季節ならテキ屋の屋台が連なる道に、今は紙屑も落ちていない。せめて猫でも徘徊してくれれば気分もまぎれるだろうに、深々とした静寂がいっそうぼくを苛立たせる。みかんを見つけたら、首に鎖でもつけてやるかと、なかば本気で考える。

ベンチや傍の草むらを確認しながら池沿いを弁天島まで進み、弁天島の境内も一周してまた池畔の道に戻る。みかんは匂いすらないが、自分の確信に疑問はない。一見風変わりなみかんの行動パターンも、分かってくれば単純なのだ。

鉤形に曲がった木橋を海舟墓所側へ渡り、暗さに慣れた目で、ついにぼくは遺失物を発見する。こんなことなら池を逆にまわればよかったが、順序としては仕方ない。ピンク色のパーカーを着たみかんが公園のブランコに鎮座し、居眠りでもするように背中を丸めているのだ。

ぼくは松林を抜けたところで呼吸をととのえ、安堵と腹立たしさとばかばかしさを混沌とさせながら、ブランコへ向かう。みかんは顔をうつむけて背中を丸め、帽子の庇《ひさし》を膝に触れさせたまま、肩も動かさない。ぼくにこれほど心配させておきながら、自分はしっかり、居眠りを決めている。

「おまえ、なあ」

みかんの帽子を突きあげ、ゲンコツを食らわせようとして、手がとまる。みかんの目がふだんの倍ほどにも見開かれ、水銀灯を暗く反射させて、まっすぐぼくの目を見返してくる。顔は青いほど白く、唇はかすかにひらかれ、鼻からは子供のように鼻水をたらしている。

錯乱でもしているのかと、ぼくのほうがパニックを起こしかけたとき、みかんの目から一気に涙が溢れだす。両足がばたつき、帽子はうしろへ飛んで、食いしばった歯からウミネコのような声が吐き出される。いくら付近に人がいなくても、地の果てではなし、こんな場面を誰かに見られたらぼくは近所を歩けない。

ぼくがみかんの肩に手をかけたとたん、ブランコの鎖が鳴って、みかんの拳がぼくの腹を打つ。つづけて体当たりがくり出され、足蹴りまで披露される。ぼくは正面からみかんの肩を抱きとめ、必死の力で防戦する。みかんは平手でぼくの尻を叩き、額でぼくの顎を突き、踵《かかと》でぼくの足を踏みつける。

池にでも放り込んでやりたい衝動をおさえ、ぼくは辛抱強くみかんの肩を押さえつづける。五分か、十分か、二十分か、攻防がつづくうちにみかんの足踏みがとまり、頭突きがとまり、平手打ちがとまって、泣き声が唸り声に変わる。肩からも力が抜けて平べったい腹がぐったりとぼくの胸にもたれる。ぼくの気分も不思議なほど平和になって、無事にみかんを発見した安堵感が肩の力を抜いていく。

ぼくが躰を離してもみかんはまだ目で泣きつづけ、ぼくはシャツの裾でみかんの顔をぬぐってやり、ハンカチで洟《はな》をかませる。

「メダカを放したのか」

みかんがコックンとうなずき、残った涙をパーカーの袖でふく。

「元気に生きるといいな」

またうなずいたみかんを、ぼくはブランコに座らせ、地面からみかんの帽子を拾う。洗足池なんかで仔メダカがどれほど生き残るものか、結果は知らないが、みかんの気が済めばそれでいい。

帽子をみかんの頭に戻して、ぼくもとなりのブランコに腰をおろす。メダカぐらいのことで行方不明になったみかんに腹は立つが、責任はぼくにもある。

「寒くないか」

「うん」

「腹、へったろう」

「うん」

「今夜は家《うち》に泊まるといい」

「うん」

「いつからここに居るんだ」

「八時か、九時」

「それからずっと、か」

「わたし、疲れた」

「おれも疲れた。お祖母《ばあ》さんも心配していたぞ」

「家へ行ったの？」

「だからメダカのことが分かった。おまえ、おれが見つけなかったらどうする気だった？」

「電車が動けば帰ったよ」

「お祖母さんにはおれが電話する。今度家出をするときはちゃんと知らせてくれ」

みかんが下唇を噛んで、鼻水をすすりながら、またコックンとうなずく。こんな家出を何度もされては堪《たま》らないが、みかんがうなずいたのは、そういう意味ではないだろう。

「わたし、あんたに……」

ブランコが大きくゆれて、みかんが尻をすべらせ、重心をたてなおす仕種に鎖がぎくしゃくと反応する。

「あんたに隠していたことがあるの」

「知ってるさ」

「本当に？」

「おれはおまえを観察する天才なんだ」

みかんが膝のあたりを見つめたまま、帽子で顔を隠し、思いつめたように息を吐く。

「わたし、親父を殺したんだよ。チアキばっかり可愛がるから、憎らしくて殺してやったの」

「呪いをかけたんだよな」

「うん」

「千秋の部屋から魔術の道具を持ち出して、お父さんなんか死んでしまえと呪いをかけた」

「うん」

「そうしたら親父さんが海で溺れた」

「うん」

「尾崎喬夫にも、死ぬようにと呪いをかけた」

「うん」

「そうしたら尾崎も河口湖で自殺した」

「うん」

「魔女は千秋でなくて、おまえだったわけだ」

うなずきかけ、途中で仕種をとめて、みかんが鼻水をすする。池の遠くで水がはね、うっすらとした水銀灯が黒い波紋を白くする。朝の早い鯉が目を覚ましたのか、それとも池の底からメタンガスでも噴きあがったか。

みかんを抱きしめてやりたい衝動と、清造に対する怒りをおさえて、ぼくはみかんの額に人指し指を突きたてる。

「おまえに魔術が使えれば、テレビに出してピュリッツァー賞をとる」

「わたしの言うことを信じないんだね」

「信じるさ。おまえの言うことは理解できるし、魔術のまね事をしていたのも知っている。前に借りた『貴女と私の幸せ黒魔術』という本の発行日を見たら、まだ二年もたっていなかった。あの本と『思いどおりの貴女になれるカンタン魔術』の二冊は、考えてみたらタイトルがおかしい。専門書のほうは千秋が勉強したもので、二冊のばかばかしい本はおまえが読んだもの。おまえは単純だから、それで自分が魔術を使えると思い込んだ」

みかんの肩がくずれて、ポニーテールがはね上がり、まだ涙の溜まった一重の目が食いつくようにぼくの顔を見つめる。その涙にふと、困惑と羞恥の色がまじる。

「おれも正直に言うと、魔術や呪いを、少し信じかけた。千秋が尾崎を呪い殺したのならそれでもいい。親父さんや宮部とかいう同級生に、もし千秋が魔術を使ったというなら、それでも構わない。証明はできないし、千秋にしてみれば当然でもあった。だけど、それはないんだよな」

ぼくはブランコをおりてみかんのうしろへまわり、その背中を少し押す。

「おれも子供のころ『姉さんなんか死んでしまえ』と、よく呪いをかけた。だけどうちの姉貴は宇宙人より元気に生きている」

「……………」

「呪いやオマジナイで人は死なない。親父さんが死んだのは本物の、ただの事故。それに尾崎の死も自殺ではなかった」

「どういうこと?」

「犯人が尾崎にウィスキーと睡眠薬を飲ませ、クルマで河口湖へ運んで溺死させた。そいつは千秋を殺した犯人でもある」

帽子がずれて、鼻の穴をふくらませたみかんが、下からぼくの顔を見つめる。目にもう涙はなく、口からは短い唸り声がもれる。

「犯人って」

「おまえの知らないやつ」

「その人が、本当に？」

「当たり前だ。そのことを調べていて、この三日間おまえに連絡できなかった」

「最初から、ちゃんと、そう言ってよ。最初から言ってくれれば、わたしだって……」

「あれだけ殴れば気が済んだろう。とにかく千秋はアパート暮らしを始めるとき、魔術を封印した。千秋に魔術が使えたとも思えないけど、いずれにしても千秋は新しい生活を始める前に魔術趣味を封印した。段ボール箱や小物箱に貼ったガムテープは十字架形だった。千秋にさえ使えなかった魔術が、インチキ本を二冊読んだだけのおまえに使えたはずはない」

みかんの皮膚のうすい顔が、夜目にも赤くなり、唇が怒った形に結ばれる。それでも目が怒らないのは、さすがに疲れのせいだろう。

「わたし、ずっと、自分が親父を殺したと思っていた」

ぼくはみかんの頭をなでてブランコをまわり、正面からみかんの肩を抱く。

「米沢のことはおれが悪かった。おまえを連れていくべきではなかった。人間の我慢には限界があるものな」

みかんが額をぼくの腹に押しつけ、シャックリをするように、何度か息をする。みかんだって竹俣安市に会うまで、千秋と清造の関係は知らなかった。一見親密に見える二人に嫉妬を感じ、いたずら心で清造に呪いをかけた。そこに海の事故が重なった。それでもみかんは父親を愛し、尊敬もしていた。そういう微妙なバランスで成立していたみかんの心がこの事件で崩壊した。洗足池への家出ぐらいで事態が収拾されるなら、奇跡のようなものだ。

「わたし、知らないで、チアキを憎んでいた。親父にオマジナイをかけたのもわたしなのに、チアキのせいにした。みんな、親父を一人占めにしたチアキが悪い。チアキは魔術でずっとわたしを苦しめていた。わたし、チアキなんか、死ねばいいと思っていた。だからチアキが死んだのも、自分のせいかと思っていた」

「おまえのせいじゃない。人を憎んだり恨んだり愛したり、そんなことは誰でもする。親父さんも……」

言いかけて、ふと浮かんだその思いに、ぼくは言葉を呑む。魔術や呪いを否定した今、清造の溺死はたんなる事故と判断していたものが、疑問に思えてくる。実際の状況はともかく、磯野澄夫に聞いた事故の光景に不自然さは残らないか。もしかしたら清造の死は、自殺ではなかったのか。千秋に対する行為、みかんや真木子に対する裏切り、そんなことを清造は自覚できない人間ではなかったろう。自覚があっても抑制《よくせい》できない自分の人生を、清造は自分で清算した。少しばかり同情的すぎる推理ではあるが、その可能性も、なくはない。

「千秋は……」

「なあに」

「いや、千秋はおまえが思っていたより優しくて、頑張る人だった」

「うん」

「いつか姉さんの墓に、もう一度行こうな」

「うん」

「子供のころ虐待されたとか、苛《いじ》められたとか、親が早く死んだとか、今はそういう心の傷に甘えることがお洒落らしい」

「なんの話?」

「それだけの話さ。世間で流行《はや》っていてもおまえが真似る必要はない。それだけのことだ」

分かったのか、分からないのか、みかんが腰をあげてコックンとうなずき、二人の額が音をたてる。自分たちが正面から抱き合っていることを、ぼくたちは同時に思い出す。

みかんが涙の乾いた目でぼくの目をのぞき、あらためてきれいな差し歯を自慢するように、にっと笑う。パーカーの襟からみかんの汗が甘酸っぱく匂う。

「お祖母さんに電話をしよう」

自分の額をさすり、みかんの手をとって、家の方向へ歩きはじめる。うしろで鎖が軋み、風もないのにブランコがゆれる。

足をとめて、みかんがふり返る。

「今、そこに、チアキがいた気がする」

「千秋はどこにでもいるし、どこにもいない」

風もないのに、ブランコはゆれつづけ、「妹をよろしく」とでもいうように、さびた鎖も小さく鳴りつづける。ぼくはみかんの手をひいて木橋を渡り、弁天島の前まで戻る。夜は明ける気配を見せず、犬も猫も散歩の年寄りも、カラスも雀もアヒルも見当たらない。みかんを連れて帰ったらまた水穂に皮肉を言われるだろうが、水穂が思っているより、ほんの少しだけ、ぼくは大人になっている。

太鼓橋を家の側へ渡ったとき、またみかんが足をとめ、帽子を突きあげてぼくの胸に鼻をうごめかせる。

「女の匂いがする」

「うん?」

「いつかと同じ匂いだよ」

「家が近いせいだろう」

「そうかなあ」

「家にいるのは姉貴とお袋だけで、姉貴なんか化粧品の問屋みたいな女だ。おまえも仲良くなったら化粧を教えてもらうといい」

いくら水穂の化粧が濃くても百メートルは匂わない。そんなことはぼくも承知で、どうせみかんにも分かっている。さっきまでは単純で素直だったみかんが、また面倒なみかんに変わってしまう。

「まあ、いいか」

「なあに」

「なんでもない。そういえばおまえ、今日はタバコを吸わないな」

「タバコは躰に悪いんだよ」

「ふーん、そうか、タバコは躰に悪いのか」

みかんの腰に腕をまわしてぼくは家へ向かい、みかんがぼくの脇の下に鼻を押しつけて、また匂いを嗅ぐ。姉の水穂はともかく、十六歳のみかんにまで探偵の才能があるのだから、ぼくの人生は不幸にできている。しかしこのみかんが心の傷に甘えて生きるのか、闘って生きるのか、もう心配してやる必要はないだろう。

人のことより、心配なのは、ぼくのほうなのだ。

「なあみかん、ひとつ頼みがある」

「なあに」

「おれのことはあんたではなく、名前を呼んでくれ」

エピローグ

アパートやマンションばかりで、こんな町、どこが面白いのか。繁華街でもないのにバス通りの人波はとぎれず、コンビニや居酒屋が点々と並んでいる。わき道へ入れば果てしなく住宅街がつづき、何丁目の何番地なのか、家並を見ても分からない。西の空には吉祥寺の照明がネオン色に反射し、澱《よど》んだ空気に生ゴミの臭いがまぎれ込む。西荻窪というから昔は荻でも密生した窪地だったのだろうが、今はフリーターの大量供給地になっている。

ぼくは北銀座通りと西荻北三丁目の路地を幾度か往復し、コンビニ前の歩道にしゃがんで立てた膝に頬杖をついている。道端にはほかにもバカがしゃがんでいるから、立って待つよりこのほうが目立たない。時間はもう十一時に近く、バス通りにバスは走らない。

二時間も待ったころ、駅の方向から牧瀬杏子がベージュ色のカーディガンであらわれ、見向きもせずに三丁目の路地へ消えていく。ぼくはそのうしろ姿を見送って腰をあげ、計算した速度で杏子のあとを追う。仕事は六時に終了したはずだから、帰宅までの五時間を杏子も新宿あたりで二十三歳の時間を過ごしてきたのだろう。

角を曲がって路地を二百メートルほど進み、杏子のアパートが見える手前で追いつく。街灯があり、せまい駐車場があり、たまには人も行き来する。

ぼくが声をかけ、杏子がふり返る。小柄な杏子が肩をすくめて、じっとぼくの顔を見つめてくる。

「あなた、いつかの……」

「そこのコンビニで待っていた」

「私を?」

「事件のことが分かったら教えてくれと言ったろう」

「でも……」

「君から電話がないので自分で来た。おれ、暇だからさ」

いくらか警戒をといたように杏子が口をすぼめ、背筋をのばしてぼくのほうへ距離を詰めてくる。ベージュ色のカーディガンに紺のタイトスカート、ショートカットの髪に持ち手のついたハンドバッグをさげて、知らなければ学生かOLかも分からない。男によってはこんなタイプを彼女に欲しいと思うだろう。

「私のアパート、よく分かったわね」

「西荻窪と聞いたし、それにマスコミの友達がいて調べるのは得意なんだ」

「でも、安彦さんの事件は、犯人が自殺して決着したんでしょう」

「一般には知られていない事実がある。君が聞いたら仕事の参考になると思う」

「それで、わざわざ?」

「千秋の思い出も話したいしさ。君以外に相手を思いつかなかった」

「そうなの、そんなことで、私を待っていたの」

杏子が一度アパートの方向をふり返って、ハンドバッグを抱えなおし、小首をかしげながらぼくの顔を見つめる。視線は下から届いてくるのに、目の圧迫感が小柄な杏子を倍ほどの背丈に感じさせる。

胃の痛みを我慢し、肩の力を抜いて、ぼくは杏子に近寄る。

「時間はかからない。ここで話してもいいし、どこかでビールを飲んでもいい」

「私、見たいテレビがあるの。よかったら部屋へ来ない？」

「だけど……」

「名古屋の事件も解決したでしょう。ソーシャルワーカーとして詳しい事情を知りたいの」

杏子の丸い目が鉛色に光り、ぼくは息をついて、自分のためらいに動揺する。杏子を二時間も待っていながら、まだ覚悟を決めていなかった自分が、我ながら疎ましい。

「遠慮はいらないわ。安彦さんの元カレなら、私にもお友達ですもの」

目を細めて笑い、杏子が先に歩きだして、ぼくは黙ってあとにつづく。空気は皮膚に感じるほど湿っぽく、星も月もない空に吉祥寺の方向にだけネオンの色が赤く見える。

「ヴィラ武蔵野《むさしの》」は上下八部屋ずつの平凡なモルタルアパートで、杏子は郵便受けをのぞいただけで二階の二〇二号室へ進む。ドアの内は細長いワンルームで沓脱《くつぬぎ》の左手がせまいキッチン、右側がトイレ兼用のユニットバス、居室部分は六畳程度だろう。フローリングの床にはペルシヤ風のカーペットが敷かれ、ベッドと丸テーブルと整理ダンスとテレビがおかれている。収納部分は押し入れだから、和室を洋室風に改装したものか。

杏子がぼくに窓を背にした場所をすすめ、台所でウーロン茶を用意してから、戻ってきて丸テーブルの向かいに膝をそろえる。病院の制服より印象が艶《なま》めかしく、ぼくはいやな緊張と、不思議な無力感に襲われる。

「山口くん、テレビをつけていい？　やっぱり昼間の事件が気になるの」

ぼくの返事を待たず、杏子がテレビのスイッチを入れる。目のまわりが赤いのは酒のせいだろう。

テレビでは十一時のニュースが始まっていて、名古屋で起きた小学生首吊り殺人の続報が地元の警察署前から中継されている。

「さすがに遠藤京子よね、大きい事件では自分で現場へ飛んでるわ」

「ふーん、これが」

遠藤京子は髪を短くカットし、地味なテイラードスーツにマニキュアも光らせない。声も低く、口調も落ちついていて、貫禄だけなら水穂の比ではない。それでもメイクの下に大量の小皺を感じるのは、水穂への愛だろう。

「大変よねえ、知っていた？　犯人はまだ未成年ですって。猫を殺したり子供を階段から突き落としたり、前から問題のあった子らしいわ」

「人間なんてみんな問題があるけどな」

「でもみんなが犯罪者にはならないでしょう。それにここまで残酷な犯罪は特殊よ。交通事故で人を殺すのとは訳がちがう。私、こういう少年の生活環境に関心があるの。両親は離婚して母親と二人暮らしではあるけれど、父親が資産家だからお金には困らない。甘やかされて放任されて、それでいて、心は孤独なの。この少年を異常犯罪者と決めつけるのは簡単でも、問題は両親や家庭にあるのよね」

「犯人に責任はない、か」

「犯人にも責任はあるけれど、社会全体の責任でもあるって、そういう意味よ」

「福祉は愛だっけな」

「強い人は一人でも生きていける。でも弱い人間は生きていくのに誰かの助けが必要なの。この少年の場合も誰かが心のケアをしていれば、ここまでの犯罪は犯さなかったはずだわ」

「千秋のことを話したい」

「いいわよ。テレビを見ながらでも構わないかしら」

ぼくはウーロン茶のコップをとりあげ、口をつけずにテーブルへ戻す。自分から話を切り出しておきながら、頭のなかのストーリーに躊躇する。テレビでは遠藤京子が首吊り殺人の報告をつづけ、杏子はそのテレビに寛《くつろ》いだ横顔を向けている。

二つ並んだウーロン茶のコップを見くらべ、手前のコップに意識を集中させて、ぼくが言う。

「まず、君と千秋が病院へ勤めてからの知り合いではなく、もっと前からの友達だったことを確認したい」

顔をテレビの画面に向けたまま、杏子が視線だけをぼくに巡らす。

「山口くん、なんの話?」

「君の実家が浜松にあることは最初の日に聞いた。でも中学を卒業するまで、君は千秋と同じ行徳に住んでいた。浜松へ移ったのは親父さんが転勤したせいだ」

床のハンドバッグから杏子がタバコとライターをとり出し、テレビを見ながら火をつける。

「就職浪人って、本当に暇なのねえ」

「真実は暇な人間が発見する」

「そんな真実の、どこが面白いの」

「敬愛会病院で偶然同僚になった二人のソーシャルワーカーが、実は中学時代の同級生だった。しかもそのことを病院では誰も知らない。面白いと思わないか」

「それ、ただの思い出話?　それともほかに目的があるの」

「目的はある。君が千秋を殺したことを、これから証明する」

杏子の口から吐かれた煙がぼくの顔をかすめ、ぼくはその煙を、ふっと杏子のほうへ吹き返す。アパートの前でぼくが声をかけたときから杏子にだって、どうせ予感か胸騒ぎはあったろう。

「山口くん、私、明日は朝が早いのよね。あなたのように暇な人とは、これ以上つき合えないわ」

「もう出勤の必要はないんだ。警察が来るまで君はいくらでも寝ていられる」

「冗談を言わないで」

「真面目な話さ」

「だって、そんなこと。みんな知ってるじゃない、安彦さんを殺したのは尾崎とかいう中年男で、その尾崎は河口湖で自殺した。テレビでも事件は解決したと言ってる」

「おれの姉貴はテレビ局に勤めてるけど、テレビは信用するなと言う」

「でも」

「この名古屋の事件だって犯人は前から分かっていた。犯人の同級生や近所の主婦には事前の取材がしてある。今画面に出ている映像も幾日か前のＶＴＲだ。もっとも千秋の事件だけは、関東テレビのスクープだけどさ」

タバコを左の指に挟んだまま杏子が右手でウーロン茶のコップをとりあげ、そのコップの底を、胸の前で、上下左右、文字でも書くように揺すりはじめる。唇には薄笑いが浮かび、目には殺気に似たいやな光がある。

何秒かコップを揺すってから、杏子がひと息にウーロン茶を飲む。

「そのオマジナイ、効《き》くのか」

「え?」

「効くとは思えないけどな。そんなオマジナイが効くなら神社も苦労しない」

「べつに、私は」

「君は緊張すると無意識にそのオマジナイをする。敬愛会病院でも君はアイスティーの缶を揺すっていた。缶の底でなにか文字を書いている感じはしたけど、ただの癖だと思って気にしなかった。でもそれは、ただの癖じゃない。それは千秋が中学のとき君に教えた、身を守るオマジナイだ」

その事実を、ぼくだって、初めは知らなかった。竹俣安市の家でみかんが同じように湯呑を揺すり、それがぼくの意識に留まった。みかんが千秋から教えられた保身のオマジナイとは自分に悪意のある相手、困難な状況、不幸や悲運を空中に文字書きし、茶やコーヒーやジュースで一気に飲み込むというもの。そんなオマジナイが効くはずもないが、問題はたった半年間千秋と同僚だっただけの牧瀬杏子が、そのオマジナイをした事実だった。

「あとから考えれば、不審《おか》しいことが、いくつかあった」

表情の消えた杏子の顔を遠く感じながら、ぼくは意識して肩の力を抜く。

「君は千秋を知りすぎていた。尾崎との関係を、たとえ酒の上とはいえ、千秋が君に話すのは不審《おか》しい。男がいるとか別れたとか、相手の仕事とか家庭の事情とか、千秋は他人に話す性格ではなかった。家田という躁病患者のことだって、考えてみれば、不審しい。家田につきまとわれたことは事実にしても、それは、それだけのことだ。家田がアパートへ押しかけたとしても千秋はドアをあけなかったろう。千秋に睡眠薬を飲ませるには何かに混ぜる必要がある。千秋が部屋に入れ、気を許す相手でなくては犯行に睡眠薬は使えない。部屋へ入れない家田には不可能だ。それを承知で、君は家田の存在を言いふらした。警察にも証言し、おれにも話した。あとから考えれば、君の言うことは少しずつ不審しかった」

一度言葉を切り、ぼくは息をとめて、杏子の表情を観察する。

「千秋は実家を山形県の米沢市だと言っていた。友達にも敬愛会病院でも、ふだんは米沢市と言っていた。でも今の実家が行徳にあることを中学時代の同級生である君が知らないはずはない」

「……」

「千秋には千秋の事情があって、実家の問題を隠していた。それなら君にどんな問題があったのか。君に問題はない。君が隠す理由はなにもない。君が隠したかった事実は、千秋と中学が同級だったという、そのことだけだ」

テレビに顔を向けたまま、杏子がふっと、タバコの煙を吐く。

「あんな……」

「あんな、なに」

「あんな悪魔みたいな女、死んで当然よ。尾崎という人が千秋を殺したくなったのも、分かる気がするわ」

「千秋は君に憎まれていることすら知らなかったろうな」

「そういう無神経な性格だったのよ」

「無神経で冷酷で、サディスティックでか」

「知ってるじゃない」

「千秋は無害だというだけの理由でおれを誘い、退屈だというだけの理由で離れていった」

「ありそうなことね」

「おれは気にしなかったけど、普通なら冷酷な仕打ちだ」

「あの女は、そういう……」

「おれにしたのと同じ仕打ちを、千秋が宮部という高校の同級生にしたことは想像できる。宮部勇司《ゆうじ》の自殺を少し調べてみたんだ」

表情のないまま、杳子の指が灰皿の上で、タバコの灰を落とす。

「千秋が宮部を翻弄《ほんろう》したことは何人かの友達に聞いた。千秋の冷酷さを非難するやつも、宮部の意気地なさを非難するやつもいた。千秋を無神経だというなら宮部も無神経だ。ふられたぐらいで自殺したら相手が困る。千秋がどれほど罪の意識を感じるか、宮部は考えなかった。逆に千秋は自分の冷酷さを自覚していた。だからこそ千秋は自分を変えようとした」

「山口くん」

「うん?」

「あなた、いい人なのね」

「常識家さ」

「それなら常識で考えなさいよ。人間の本質が簡単に変わると思う? 病院での千秋は仕事熱心に見えた。でもあれはそういう芝居だったのよ。あの女は病人や精神障害者をいたわるふりをして、本当は陰で虐待していたの。家田浩二のケースも千秋はただ遊んでいたの。他の人の目はごまかせても、私は騙されなかった」

「そういう議論はしたくない」

「議論ではなくて、事実よ」

「千秋が天使のように高潔だったとは言わない。冷酷な部分もあったろうし、性格に問題があったことも認める。だけどそんなことは君が自分の裁判で証明すればいい。おれが証明するのは君の悪意だ」

「私の、悪意？」

「なぜ君が千秋を憎んだのか。中学時代の君は宮部とつき合っていた。高校生になって浜松へ転居してからも、君と宮部は東京で会っていた」

杳子が灰皿をひき寄せ、小首をかしげながら、しつこくタバコをつぶす。スカートの膝が割れ、頰に片笑窪《かたえくぼ》が浮きあがる。

「そんなことで犯罪が証明できるの？　私と千秋が中学の同級だったことが分かったからって、誰が褒めてくれるわけ」

「おれが自分を褒めてやる」

「千秋に遊ばれた男の子や千秋を憎んでる人間は、いくらでもいる。あなたもあの女に遊ばれて、恨んでるじゃない」

「おれは千秋に遊ばれていることに気づかなかった。だから千秋は、おれに退屈した」

「それはあなたと千秋の問題よ」

「宮部はおれより繊細で純情だったか」

「彼と私は小学校から一緒で、お互いを信じ合っていた。宮部くんはお医者になる夢を持っていて、まじめに勉強もしていた。将来は二人で福祉の充実した病院をひらこうと話し合っていた」

「偉いな」

「千秋は宮部くんと私の夢を踏みにじったの。あの女は他人の幸せが我慢できない性格だった。私と宮部くんの交際を知っていて、千秋は面白半分で宮部くんを誘惑したの」

「千秋が宮部を誘惑したのか、宮部が勝手に千秋に惚れたのか、それは知らない。だけど惚れたり憎んだり、つき合ったり別れたり、そんなことは誰の責任でもない」

「宮部くんを侮辱する気?」

「おれが言ってるのは男と女のことだ。たとえば今、こんな時間に、こんなせまい部屋で君みたいに可愛い女の子が、こんな近くにいる。でもおれは君に惚れない。それは君の責任ではなく、おれの責任でもない。君に惚れるか惚れないかはおれの勝手だ」

ライターを握った杏子の指がその場で固定され、炎のなかに浅い息がくり返される。杏子の胸が意外な豊かさで、淫靡《いんび》に盛りあがる。

「山口くん、それで、気が済んだわけ?」

「君が千秋を憎んでいたことは確認できたと思う」

「宮部くんのことで私は千秋を憎んでいた。でもそれは、私の勝手よ。あなたの言うとおり、好きになったり憎んだり、そんなことは誰の責任でもない。たとえ私が千秋を憎んだとしても、犯罪にはならないわ」

杏子の顔とウーロン茶のコップを見くらべ、コップを指で弾いて、ぼくがつづける。

「ウィスキーがあったら飲ませてくれないか」

「私、ウィスキーは飲まないの」

「尾崎には飲ませたろう」

杏子の眉がゆがみ、一瞬頬に走った痙攣《けいれん》が、じわりと微笑《ほほえ》みに変わる。

「山口くん、本当はもう、酔ってるんじゃない？」

「酒さえ飲まなければ尾崎にも魅力があったんだろうな」

「それがどうしたのよ」

「さっきも言った。尾崎が化粧品会社に勤めていることや、女房子供がいること、それにそういう男と自分がつき合っていることを、千秋が他人に話すはずがない。千秋からではないとしたら、君は誰から聞いたのか。相手は一人しかいない」

ぼくの顔を目の端で眺めながら、杏子がゆっくりとタバコに火をつけ、口の端を皮肉っぽく笑わせる。目のまわりからは赤みが消え、首筋も白くなっている。

「君、尾崎の奥さんには会っていないだろう」

テレビではニュースがつづき、杏子の指からはタバコの煙が流れて、部屋の空気が粘っこく固まる。

「尾崎の奥さんが言うには、今年の二月ごろ亭主の浮気に気づいたそうだ。気づきはしたけど、高をくっていた。尾崎は女で家庭を壊すタイプではないし、仕事にも支障はない。相手が看護師か薬剤師か、敬愛会病院に関係のある女らしいことも分かっていた。でも亭主の浮気なんか、どうせすぐに終わる。家庭が壊れなければそれでいい。だけど尾崎の浮気はとまらなかった。いつもの浮気とは様子がちがう。ただの勘ではあったけれど、奥さんは念のため、興信所に浮気調査を依頼した。それが五月の初め、調査の結果は二週間後に出て、以来尾崎の家では地獄がつづいたそうだ」

ウーロン茶に手をのばしかけて、自重し、ぼくは唾液だけで咽《のど》をうるおす。

「興信所が報告してきた浮気相手は看護師や薬剤師ではなく、安彦千秋というソーシャルワーカーだった。だけど、それは、不審《おか》しい。千秋が病院へ勤め始めたのは四月からなのに、尾崎はその前から敬愛会病院の女と浮気をしている。つまり、同じ敬愛会病院の女ではあったけれど、浮気相手は途中で変わった。初めに尾崎とつき合っていたのは君、千秋を尾崎に紹介したのも君だった。おれの推理が間違っていたら訂正してくれ」

杳子の口からぷかりと煙が吹かれ、ぼくは押し寄せる無力感を、首をふって追い払う。

「尾崎は死ぬ五日前にマンションから失踪して、以降は行方が知れなかった。警察もマスコミも尾崎が逃亡したと考えた。逃亡したからには千秋殺しの犯人は尾崎だと思う。誰が考えても、その通りのはずだった。だけど、尾崎は、事件から逃亡したわけではなかった。尾崎はただマスコミや警察に煩《わずら》わされることなく、酒が飲みたかった。あいつの希望はそれだけだった。尾崎のマンションへ行ったとき、おれも尾崎の口から聞いたのに忘れていた。あいつはもう人生を投げ出して、ひたすら酒を飲みたかった。尾崎は世間から姿をくらまし、気が済むまで、ひたすら酒を飲んだ。飲みながらもテレビを見れば自分のおかれた状況は分かる。自分が犯人扱いされていることも知っていた。だけど尾崎は気にしなかった。尾崎はテレビの騒ぎを楽しんでいた。自分が犯人でないことは、尾崎自身が知っていたからだ。テレビのバカ騒ぎを横目で見ながら、尾崎はどこで酒を飲んでいたのか。ホテルや旅館ではなかった。通報されたらそれまでだし、金もなかった。尾崎が失踪中の四日間、どこに隠れていたか、どこで酒を飲んでいたか……」

杳子が不意に腰をあげ、ぼくを無視してキッチンへ歩く。小柄なわりに足は肉感的で、ひき締まった足首も美しい。

キッチンから戻ってきて、杳子が元の場所に座り、目の高さにビールの缶をふってみせる。

「一本しかないの。このビールは私が飲ませてもらうわ」

杳子がタブをひいてビールを口に運び、細めた目の向こうから、呆れたようにぼくの顔をうかがう。

「どうしたの、もうたわごとは終わりなの?」

「君次第さ」

「私は退屈で眠くなったわ。本当に私、明日は朝が早いのよ」

「おれだって早く帰りたい」

「どうぞご自由に。それとも帰る道が分からない?」

「道は分かってる。このアパートへ来るのは今日で三度目だから」

「三度目……」

「一昨日なんか朝の六時から、ずっと下の道に立っていた」

「どうして」

「君がこの部屋を出たのは朝の七時二十五分、不燃物回収の日だったから、君は角の回収場にゴミ袋を捨てていった。おれも自分が他人のゴミを盗む人間になるとは、思ってもいなかった」

「そんなことまで……」

「ストーカーみたいだけど、成果はあった。ウィスキーを飲まないという君のゴミ袋から、ウィスキーの空きビンが五本も出てきた。それはおれが尾崎のマンションで見たのと同じ銘柄だった。警察へ渡したからもう指紋の照合も終わったろう。だから君がゆっくり寝られるのは、今夜一晩だ」

杏子の口から、音もなく、乾いた息がもれる。

「不燃物の回収が週に一度だけで、運が良かった。もっとも警察がその気になれば、君と尾崎の関係ぐらいすぐにつきとめる」

「山口くん」

そのとき、テレビの音が変わって、画面に「緊急特報」というタイトルが映し出され、アナウンサーが「河口湖変死事件に新展開」と宣言する。杏子の膝で、ビールの缶がまた何かの文字を書きはじめる。

画面に報道部の山口記者が、颯爽《さっそう》と登場する。水穂は自分で〝勝負服〟と呼んでいるグッチのスーツに身を包み、その袖からカルティエの腕時計をきらめかせる。背後にはレンタカー会社のネオンがにじんでいる。

「はい、報道部の山口水穂です。私は現在、都内某所にあるレンタカー会社の前に来ております。河口湖の溺死事件に急展開がありました。これは関東テレビの独占スクープです」

口調は冷静さを装っているものの、水穂の目は普段の倍ほども光っている。前髪のカールとつけ睫《まつげ》とダイヤのピアスと、局内に誰か、水穂をとめる人間はいないのか。

「東京のソーシャルワーカー殺害犯人と思われていた尾崎喬夫容疑者が溺死した件について、警察は新たな情報を入手した模様です。尾崎容疑者の足取りを追っていた捜査本部は、同容疑者が使用したレンタカーを特定し、現在走行経路、河口湖での目撃者の発見に全力をあげております」

都内某所のレンタカー会社が青梅街道の「帝都レンタカー」であることは、もう分かっている。レンタカーの可能性を警察に通報したのも水穂で、借り主が牧瀬杏子である可能性も、同時に伝えてある。

揺すっていたビールの缶を、テレビの画面を見つめたまま、杏子が口へ運ぶ。それはもうオマジナイではなく、ただの癖なのだろう。

「記者のくせに、この女、派手すぎるわね」

べる。


「視聴者の感想として伝えておく」

「あら」

画面の右下には「報道部・山口記者」とテロップがあって、杏子が画面とぼくの顔を見くらべる。

「姉貴なんだ」

「そうなの」

「本当はクルマを借りた人間も分かっている。高速道路の料金所には監視カメラがあって、クルマのナンバーはすべて記録される。今ごろは君が借りたレンタカーのナンバーと、料金所の記録とを警察が照合している」

マイクを握った水穂の声が厳しくなり、目が露骨に見得を切る。

「レンタカーには同乗者があったと見られ、当初は自殺と思われていた事件が、新たな方向に向かうのは必至の模様です。第三の人物が浮上したことによって、ソーシャルワーカー殺人事件も新たな展開が予想されます。この事件からは、当分目が離せません。関東テレビの独占スクープとして、報道部の山口水穂がお伝えしました」

警察の捜査だって大詰めで、もう犯人も特定されている。それを報道できない水穂の無念さが、鼻息にきっぱりとあらわれている。

「山口くん」

「うん?」

「タバコ、持っている？」

「吸わないんだ」

「タバコも吸わないで、暇をもて余して、あなたも迷惑な人ね」

「尾崎が河口湖へ行くと言いだしたのは別荘が理由だろう。河口湖には女房方の別荘がある。四日もこの部屋に隠れていれば、尾崎だって息がつまる。だから尾崎は別荘で、のんびり酒を飲みたくなった。今の季節に、別荘が使われないことは分かっていた。たとえ警察に発見されたところで怖くはない。自分は犯人ではないし、どうせ人生も投げている。尾崎はそれでいいとして……」


ニュースが終わり、水穂の圧迫から解放されて、ぼくはほっと息をつく。そういえばビデオのセットを忘れたなと、つまらないことを考える。

「尾崎はそれでいいとして、問題は君のほうだ。最初から尾崎を殺すつもりで機会を狙っていたのか、それとも尾崎に、君が千秋殺しの犯人と気づかれたからか。どちらにしても尾崎が捕まれば自分が危ない。尾崎にウィスキーを飲ませたり、睡眠薬を飲ませたり、昏睡させて河口湖へ放り込んだり、そんなことは簡単だったろう」

「………」

「人間を殺すことぐらい、やってみれば、簡単なんだろうな」

「山口くん、そのウーロン茶、飲まないの？」

「咽が渇かないんだ」

「臆病なやつ」

吐き気を感じ、窓枠から背中を離して、糊のなかを泳ぐようにぼくは腰をあげる。

「君に訂正がなければ、帰る」

テレビでは合コンゲームのような番組が始まって、人生がいかに無意味であるかと、知らないタレントが作り笑いを押しつける。西荻窪のこんなアパートの、こんな部屋のこんな立場の女にも、テレビは平等に、人生は無意味だと語りかける。

「山口くん」

声をかけられ、ドアの手前で足をとめる。杳子は立てた膝に両腕を巻きつけて、ビールの缶を口の前に構えている。

「私が逃げたら、どうするつもり?」

「君の勝手さ」

「逃げないと思うの」

「逃げたければ逃げればいいさ。自殺してもいいし、自首してもいい。疲れていれば警察が来るまで寝ていてもいい」

踵《きびす》を返しかけ、迷って、ぼくは柱にもたれる。

「君、千秋に対して、いつから殺意をもっていた?」

「決まっているわ」

「尾崎を奪われたとき、か」

「私にも我慢の限界がある」

「君は我慢強い性格に見えるけどな」

「あなたには分からない」

「事実を知りたいだけさ」

「暇人の相手はご免よ」

「千秋の殺され方が気になるんだ」

「勝手に気にすれば？」

「睡眠薬で眠らせて、生きたまま焼き殺す。あれは、思いつきの殺意ではないだろう」

「あの女には相応《ふさわ》しかったじゃない」

「分からないことはまだある」

「私が千秋を殺した。それをあなたが証明した。もう気は済んだでしょう」

「君と千秋は偶然同じ職場になったのか」

「あの女が私につきまとったのよ。いつもそうやって、私を苦しめていたの。千秋を殺さないかぎり、いつかは私が破滅した。あの女は執念深い性格だった。あの女にとって、私は快感を提供する玩具《おもちゃ》だったの」

「それならなぜ隠しつづけた。中学時代の同級生であることを、君が病院に隠す必要はない。千秋から逃れたければ就職の邪魔もできたはずだ。君は就職の妨害もせず、ずっと気の合う同僚を装っていた」

「……」

「君の千秋に対する殺意は、尾崎がきっかけではない。君の殺意はもっと以前からのものだろう」

一度つぶしたタバコを、灰皿からつまみ上げ、目を細めて、杳子が火をつける。

「君は心の深い部分で千秋を憎みつづけていた。尾崎のことなんか、ただ利用したにすぎない」

「あなたがなにを言おうと、私は尾崎さんを愛していた」

「証拠がない」

「愛に証拠は要らないわよ。愛する人を奪われた私の気持ちが、あなたに分かる？　私は、被害者なの。千秋に人生をもてあそばれた、悲しい女なの」

「芝居は警察でしてくれ」

「警察も裁判所もマスコミも、弱い人間の味方だわ」

「いい世の中で、よかった」

口のなかで、ぼくは唾液と、自分の冷酷さを混ぜ合わせる。

「だけどもし、尾崎の死が自殺で処理されていたら、どうなっていた？」

杳子が目を細めたまま強くタバコを吸い、窓の外で、風がざわりと音をたてる。

「不倫に狂った中年男が錯乱して相手の女を殺し、仕事も家庭も失って自殺をした。くだらないストーリーではあるけど、単純なだけに説得力がある。千秋を焼き殺して尾崎を犯人に仕立てあげる。尾崎の殺害は千秋の事件に気づかれたからではなく、君の、初めからの計画だった。君は計画通りに実行し、すべて順調に運んだ。もし就職浪人の未練男が登場しなければ、君のストーリーは完璧だった」

杳子がタバコをつぶし、灰皿から別の吸止《すいさし》をつまみ上げて、火をつける。指先はふるえているが、目は笑っている。

「そんなこと、あなたの妄想よ」

「そうだろうな」

「証拠がないわ」

「証拠もないし証明するつもりもない」

「それなら、なぜ?」

「なぜ?」

「なぜ私を苛《いじ》めるの?」

「なぜかな。たぶんおれは、偉い人間が嫌いなんだろう」

突然ぼくに向かってビールの缶が飛び、その缶がうしろの壁に当たって、床をころがる。

「ただ暇だというだけで、あなた、迷惑な人ね」

「たぶん、な」

「でもあなたの妄想には欠陥がある」

「そうかな」

「正直に言うけど、私、二人を殺してやったわ」

「分かっている」

「二人とも簡単に死んでくれた。あの無神経な女は私に憎まれていることなんて、考えてもいなかった。私が持っていったハルシオン入りのアップルパイを、二個も平らげた。千秋はそういう意地汚い性格だった。尾崎を眠らせることなんか、もっと簡単だった。あいつは私を裏切ったくせに、平気でこのアパートへ来た。お酒を飲みながら、平気で私を抱いて、私とやり直そうとか、そんなバカなことも言った」

「バカな人間はバカなことを言う」

「私が二人を殺したことは認める。でもあなたが言うように、昔からの計画だったなんて、誰にも証明できない。私は善意の被害者なの。子供のときから千秋に苛められて、高校生のときは好きな男の子を殺された。それでも千秋に尽くして、社会人になったら、また千秋に裏切られた。こんな私を誰が非難するの。世間はみんな私に同情する。私は逃げも隠れもしない。警察の取り調べにも素直に応じる。裁判だって、きっと情状酌量がつく。あなたは悔しいでしょうけど、刑務所なんか十年で出られるわ」

不愉快な疲労が、ひたひたとぼくを襲い、議論の気力もなく、ぼくは沓脱へ歩く。人を二人殺せば死刑になる確率が高いことぐらい、どうせ杳子も知っている。

靴に足を入れ、ドアをあけて、もう一度ぼくは杳子をふり返る。

「千秋を殺したのはやっぱり尾崎だった。君は尾崎に同情して自殺を手伝っただけ。このストーリーなら君のオリジナルだろう」

「だって、私は、今……」

「証拠もないし証拠を探すつもりもない。君のストーリーのほうが、おれのストーリーよりは健全だ」

「慈悲は要らない」

「分かっているさ」

「同情も要らない」

「君には慈悲も同情も、必要ないさ」

「それなら放っておいてよ。あなたのお節介も、あなたの存在も、すべてが迷惑よ」

ぼくが手をつけなかったウーロン茶をひと口飲み、杳子がちらっと、嘲笑《ちょうしょう》的な視線を向ける。

「心配しなくていいわ。ただ眠りたいだけ。五錠ぐらいのハルシオンで、誰が死ぬもんですか」

ぼくに視線を向けたまま、杳子がウーロン茶を飲みほし、その肉感的な足を見せつけるように投げ出す。ぼくは杳子の視線を肩でさえぎり、外へ出てドアを閉める。空気には雨粒が混じっていて、アパートの外階段にも横からいやな風が吹きつける。

階段をおりて路地をバス通りのほうへ歩きながら、ぼくは感慨もなく杳子の視線を思い出す。杳子は最後に、なにを嘲笑したのか。人間の不可解さと杳子を憎みきれなかった無力感が、鬱鬱とぼくの足を急がせる。

赤トンボ、か。

住宅街の暗い街灯が埃っぽい色に氾濫し、無数の雨粒が米沢の赤トンボを思い出させる。

「仕方ないことは、仕方ないよな」

声に出して独りごとを言い、ジャケットを頭にかぶって雨のなかを走り出す。明日になったら水穂から金一封をふんだくって、みかんを旅行に連れ出そう。しかしちゃんと神様のいる神社があって油揚げまで名物という観光地は、どこだろう。

バス通りのほうから学生風の女の子が、傘をささずに駆けてくる。ぼくは足をとめて走り去る女の子をふり返る。女の子は奇麗なふくらはぎを颯爽と交差させ、踵の低い靴で軽々と駆けていく。位置の高い腰に尖り気味の肩、髪はやわらかくゆれ、脇の下には大きいバッグを抱えている。ぼくの目に千秋の横顔が走りすぎ、走っていく千秋の背中を、銀色の赤トンボが嬉々として追いかける。

ぼくは千秋が闇に消えてから、ジャケットを頭から肩へ戻し、雨に向かってゆっくりと歩きはじめる。

創元推理文庫版あとがき

　本作はそれまで私が使っていたアメリカンハードボイルド調の文体、つまり〝「○○○○」と×××は言った。〟というものから今の現在形を多用した文体に切りかえた最初の作品です。

　かんたんに「切りかえた」と言いましたが、デビューしてから十年余、作品も二十点近くは出していましたから切りかえが容易だったはずはありません。実は本作も一度旧スタイルの文体で脱稿し、担当の新米美人編集者に渡したところが「こんなヘタな作品は出せません」と。

　いやあ、参ったね。

　当時は書いても書いても売れず（今でもたいして売れませんが）、もうお先まっ暗。自分でも内心は「なにかがまずいな、とにかく変革しなくては」と思っていた時期でしたので、「よし、変革してやろう」と一念発起したわけです。

　そこでまず手をつけたのが文体、〝「○○○○」と×××は言った。〟ではその部分が縛りになって表現の幅が広がらず、リズムも固定されてしまいます。とにかくそれを変革すべきと全面修正にとりかかり、粘りに粘って、やっと彼《か》の美人編集者からＯＫを出してもらった次第。

もう二十年ぐらい昔のことですけどね。

今回の改版にあたって旧版を読み返してみると、文体移行期のせいもあってか、もうそのリズムの悪いこと。ヘンなところに力が入っていて表現もくどく、「よくもまあ、読者は我慢してくれたものだ」と申し訳ないやら、赤面するやら。

リズムの悪さとはどういうことか。極たまーにですが、「樋口有介の小説は会話が面白い」と評されることがあります。一応はありがたく受けとるにしても、小説において会話だけが面白いということはありません。落語を例にとれば分かりやすく、同じ演目でも名人と凡人では面白さがまるで違います。ストーリーも台詞も同じなのに面白さが違う。理由は「間」とか「呼吸」とかいうものが違うからで、ここに「芸」の極意があります。

小説の文章も同じように、地の文から会話へ移るときの「間」や「呼吸」、会話がつづくなかでの「間」と「呼吸」、その会話を受けて地の文に戻るタイミングや単語の選択と、このあたりの「芸」で面白さが違ってくるのです。

小説なんか内容さえ分かればそれでいい、という読者もいるようですが、小説観は人それぞれ。「芸」を楽しみたい方はお暇なときにでも、この「間」と「呼吸」を検証してみてくださいませ。

さいわい今回、いくら加筆修正しても構わないということでしたので、目イッパイやりました。原稿用紙換算で三十枚ほどもある場面もカットしたりして、旧版を知っている読者にも、ちゃんとサービスしてあります。

解説

若林踏

一人の女性が炎に包まれるところから物語は始まる。服が燃え、髪が燃え、体が燃える。まるで中世の魔女狩りのように、じわりじわりと生きながら焼かれていく場面が克明に描かれ、思わず息を飲む。これは本当に青春ミステリの名手と呼ばれる樋口有介の小説なのか。

『魔女』は樋口有介のデビューから二十冊目に当たる作品だ。二〇〇一年四月に文藝春秋より書下ろしの単行本として刊行され、二〇〇四年四月に文春文庫に収められた。今回は二度目の文庫化となる。

樋口有介といえば〈柚木《ゆずき》草平《そうへい》〉シリーズのように登場人物の軽妙な語り口で楽しませる私立探偵小説、あるいはデビュー作『ぼくと、ぼくらの夏』や直木賞候補作にもなった『風少女』のような切なくも瑞々《みずみず》しい青春ミステリを思い浮かべるだろう。それだけに『魔女』の冒頭を読んで、戸惑いを覚える読者は多いのではないだろうか。そう、ショッキングな幕開けが暗示するように、本書は樋口ミステリの特徴を受け継ぎながらも、それまでの作品とは一味違う仄暗さをもつ物語なのだ。

どのような特徴を継ぎ、どこが一味違うのか。それを説明する前に、あらすじを紹介しておこう。三頁ほどのプロローグが終わると、物語は山口広也という青年の視点に切り替わる。大学を卒業したものの就職浪人の身となった彼は、姉・水穂の友人であるガーデニングプランナーの美波の仕事を手伝い過ごしている。美波には広告会社の営業マンの恋人がいるのだが、広也と彼女は雇い主とアルバイトという関係を超えて時折セックスをする仲になっていた。

広也の漫然《まんぜん》とした日々は、姉の水穂から聞いた一件の焼死事件によって大きく変化する。被害者の女性は安彦千秋という二十三歳の女性で、新宿の落合にある自宅アパートで火事に遭ったのだという。千秋は広也が大学時代に付き合い、別れた元恋人であった。

テレビ局の報道部門に勤める水穂が集めた情報によれば、千秋の事件には放火殺人の疑いがあるのだという。ライバルを出し抜き、スクープをものにしようと躍起《やっき》な水穂は広也に、被害者の元恋人という立場を利用して関係者から話を聞き、事件の調査に協力しろと言う。姉の強引な頼みを広也は引き受けるが、ひとつ気になる事を水穂から聞く。千秋の実家は千葉県の行徳にあるというのだ。広也が千秋と付き合っていた二年前には、彼女は山形県の米沢市出身だと話していたはずだった。

かつて深い関係にあった人の死の謎を主人公が探る、という展開は樋口作品で繰り返し使われているシチュエーションである。例えば第二作『風少女』は故郷に帰ってきた青年が初恋の女性が亡くなったことを知り、その妹とコンビを組んで真相を探る物語だ。一九九六年に発表された『林檎の木の道』では元恋人の自殺に不審を抱いた高校生が事件を調べるうちに、故人の知られざる姿を知ることになる。ノンシリーズ作品だけではない。フリーライター兼私立探偵の柚木草平が活躍するシリーズ第二作『初恋よ、さよならのキスをしよう』では柚木が高校時代に恋をしていた女性が殺され、その犯人捜しに彼が乗り出すという探偵自身の事件を描いていた。

これらの作品群に共通するのは、軽やかな語りの合間に見える寂しさだ。主人公たちが事件を調査していくと、自分の知らないうちに友達や恋人が大きく変化していたことが分かり、一人だけ過去の時間に取り残されたような疎外感を感じる。あるいは元恋人や元妻が自分に見せていた顔はほんの一面に過ぎず、親しいと思っていた人のことを実は全く理解していなかったという事実に主人公たちは突き当たる。そうした時の経過がもたらす孤独、他者と完全に分かり合うことはできないという虚《むな》しさを樋口有介の青春ミステリは常にまとっているのだ。『魔女』の広也も同じである。姉からもらったバイト料に魅力を感じ、「千秋がぼくと別れて以降の時間をどう過ごしたのか」が何となく気になり調査をはじめた広也は、彼女を知る人物たちに話を聞くうちに困惑を覚える。ある人は千秋をソーシャルワーカーという仕事に熱心に取り組む、真面目で優しい女性と答え、ある人は彼女を「天性の娼婦」だと答えるのだ。果たして千秋の素顔はどこにあるのか。安彦千秋という人間の実像をめぐる謎が、ミステリとしても、青春小説としても本書の要《かなめ》になっているのである。

ミステリというジャンルの側面から、もう少し樋口作品の構造について考えてみよう。本書の広也のように、樋口作品に登場する主人公たちは関係者にインタビューを重ねることで、自身の記憶のなかにある故人の顔と、主人公以外の様々な人間に見せていた顔を統合し真実の姿を見出そうとする。不在の人間の内面を、複数の証言を繋ぎ合わせることで描き出すことが樋口ミステリの特徴であると言い換えても良い。そうした手法はハードボイルド、特にロス・マクドナルドの〈リュウ・アーチャー〉シリーズに代表されるような、人捜しを主題とした一人称私立探偵小説と同質のものを感じさせる。ただしハードボイルド小説の私立探偵たちが事件を外部から眺める透徹した観察者であるのに対し、樋口作品の主人公は曖昧《あいまい》な立場にある。彼らは事件の中心人物と深く関わり、青春のほろ苦さを痛感する当事者であるが、同時にもはや他人同然となってしまった故人のことを探り出す部外者でもあるからだ。こうした両義性を持った主人公の存在こそ、樋口有介の小説が〝青春ハードボイルド〟という名称に相応《ふさわ》しい所以《ゆえん》なのである。

主人公の持つ両義性の話が出た。その関連でもう一つ、ノンシリーズの青春ミステリにおける〝ぼく〟という一人称についても触れておきたい。樋口作品における十代後半から二十代前半の若者は、しばしば年齢にそぐわぬ屈託や諦念《ていねん》を抱えた人物として描かれる。本書の広也も例に洩れず、被害者の妹である安彦みかんに人生を達観したような台詞《せりふ》を投げ、事件関係者に対してフィリップ・マーロウの如き減らず口を叩くなど、実年齢上に大人びた（くたびれた、ともいえる）発言をする。また、美波との関係については「このままの関係でいいと思いながら、このままの関係がつづくことに自信はない」と不安を抱きつつも「先のことなんか考えても仕方ないよな」と妙に醒《さ》めている。こうしたクールな目線が〝ぼく〟という幼さを感じさせる一人称を用いて語られていく。〝ぼく〟という呼称と語られる内容のちぐはぐな感覚が、成熟した大人の面と未熟な子供の面が同居した青春期の若者たちを見事に表しているのだ。ちなみに創元推理文庫版『魔女』は文春文庫版より更に大幅な改稿を加えており、登場人物の台詞にも大きく改変された箇所が多い。特に広也の台詞を整理したことで、一人称による内省的な語りの魅力がいっそう増したように見受けられる。単行本版・文春文庫版ですでにお読みの方も、ぜひとも創元推理文庫版を手に取り比較していただきたい。

さて、このように『魔女』は〝青春ハードボイルド〟のスタイルや〝ぼく〟という一人称といった樋口作品共通の魅力を備えているのだが、最初に書いた通り、本書は決して樋口ミステリらしさだけで成り立っている小説ではない。広也の調査が進むにつれて他の作品では滅多に見られない、どす黒いものが物語全体へと広がっていくことに読者は気付くはずだ。そのどす黒さは広也が追っている謎に起因する。彼が掘り起こすのは人間の奥底に沈む大きな歪《ゆが》みだ。青春期の喪失感や苦みを味わうこととはまた違う、暗い深淵を覗き込んでしまったという思いが広也に、そして読者に重くのしかかるのである。

本書でもう一つ言及しておきたいのは、広也の姉・水穂だ。負けず嫌いで上昇志向の塊のような彼女は自身の華々しい活躍を世間に見せつけるために、取り分け猟奇的でセンセーショナルなスクープに執着する。樋口作品では主人公を翻弄《ほんろう》し振り回す役割を持った女性が多数登場するが、水穂はそうした役割以上にマスメディアの過熱報道をカリカチュアライズした人物としての印象が強烈なのだ。

樋口は『新刊展望』（日本出版販売）二〇〇一年七月号のコラムにおいて、『魔女』を執筆した背景に、当時のテレビや小説が猟奇系を持て囃《はや》すことへの悔しさがあったことを述べている。思えば『魔女』が書かれた二〇〇〇年代初めは、未成年の起こした猟奇的な犯罪を中心に熾烈《しれつ》な報道合戦が展開し、その在り方が物議を醸したこともある時期だった。一九九七年に発生した神戸連続児童殺傷事件と加害者少年の情報漏洩騒動がまだ尾を引いていたし、『魔女』刊行の前年には十七歳の少年による西鉄バスジャック事件が起こり、その犯人像を巡るニュースが連日流れていた。『魔女』はそうした興味本位の域を出ないメディアへの抵抗という、極めて時事的な問題意識を孕んだ小説でもあったのだ。

そのテーマが最もよく表れているのが水穂と広也という姉弟《きょうだい》のキャラクターなのである。大衆の関心を集める事にこだわる水穂と、ひとりの人生と真正面から向き合うことで真実の姿を追い求める広也。生きたまま人間が焼かれるという残酷な出来事に、対極的な態度で姉弟は臨む。広也の姿からは好奇心に左右されることなく、一つの生に光を照らすことこそ重要であるという著者の真摯《しんし》な思いを読み取ることができるだろう。そしてその思いは、そのまま樋口有介のミステリ観ひいては小説観と捉えることも可能なはずだ。『魔女』に込められた誠実にして切実なる思いを、今一度多くの読者に受け止めてもらいたい。

本書は二〇〇一年、文藝春秋より単行本で刊行され、〇四年に文春文庫に収録された作品を大幅に改稿したものです。

検 印
廃 止

著者紹介 1950年群馬県生まれ。國學院大學文学部中退後、劇団員、業界紙記者などの職業を経て、1988年『ぼくと、ぼくらの夏』でサントリーミステリー大賞読者賞を受賞しデビュー。1990年『風少女』で第103回直木賞候補となる。著作は他に『彼女はたぶん魔法を使う』『林檎の木の道』『ピース』など多数。

魔女

2018年1月26日 初版

著 者 樋《ひ》 口《ぐち》 有《ゆう》 介《すけ》

発行所 (株) 東京創元社
代表者 長谷川晋一

162-0814/東京都新宿区新小川町1-5
電 話 03・3268・8231-営業部
03・3268・8204-編集部
URL http://www.tsogen.co.jp
晩 印 刷 ・ 本 間 製 本

ISBN978-4-488-45915-4 C0193